W0214519

Heinrich H. Bernig

Schlacht der Giganten

Opfergang der Panzermänner

Landwehr

Titelseite: Gemälde von Jean Restayn

Bibliographische Information der Deutschen Bibliothek
Die Deutsche Bibliothek verzeichnet diese Publikation in der Deutschen Nationalbibliographie; detaillierte bibliographische Daten sind im Internet unter http://dnb.ddb.de abrufbar.

ISBN 3-932381-98-X

© 2006 Landwehr-Verlag im PLM. Alle Rechte vorbehalten

Landwehr-Verlag
Postfach 52, D-24236 Selent

Gedruckt in Österreich

TYPENTAFEL

Panzerkampfwagen V (Panther)

Gewicht:	*42 bis 45,5 Tonnen*
Länge:	*8,65 Meter (einschließlich Rohr)*
Bewaffnung:	*7,5-cm-Kampfwagen-Kanone 42 L/70* *2 bis 3 Maschinengewehre MG 34*
Panzerung:	*Frontpanzer 80—110 mm Stärke*
Antrieb:	*700-PS Maybach-Otto-Motor*
Geschwindigkeit:	*54 km/h (Damit war der Panther der schnellste deutsche Panzer)*

Panzerkampfwagen VI (Tiger I)

Gewicht:	*56 bis 62 Tonnen*
Länge:	*6,2 m ohne, 8,24 m mit Rohr*
Bewaffnung:	*8,8-cm-Kampfwagen-Kanone L/56 mit Mündungsbremse* *1 Maschinengewehr MG 34*
Panzerung:	*Frontpanzer 102, später 130 mm*
Antrieb:	*655-PS Maybach-Otto-Motor*
Geschwindigkeit:	*37 km/h*

(TIGER I und TIGER II — auch KÖNIGSTIGER genannt — wurden später mit der neuen Kampfwagenkanone 42 L/71 armiert und erhielten zwei Maschinengewehre MG 34. Die neue KwK 42 L/71 vermochte auf 1000 Meter Entfernung, bei einem Aufschlagwinkel von 60 Grad, eine Panzerung von 167 mm zu durchschlagen.)

I.

„Dreh die Pulle auf, Rainer! Im Kübel ist die Höchstgeschwindigkeit Hundertachtzig, und nicht, wie in deinem Tiger, 37 Kilometer."

„Halt doch endlich den Rand, alte Eule! Schließlich wollen wir heil im Schloß ankommen, damit du auch was davon hast, und im übrigen fängt dein Geburtstag erst um Mitternacht an."

Unteroffizier Rainer Bocker — als Panzerfahrer kam er sich hinter dem Steuer des Kübels fehl am Platze vor — drehte trotzdem noch etwas auf. Mit einem Blick sah er auf die Uhr, die am Armaturenbrett hing, und auf der Hauptdurchgangsstraße von Le Mans nach Tours konnte er noch was mehr aufdrehen. Er wandte sich halb den hinter ihm sitzenden drei Kameraden der Panzerbesatzung zu.

„In einer halben Stunde haben wir es geschafft."

„Mensch, paß auf, Bock! Sonst schaffen wir es in zehn Sekunden. Aber dann landen wir im Lazarett", warnte Oberleutnant Joachim Krohne den Fahrer.

„Und dann können wir Ihnen nicht mal unser Schloß zeigen. Ich sage Ihnen, Herr Oberleutnant, da kommen Le Mans und Paris nicht mit, geschweige denn unser Quartiernest Vibraye", warf Stabsgefreiter Paul Ahrens, das werdende Geburtstagskind, ein.

Die fünf Männer im Kübel waren die Besatzung des Befehlspanzers der 2. Kompanie, Schwere Panzerabteilung 501, die zum Verband der Panzer-Lehr-Division gehörte. Als OKW-Reserve lag die Division hier im Raume Le Mans, um einer Landung der Alliierten sofort begegnen zu können, falls eine solche erfolgte.

Der Kübel hatte Le Mans erreicht. In tollem Tempo durchfuhr Rainer die Verbindungsstraße.

„Paß auf, Rainer, gleich mußt du nach links abbiegen."

Das Kleeblatt der Straßenkreuzung schoß ihnen entgegen. Rainer Bocker sah es im richtigen Augenblick. Er riß das Steuer herum. Ohne die Geschwindigkeit zu verringern, riß er den Kübel durch die Kurve, die er so hart schnitt, daß er nur um Haaresbreite von einem ihm entgegenkommenden Wagen freikam.

Mit einer kleinen Bewegung riß Rainer das Steuer herum und trat leicht auf die Bremse. Der Kübel wurde nach außen getrieben. Mit mißtönendem Kreischen radierten die Reifen die Asphaltdecke der Straße. Der Wagen rutschte bis zum Bordstein.

In dem Sekundenbruchteil zwischen dem Kreischen der Reifen und dem leichten Anprall der beiden rechten Räder gegen den Randstein hörte Oberleutnant Joachim Krohne das wüste Fluchen des Fahrers des entgegenkommenden Wagens. Dann waren sie schon vorbei.

„Hör mal gut zu, Kleiner. Wenn das so weitergeht, steige ich aus!"

„Nicht nötig, Herr Oberleutnant. Jetzt geht's schnurgerade weiter."

„Das beruhigt mich kolossal."

Oberleutnant Krohne grinste und sah, wie die Nadel des Tachos nach rechts ausschlug, bis sie an der Grenze war und vibrierend den roten Strich der Höchstgeschwindigkeit überschritt.

Bei jeder leichten Bö des eben einsetzenden, vom Meer kommenden Abendwindes spürte er, wie der Wagen zu schweben schien. Aber Rainer Bocker hielt ihn immer unter Kontrolle.

Nach 15 Minuten hatten sie Ecommoy erreicht. Ein paar Minuten später St. Hubert. Die Straße machte einen kleinen Knick nach Südosten, und dann sahen sie quer vor sich das dunkle Band des Flusses in der Abenddämmerung aufleuchten.

„Geschafft, Herr Oberleutnant!"

Der Wagen bog in eine Zufahrt ein, rollte langsam aus und blieb neben einem wirren Durcheinander von Wagen mit den verschiedensten taktischen Zeichen stehen.

„Meine Güte, ist das etwa eine Besprechung der Heeresgruppe B?"

„Nein, Herr Oberleutnant. Aber Chateau-du-Loir ist eben bekanntgeworden."

„Nur, daß ich es noch nicht kenne."

„Wenn man glücklich verlobt ist, dann darf man es auch nicht besuchen. Es sei denn, in Begleitung einiger vertrauenswürdiger Freunde, die aufpassen. Und das werden wir, Herr Oberleutnant."

„Das werde ich aber — glaube ich — besser entfernen."

Mit einer raschen Bewegung, die schon einige Übung verriet, griff Oberleutnant Krohne sich an den Hals und nestelte das Ritterkreuz mit dem Eichenlaub los, das ihm als Panzerkommandant im Januar 1944 verliehen worden war, nachdem er — als Angehöriger der 1. Panzerdivision — 119 russische Panzer abgeschossen hatte.

Grinsend sahen sich die Männer an. Sie kannten ihren Kommandanten, der gleichzeitig ihr Kompanieführer war, gut genug, um zu wissen, daß er sich nichts aus Dekorationen machte und daß er nicht damit glänzen wollte. Zu oft schon hatte er es ihnen bewiesen, daß für ihn zuerst seine Besatzung und seine Kompanie kam, dann erst alles andere. Und das machte es, was sie für ihn durch die Hölle gehen ließ, wenn er es ihnen befehlen würde.

Unteroffizier Rainer Bocker, der als „Mediziner" der Kompanie bekannt war, wenn er auch erst im 6. Semester stand, als er zu den Waffen geeilt wurde — wie er immer sarkastisch betonte, wenn die Sprache darauf kam —, sah Joachim Krohne an.

Das war also der berühmte Panzerknacker, mit dem er im Januar 1944 im Einsatz gestanden hatte, wie er ihn härter nicht erlebt hatte. Diesem mittelgroßen Manne sah man nicht an, daß er ein unerbittlicher Kämpfer war. Das ein wenig zu spitze Kinn und die runden Lachfältchen, die sich von den Nasenflügeln zu den Lippenwinkeln des fast geraden Mundes herumzogen, gaben dem Gesicht etwas unbekümmert Jungenhaftes. Nur die Augen — in einem stählernen Grau — blickten hart und durchdringend; so, als sähen sie immer einen Gegner vor sich.

Sie freuten sich, daß es Paule Ahrens gelungen war, den „Alten", der nicht älter als sie alle war, zu überreden, mitzukommen.

„Fertig, Kinder! Rauschen wir 'rauf!"

Sie stiegen die Terrassenstufen empor und wurden von einem ganz in Weiß gekleideten Kellner empfangen.

„Guten Abend, Jean. Viel Betrieb heute? — Melden Sie uns Mademoiselle Lita."

Wortlos verbeugte sich der Kellner und forderte sie durch eine Handbewegung auf, ihm zu folgen. Er verschwand durch eine Tür, aus der ihnen — als Jean sie öffnete — der verführerische Duft entgegenschlug, der von Parfümen, Wein und Kognak kam.

„Sieh dich mal um, Paule", wisperte Josef Heiermann, der Funker, dem Kameraden ins Ohr. Aus einer der vielen Seitentüren kam ein Mädchen. Ihr platinblond gefärbtes Haar fiel ihr bis auf die Schulter. Sie wiegte sich graziös in den Hüften.

„Das ist ja phänomenal!"

„Guten Abend, meine Herren. Willkommen im Schloß!"

Die kehlige Altstimme der Frau, die von ihnen unbemerkt aus dem Saal gekommen war, ließ sie herumfahren. Sie reichte ihnen wie selbstverständlich die Hand. Rainer Bocker spürte sofort wieder die gleiche harte Spannung, in die Lita ihn immer wieder versetzte. So war Lita eben. Sie hatte ihre Wirkung auf ihn. Sie war die Herrin des Schlosses und — wenn sie wollte — auch seine.

„Das sind ein paar Freunde von mir, die du schon kennst. Hier, Oberleutnant Krohne, kennst du noch nicht. Er ist der Vater der Kompanie."

„Für einen Vater sehen Sie noch sehr jung aus, Herr Oberleutnant." Sie musterte ihn mit einem schnellen Blick.

„Danke, meine Gnädigste! Sie sind ganz bezaubernd, und ich verstehe jetzt, warum meine ‚Söhne' dieses Haus frequentieren", gab Joachim mit gleicher Münze zurück. Lita lachte und schlug ihm leicht auf den Arm.

„Sie legen sich ja scharf ins Zeug, mon Cherie. Gehen wir."

Interessiert sah sich Joachim Krohne in dem großen Saal um, den sie hinter Lita betraten.

Das grellrote Licht der Kronleuchter und der sternförmigen Wandleuchten fiel auf die Tische und Gesichter. Es verwandelte die Männergesichter auf eine ebenso geheime Weise, wie es die tiefdekolletierten Schultern der Frauen verwandelte.

„Nun, Herr Oberleutnant? Habe ich zuviel versprochen?"

Paul Ahrens sah seinen Kompaniechef grinsend an.

„Mensch, Ahrens, die sind ja ..."

„... süß, Herr Oberleutnant. Nicht so schlecht, wie ihr Ruf. — — Hören Sie nur!"

Auf der Bühne, deren Vorhang aufgerauscht war, begann eine Mistinguette zu singen.

„Ca, c'est Paris — —"

Die kleine, heitere, hüpfende Melodie ließ Paris in Joachim Krohne wach werden. Er wandte sich Ahrens zu.

„Mensch, Ahrens, das können wir doch gar nicht bezahlen!"

„Dafür hat Paule Ahrens doch Geburtstag. Ich werde meinen alten Herrn schon bluten lassen."

Noch immer folgten sie Lita, die sie zur Bar führte.

Rainer Bocker ging unmittelbar hinter ihr. Sein Blick folgte der Frau, deren makellose Schultern sich leuchtend aus dem Kleid aus Silberlamee heraushoben. Auf hohen, schlanken Beinen ging sie — ihrer Schönheit wohl bewußt — vor ihm her.

„Sie möchten doch sicher erst etwas trinken?" fragte sie, als sie einmal kurz aufgehalten wurden. Sie umringten die Frau, die sich jetzt an Oberleutnant Krohne wandte, während sie Rainer Bocker mit einem zärtlichen Blick streifte, der Oberleutnant Krohne nicht entging.

„Einstimmig angenommen", warf Paul Ahrens ein. „Aber nur dann, wenn ihr alle meine Gäste seid!"

Sie gingen die wenigen Schritte zur Bar hinüber, die an der Seitenwand blitzte.

Im Vorübergehen sah Joachim Krohne auf der Tanzfläche, deren rotierende Scheibe von unten her erhellt wurde, die Tanzpaare. Uniformen und glänzende Brokatstoffe. Frackbrüste leuchteten auf. Orden blitzten bei jeder Bewegung. Im klappernden Stakkato des Schlagzeuges, zum heulenden Singsang der Saxophone und zum schmetternden Gehämmer des Blechs, tanzten hier die Männer, die noch einmal das Leben erleben wollten; dort, wo es am hellsten brannte.

„Was wünschen die Herren? Einen Apéritif?"

„Zuviel Wasser, Lita. Wir trinken Calvados."

Mit einem Augenwink dirigierte sie den Keeper zu sich herüber und bestellte. Mit geschickten Bewegungen schnellte der Mixer ihnen die gefüllten Gläser über den Ausschank zu.

„Auf einen schönen Abend, Lita!"

„Auf viele schöne Abende! A votre santé, Messieurs", sagte Lita mit ihrer ein wenig rauhen, dunklen Stimme.

Sie tranken mit einem Zuge aus, während Lita nur an ihrem Glas nippte. Als ihr einer der Diener eine Karte brachte, runzelte Lita die Stirn. Dann, als sie einen Blick darauf geworfen hatte, wandte sie sich Rainer zu.

„Entschuldige mich bitte einen Augenblick."

Rainers Blick folgte ihr, wie sie — hier und da einen Gruß erwidernd — durch den Saal ging und hinter der Tür neben dem Blumenarrangement verschwand.

„Mensch, Bocker, tolle Biene; aber ich fürchte, daß sie uns sündhaft viel Geld abnimmt."

„Herr Oberleutnant, schweigen Sie lieber davon, wenn Sie Rainer nicht auf die Palme bringen wollen."

„Ihr gehört der ganze Krempel hier. Sie hat Geld genug", warf Heiermann ein.

„Und ein solcher germanischer Recke ist mehr wert als Geld", fiel Paul ihm wieder ins Wort.

„Weißt du, was du mich kannst?"

„Klar, Rainer! Das hast du mir ja schon oft angeboten. Aber ich lehne ab! Schließlich besitze ich schon eine Tapferkeitsmedaille."

Sie grinsten sich an.

„Dann will ich auch mal eine Runde schmeißen, gewissermaßen als Einstand." Joachim Krohne winkte dem Barmann und bestellte noch einmal dasselbe.

„Wie gefällt es Ihnen denn, Herr Oberleutnant?"

„Zuviel Uniformen, Kinder. Die können wir auch in Le Mans sehen."

„Warten Sie's nur ab, Herr Oberleutnant; wenn die orientalische Nacht erst beginnt. Aber nehmen Sie vorher noch ein paar Schluck Calvados, sonst bekommt es Ihnen nicht."

Die drei Kameraden grinsten sich wie Verschwörer an.

„Halb so schlimm, Ahrens. Sie werden es auch nicht anders machen als in Paris und anderswo. Das konnte man auch in Rußland haben."

Die berauschende Stärke des Calvados, dieses bunte Treiben, die Frauen in ihren tiefausgeschnittenen Kleidern, alles das, was sie insgeheim gesucht hatten, versetzte sie in Stimmung. Zu diesen Reizen, die sie suchten, um das andere zu vergessen, was hinter ihnen lag und jederzeit wieder losbrechen konnte, kam dieses unvergleichliche Gemisch von Düften, diese bunte Palette der Farben. Der Duft bedrängte die trunkenen und einander frozzelnden Männer mit der sinnenhaften Gewalt dieser faszinierenden Umwelt, der sie sich rückhaltlos auslieferten.

„Mensch, Siegfried, wo bleibt denn deine Belle?" fragte Paul den schweigsamen Ladeschützen.

„Was denn?" miemte Joachim Krohne, „unser Benjamin hat etwas mit einer dieser Damen?"

„Aber nicht doch, Herr Oberleutnant! Nicht, was Sie denken. Nein, anständig! Eine Stunde Händchenhalten und zum Abschied einen Kuß auf die Wange."

Siegfried Schnier spürte, wie die Wut ihn ansprang. Er spürte, wie ihm das Blut in den Kopf stieg. Er sprang von seinem Hocker herunter. Mit der ganzen Wucht seiner Größe von einsdreiundneunzig, mit seinen neunzig Kilogramm Sehnen und Muskeln, stand er vor Paul Ahrens. Er suchte nach Worten.

„Laß gut sein, Kleiner. Der ist doch nur neidisch, daß du sie ihm weggeschnappt hast", fiel Rainer ein und legte ihm die Hand auf die Schulter. „Belle ist schon in Ordnung. Und wenn sie

Augen im Kopf hatte, dann mußte sie ja auf dich 'reinfallen."

„Klar, neuestes Musterexemplar eines germanischen Recken; Marke Siegfried", höhnte Paule. „Ich weiß, daß diese Kerls in der Liebe . . ."

„Was du weißt, das kann man bequem auf der Rückseite einer Briefmarke unterbringen." Siegfried setzte sich wieder. Sein Zorn war verraucht.

„Na, mon Petit; so allein?"

Siegfried spürte plötzlich jemanden hinter sich. Er spürte, wie ein Paar warme Lippen seine Wange berührten, und atmete den herben Duft irgendeines Parfüms. Die leise Berührung an seiner Schulter ließ ihn unwillkürlich zurückweichen.

„Ah, Belle. Guten Abend. Komm, setz dich zu uns."

Eilfertig, noch ehe Siegfried aus der Bezauberung erwachte, zog Paul einen Hocker zu sich heran. Belle setzte sich.

„Einen Martini, Belle?"

Das Mädchen nickte Siegfried zu.

„Danke, Cherie!"

Sie wirkte in der Pose, in der sie an der Bar lehnte, wie eine Tigerin, die auf ihr Opfer wartet. Sie hatte blondes, kurzgeschnittenes Haar und eine helle Haut.

„Tanzen wir?" fragte sie und sah Siegfried voll an.

Siegfried sprang auf und führte sie zur Tanzfläche. Zu den Klängen des Tangos begannen sie zu tanzen.

„Du hast mich noch nie von selber aufgefordert, Cherie“, stellte sie fest, als Siegfried sich ganz auf den Tanz konzentrierte und versuchte, sie gut zu führen.

„Es sind so viele andere hier, Belle. Vielleicht willst du nicht mit mir tanzen?“

„Es ist keiner hier, der wie du aussieht.“

„Das geht dir so leicht von den Lippen, Belle. Vielleicht sagst du das jedem Tänzer?“

Das strahlende Lächeln, mit dem sie an ihm hing, gefror. Doch gleich darauf hatte sie sich wieder in der Gewalt.

„Nicht jedem“, sagte sie leise, und Siegfried spürte, daß sie verletzt war.

„Entschuldige, Belle“, sagte er.

„Laß nur, Siegfried. War ja schließlich wahrscheinlich, oder? Hier, in dieser Umgebung?“

„Verzeih, Belle. Aber manchmal denke ich, das kann doch nicht sein, daß du ausgerechnet mich ...“

Ihre großen, grauen Augen waren weit geöffnet. Leicht und graziös paßte sie sich ihm an.

„Leider ist es so, Siegfried. Und es ist nicht gut für ein Mädchen in meiner Lage, daß es nach einem bestimmten Mann verrückt ist und wissen möchte, ob auch er ...“

Mit einer unbeherrschten Bewegung zog er sie an sich. Sie schrie leicht auf. Mehr vor Schreck, als daß er ihr weh getan hätte. Ihre Augen schlossen sich, und unter den geschlossenen Lidern sah er Tränen hervorquellen.

„Belle", sagte er. Und als er es sagte, da fühlte er sich zum erstenmal seit langer Zeit vollkommen glücklich.

Als der zweite Tanz erklang, tanzten sie zusammen, als hätten sie schon immer gemeinsam getanzt. Ihre Lippen glänzten feucht. Das Licht der Kronleuchter fiel auf ihr kurzgeschnittenes blondes Haar und brachte es zum Glitzern.

Im Rhythmus der Schritte berührten sich ihre Schenkel. Diese Berührung durchdrang Siegfried wie eine heiße Welle.

Ob die anderen hier im Saal das auch wohl so spürten wie er, ging es ihm durch den Kopf. Konnte es sein, daß sie alle — gleich ihm — solch tiefe Empfindungen hatten?

Als der letzte winselnde Ton des Saxophons verstummte und der Wirbel des Schlagzeuges ausklang, führte er sie zu dem Tisch zurück, an dem sie inzwischen Platz genommen hatten.

„Gleich geht die Vorstellung los, Herr Oberleutnant."

Rainer deutete auf die Bühne, deren Vorhang soeben wieder zurückglitt.

Lita war zurückgekommen. Sie saß neben ihm. Ihre Hand lag auf dem Tisch, und Rainer hatte seine Hand darübergebreitet. Sie tranken Champagner.

Frenetischer Beifall brandete auf, als fünf Mädchen auf die Bühne geführt wurden. Die Kronleuchter erloschen. Der Saal lag im Dämmer.

Die beiden verschleierten Frauen, welche die Mädchen führten, trugen Reisigruten in der Hand. An den Füßen der fünf Mädchen waren silberne Glocken mit Lederriemen befestigt.

Hinter der Bühne begannen Trommeln zu dröhnen. Die nackten Füße der Mädchen stampften den Boden. Sie begannen sich zu drehen. Schneller und schneller wurde der Tanz. Andere Mädchen kamen hinzu. Sie bildeten einen Kreis. Die an den Tischen sitzenden Männer klatschten im Takt der Musik in die Hände.

In diesem Augenblick begannen die beiden Frauen, die in der Mitte des Kreises standen, mit ihren Ruten leicht auf die Rücken der Mädchen einzuschlagen. Die Tänzerinnen fielen auf die Knie und wanden sich in den zuckenden Rhythmen der Trommeln.

Dann schnellten sie wieder hoch und rasten im Kreise herum. Sie warfen die Köpfe zurück. Ihre weißen Zähne blitzten aus den dunklen Gesichtern. Die Augen leuchteten durch das Dämmer des Raumes. Sie sangen immer dieselbe Tonfolge; hoch, gellend. Dann fielen sie in einer Reihe vorn am Bühnenrand in die Knie und verneigten sich tief vor den Zuschauern.

Rauschend glitt der Vorhang wieder zusammen.

„Na, Herr Oberleutnant? War das keine tolle Sache?“ fragte Paul grinsend.

„Ich weiß nicht, Ahrens. Kam mir ein bißchen zu plump vor; zu direkt.“

„Trinken wir lieber mal auf die Frauen im allgemeinen und auf Lita und Belle im besonderen!"

Sie tranken aus. Der Garcon, der in respektvollem Abstand hinter dem Tisch stand, sprang hinzu und füllte die Gläser nach.

Oberleutnant Joachim Krohne sah seine Kameraden an. Hier saßen sie mit ihm zusammen. Wenn er auch so wie sie alles für ein paar Stunden vergessen könnte! Wenn wenigstens jetzt diese eisige Aussichtslosigkeit dem Hoffen weichen wollte.

Aber er spürte nichts von dem Duft, der um ihn war. Er spürte den Gestank verbrannten Fleisches, der aus abgeschossenen Panzern aufstieg.

119 Panzer waren es gewesen. Ein Bataillon von Gegnern; ein ganzes Panzerregiment. Er hatte Menschen getötet.

„Feinde!" rief es in ihm.

Aber Menschen blieben es. Und er hatte sich freiwillig zu diesem blutigen Geschäft gemeldet. Er hatte die Heimat retten wollen; den deutschen Boden wollte er schützen.

Alles hatte sich gut angehört. So durch und durch edel; und war doch so grausig, so ungeheuer fürchterlich.

Alle Parolen waren vor der unerbittlichen Wirklichkeit zuschanden geworden, und in der Enge seines Panzers hatte er erkannt, daß alles anders war, daß er um die Erhaltung des nackten Lebens kämpfte und daß der Gegner — ebenso wie sie — mit dem gleichen Bewußtsein in den Kampf zog, seine Heimat zu retten.

Und weil sie nichts anderes wollten, schossen sie einander tot, brachten sie sich auf grausamste Weise gegenseitig um.

Und hier saßen sie nun, um zu vergessen, was unvergeßlich in ihnen eingebrannt war.

„Mir ist warm. Gehen wir etwas in den Park?"

„Wenn du willst. Aber du mußt etwas umnehmen. Es ist kühl in der Nacht."

Überrascht sah Belle zu Siegfried auf. Sie hörte nicht zu oft, daß man sich um sie sorgte. Die Männer, mit denen sie hier im Chateau-du-Loir zu tun hatte, waren nicht zimperlich. Aber dieser Junge hier, er konnte kaum 21 Jahre alt sein, war anders.

„Danke", sagte sie und drückte seinen Arm.

Langsam gingen sie durch den Park. Als sie im Schatten einer Gebüschgruppe untertauchten, blieb sie unter einem plötzlichen Impuls stehen und wandte sich ihm zu. Ihr Gesicht war mit einem Male unsagbar weich.

„Was willst du?" fragte er.

„Das!" sagte sie. „Und das! — — Und das!"

Mit einer jähen, unbeherrschten Bewegung hatte sie die Arme um seinen Hals geschlungen und küßte ihn — sich auf die Zehenspitzen stellend — auf den Mund.

Siegfried spürte ihre warmen Lippen. Er hatte immer schon daran gedacht; aber er hatte es sich nicht so vorgestellt. Es war Erschütterung in diesem Kuß, und er verwandelte alles. Sie hatte mit ihm getanzt. Sie hatte seine Hand gehalten und seinen Namen ausgesprochen. Und jetzt küßte sie ihn.

Siegfried ergriff sie an den Oberarmen und spürte, wie ihre Schultermuskeln sich strafften. Ihre Brust stieß gegen seine schwarze Panzerbluse. Mit einem harten Ruck, der sie aufstöhnen ließ, riß er sie an sich. Besinnungslos bedeckte er ihren Mund, ihren Hals, mit Küssen.

Wie er darauf gewartet hatte!

Es war ihm, als müsse er in diesem süßen Taumel untertauchen, als müsse er diese drängende Lust bis zur Neige auskosten. Vielleicht war es morgen zu spät? Vielleicht würden auch sie — wie die Nachbarabteilung — morgen schon nach dem Osten in Marsch gesetzt? Vielleicht begann morgen die Invasion, und sie rollten wieder gegen den Feind?

Er hatte in ungezählten Einsätzen die immer gleiche verzehrende Furcht gespürt. Immer wieder hatte dieses wilde Tier ihn angesprungen, fordernd; sein Leben fordernd. Und er hatte doch noch nicht einmal richtig gelebt.

Die Penne, das Abitur; dann die Freiwilligenmeldung zur Wehrmacht. Seine Fähnrichzeit; und die Zeit, da er erkannte, daß er kein Offizier werden konnte.

Seine Auseinandersetzung mit dem Abteilungskommandeur und die darauf folgende Degradierung, die seinen Vater in Soest so erschreckt hatte. Dann war er als Panzerschütze nach dem Osten gekommen; mitten hinein in den Untergangsbrodem, der seit dem Generalangriff der Russen im Sommer 1943 im Osten brodelte.

Freiwilliger in der 1. SS-Panzerdivision „Adolf Hitler".

Schon vorher hatte man versucht, ihm mit Propagandareden und Schlagworten beizukommen, doch er war auf dem Lande groß geworden, in einer christlichen Familie, und das, was er sah, ließ seine Begeisterung schwinden.

In den Herbstmonaten des Jahres 1943 und im Winter 1943/44 hatte er dann erkannt, daß die Wirklichkeit anders war. Die Wirklichkeit hatte ihn mit all ihrem Schrecken überwältigt. Die Wirklichkeit war eine einzige Straße von Blut und Tränen. Von Orel bis Witebsk; von der Oka bis zur Beresina.

Hier in Frankreich aber fand er Wärme. Hier hing eine Frau an seinen Lippen, fühlte er die Wärme eines Körpers, der ihm Wärme schenken wollte.

„Du bist schön, Belle. Du bist wunderbar, und ich liebe dich", brach es aus ihm heraus.

„Ja — ja", antwortete sie schweratmend. „Ich bin verrückt nach dir. Du hast mich lange warten lassen, und ich kann jetzt keine Sekunde länger warten. — — Komm!"

„Wohin gehen wir?"

„Zu mir, Cherie."

Belle führte ihn durch den Park. Sie erreichten das Gartenhaus, das im Bungalowstil gehalten war. Sie ließ ihn eintreten und schloß die Tür hinter ihm ab.

Mit einer unbeherrschten Bewegung zog er sie an sich. Sein Schwips war verflogen. Jetzt zitterte er in der Erwartung, diesen Körper umarmen zu können.

Sie preßte sich ganz fest an ihn. In der Umarmung Belles lag — aber das wußte er nicht — das Bemühen, an ihm gutzumachen, was die Welt des Krieges ihm an Wunden zugefügt hatte.

Sie war mit einem Male eine andere, und sie wollte ihn vergessen lassen, daß seine Tage aus Blut und Tränen zusammengesetzt waren und daß dies hier nur ein Intermezzo am Rande des Abgrundes war.

Das Fenster war geöffnet, und der Nachtwind wehte ihnen die Geräusche der Nacht zu. Siegfried sah auf die Uhr. Es war gerade 2.30 Uhr, und noch hatten sie Stunden — — Stunden.

Seit dem Tag, da er sie vor drei Monaten zum erstenmal sah, mochte er sie. Damals hatte er sofort gewußt, daß sie es war, auf die er die 21 Jahre seines Lebens gewartet hatte. Jetzt aber wußte er, wie so etwas war.

Sie lag auf der Couch, und er saß neben ihr. Plötzlich spürte er, daß sie wach war und auf seinen Herzschlag lauschte. Er drehte sich ihr zu.

„Du hast keine andere vor mir gehabt?"

Er schüttelte stumm und unfähig zu sprechen den Kopf, und sie verstand ihn.

„Es wird auch keine andere mehr geben."

Belle verschloß ihm mit ihrer festen Hand den Mund.

„Das darfst du nicht sagen, hörst du? So etwas darf man nie sagen", fuhr sie erschrocken fort. Und beide wußten nicht, daß sie etwas anderes meinten. Vorhin hatte Siegfried zu träumen geglaubt. Aber jetzt fühlte er sie bewußt neben sich. Sie war wie eine unbekannte Belohnung, die von den Rändern der Nacht, noch rechtzeitig vor dem Erreichen des Abgrundes, zu ihm gekommen war und seine Furcht verjagt hatte.

Das unerbittlich laufende Fließband des Schicksals hatte ihn hierhergebracht, und es würde ihn auch wieder fortbringen. Für immer? Belle wußte es nicht.

Was sie aber wußte, war, daß er jetzt hier war, daß er ihr allein gehörte, und daß sie jetzt einander lieben konnten.

Es war wie ein Rausch über Belle gekommen, seit sie wußte, daß sie seine erste Liebe war. Sie dachte nicht mehr daran, was sie von ihm fordern würde. Sie dachte daran, wie sie es ihm schön machen konnte. Es war seltsam, daß ausgerechnet sie so dachte. Aber es war so! Als er sich ihr zuwandte, wurden ihre Augen ganz sanft.

Sein hartes Gesicht war weicher geworden, gelöster. Sie sprachen nicht. Siegfried sagte nur ihren Namen. Immer wieder, mit sich steigernder Heftigkeit.

Es war 2.30 Uhr, als im Gefechtsstand der Panzer-Lehr-Division in Nogent-le-Rotrou der Fernsprecher schrillte.

Der Unteroffizier der Wache nahm den Hörer auf. Als er die Stimme am anderen Ende der Strippe erkannte, straffte er sich.

„Jawohl, Herr General! Ich werde den Herrn Divisionskommandeur sofort verständigen. Einen Augenblick, bitte."

Der Unteroffizier legte den Hörer auf den Tisch und stand auf.

„Was ist los, Gilles?"

Oberstleutnant Kaufmann, der Ia der Panzer-Lehr-Division, sah von seiner Karte auf.

„General Warlimont vom Wehrmachtsführungsstab ist am Apparat, Herr Oberstleutnant."

„Danke, Gilles. Lassen Sie nur, ich wecke den General."

Eine Minute später stand Generalleutnant Fritz Bayerlein, der ehemalige Stabschef von Feldmarschall Rommel in Afrika, am Fernsprecher und meldete sich.

Er hörte die Stimme von General Warlimont zu ihm durch den Draht klingen. Er hörte den Befehl des OKW, und dieser Befehl machte, daß alle Schlaftrunkenheit sofort von ihm abfiel. Er lautete:

„Fallschirmlandungen an der Calvadosküste und an der Ostseite der Halbinsel Cotentin. Vielleicht die erwartete feindliche Invasion. Die Panzer-Lehr-Division ist zum Vormarsch in Richtung Caen in Alarmzustand zu versetzen."

Fritz Bayerlein räusperte sich.

„Wäre es nicht ratsam, unverzüglich mit den ersten Verbänden in Richtung Caen aufzubrechen? Es sind von hier aus immerhin 150 Kilometer bis Caen", gab Generalleutnant Bayerlein zu bedenken.

„Bedaure, Herr Bayerlein! Alle weiteren Befehle erhält die Division durch das Hauptquartier der Heeresgruppe B, Feldmarschall von Rundstedt. Ende."

Während sich Generalleutnant Bayerlein anzog, gab er seinem Ia die sofort zu treffenden Maßnahmen durch. Zwei Minuten später läuteten in allen Regiments- und Abteilungsstäben die Fernsprecher. Die Verbände der Panzer-Lehr-Division, dieser stärksten deutschen Panzerdivision, die überhaupt greifbar war, versammelten sich.

Gleichzeitig ließ Generalleutnant Bayerlein alle befohlenen und schon angelaufenen Transporte der Schweren Panzerabteilung mit ihren Panthern und Tigern nach dem Osten stoppen.

Die Invasion rollte. Er war sicher, daß dies die Invasion war. Bald würde die Stunde für die Eingreifreserven kommen, die dann marschieren und den Gegner wieder in die See zurückwerfen würden.

Schließlich waren drei vollkommen intakte Panzerdivisionen in dieser Eingreifreserve zusammengefaßt. Während die 21. Panzerdivision — es war der alte, wieder neu aufgestellte Afrikaverband — der Invasionsfront am nächsten lag, stand die Panzer-Lehr-Division am weitesten von ihr ab.

Zwischen beiden Divisionen lag noch die 12. SS-Panzerdivision „Hitlerjugend" unter Gruppenführer Witt.

Wenn sie, getreu dem Wahlspruch des Inspekteurs der Panzertruppen, Heinz Guderian, nicht kleckerten, sondern klotzten, würden sie den Gegner — falls er wirklich an dieser Stelle seine Hauptoperationen durchführte — ins Meer zurückwerfen.

Doch weder das OKW in Berchtesgaden noch die Heeresgruppe B in Paris war davon überzeugt, daß dies die Invasion sein könnte.

II.

„Meine Herren, jetzt geht es wieder los. Jetzt rollt der Laden wieder."

Paul Ahrens wandte sich Rainer Bocker zu, der hinter dem Steuer seines Tigers saß und auf den Befehl zum Aufbruch wartete.

„Hast du noch immer nicht die Schnauze voll von Rußland?"

„Schnauze voll oder nicht voll. Wir müssen 'ran! Wir können doch nicht einfach hier liegenbleiben und zusehen, wie die Amerikaner und Engländer sich in der Seinebucht festsetzen."

„Warum hat man uns denn nicht schon eher in Marsch gesetzt?"

„Ruhe im Eisenkasten!" befahl Oberleutnant Krohne, der oben im offenen Luk stand und über die in langer Schlange hintereinanderstehenden und zum Aufbruch bereiten Fahrzeuge hinwegstarrte.

Und wie sie, die Panzerabteilung 501, auf das Zeichen zum Aufbruch warteten, so warteten an ihren Versammlungsplätzen auch die anderen Einheiten. Die Panzergrenadierregimenter 901 und 902 ebenso wie die Artillerie- und Panzerjägerabteilung.

260 Panzer, Panzer IV, Tiger I und II und Panther, warteten neben 800 armierten Kettenfahrzeugen auf den einen Befehl, der die Motoren aufbrüllen lassen würde.

„Achtung!" gab Oberleutnant Krohne in den Kampfwagen hinunter.

Die Panzermotoren heulten auf, dröhnten im Leerlauf. Dann kam der Befehl:

„Panzer maaarsch!"

Der 655-PS-Maybach-Otto-Motor ließ den Tiger wie ein lebendes Wesen erzittern, dann rollte der 58 Tonnen schwere Riese an und setzte sich in Bewegung.

Ziel war Caen!

Ziel war die Invasionsküste, wo sie den Gegner wieder ins Meer zurückwerfen wollten. Aber sie waren zu spät aufgebrochen. Sie hatten die dunkle Nacht nicht ausgenützt.

Oberleutnant Krohne hatte ein ungutes Gefühl, als er an die Jabos dachte, die sie schnell genug ausmachen würden.

„Paßt nur gut auf!" riefen die zurückbleibenden Männer den abrollenden Einheiten zu. „Und vergeßt nicht, kurz vor Caen umzusteigen und per Schiff nach England weiterzufahren."

„Werden den Wegweiser wohl nicht übersehen!" schrie Oberleutnant Krohne zurück.

„Wie ist die genaue Marschrichtung, Herr Oberleutnant?"

„Mensch, Rainer, wo hast du denn die Gedanken? Wohl noch immer bei deiner Lita, was?" flachste Paul den Fahrer.

„Bis Alencon geht's genau nach Norden. Dann über Le Perron nach Argentan, und von dort aus nach Falaise — wenn uns die Jabos bis dahin nicht zur Sau gemacht haben."

„Male nur nicht den Teufel an die Wand."

„Im Chateau-du-Loir war's schöner, Jungens!"

Siegfried Schnier war es beim Nennen des Namens, als sähe er plötzlich Belle vor sich; so, wie er sich von ihr verabschiedete, als ihn die Kameraden aus dem Bungalow herausgetrommelt hatten.

Einer der im Schloß anwesenden Offiziere des Panzergrenadierregimentes 901 unter Oberst Scholze hatte beim Haufen hinterlassen, daß er hier sei. Ein dringender Telefonanruf von dort hatte ihn mitten in der Nacht erreicht. Sofort hatte er alle Offiziere der Panzer-Lehr-Division zusammengerufen.

So hatten auch sie von den ersten alliierten Landungen erfahren und waren ebenfalls zu ihren Einheiten zurückgefahren.

„Du wirst wiederkommen, Liebster!"

Siegfried hörte ihre Stimme, als spräche sie neben ihm. Er wollte wiederkommen. Er wollte sie wiedersehen; aber wann würde das sein?

Ein Krad raste an den Panzern vorbei nach vorn, wo irgendwo an der Spitze der Divisionskommandeur mit seinen Pkws und den beiden Funkstellen des Gefechtsstabes über die Piste rollte.

Vor und hinter ihrem Panzer dröhnten die Motoren der Panzer der Schweren Panzerabteilung. Noch waren die Luken geöffnet.

Nacheinander rief Oberleutnant Krohne die einzelnen Panzer seiner Kompanie. Alle meldeten sich sofort. Sie waren bereit. Nach den Gefechtsspielen und Tagen wie „Gott in Frankreich" wurde es jetzt ernst.

„Tolle Marschfahrt. Wenn wir so weitermachen, werden wir alles abhängen", grinste Unteroffizier Rainer Bocker, als der im Luk stehende Kommandant wieder eine Zurückschaltung der Geschwindigkeit befahl.

„Meine Güte, das ist ja ein sagenhaftes Tempo. Mindestens zehn Kilometer die Stunde."

„Die Kolonne zieht sich auseinander wie Gummi."

„Die Amis werden uns schubweise am Meer empfangen, wenn wir so angekleckert kommen. Sollen ein prima Gefangenenlager haben. Sagenhafter Speisezettel. Sport, Freizeit, zentnerschwere Weiber."

„Scheiße!" sagte Paule überzeugt. „Die werden uns was husten!"

„Na, so schlimm ist es nicht, daß wir gleich auswandern müssen", fiel Siegfried Schnier, der Ladeschütze, ein. „Schließlich haben wir allerhand Zeug bei uns." Er deutete mit dem Daumen über die Schulter in die Munitionslast hinein. „Prächtige Granaten für unsere Achtacht mit Rotzbremse."

„Das heißt auf gut Kommißdeutsch: 8,8-cm-Kampfwagen-Kanone, lang; mit Mündungsbremse", zitierte Rainer Bocker.

„Paß lieber auf, daß du dir nicht immer die dicksten Löcher zum Durchrollen aussuchst. Du schaukelst einen noch zu Tode."

„Kannst du denn nicht schneller, du lahmer Vogel?"

„Kannst es wohl schon gar nicht mehr erwarten, was? Hast auch wohl Halsschmerzen, oder?"

„Nee", grinste Paul Ahrens breit. „Das Feldküchen-Sturmabzeichen habe ich; und das genügt mir."

„Meine Güte. Jetzt wird's literarisch", fiel Joachim Krohne wieder ein. „Erzählt mir lieber mal einen neuen Witz."

„Wieso Witz? Wenn Sie Rainers Annonce im Pariser Soir lesen, brauchen Sie keinen Witz mehr", grinste Paule breit.

„Meine was?" fragte Rainer überrascht.

„Tu nur nicht so, als wüßtest du von nichts. Ich hab's doch gelesen: ‚Panzerfahrer sucht in der Zwischensaison leichte Beschäftigung, bei der er den Helm aufbehalten kann. Ballettratte mit achtzehnjähriger Schwester angenehm. Schwester jedoch nicht Bedingung'."

Sie brüllten alle gleichzeitig los. Das schätzten sie an ihrem Paule. Ja, er war ein Schwätzer, und er lachte immer auf Kosten anderer, aber daß er auch sie zum Lachen brachte, das versöhnte sie mit ihm. Paul Ahrens sagte von sich, daß er von faulen Erbsen lebe, die sein Vater in die Konservendosen packe.

„Da war wohl dein Wunsch der Vater des Gedankens", gab Rainer zurück. „Schließlich bin ich versorgt. Aber welches anständige Mädel gibt sich schon mit einer solchen Vogelscheuche wie dir ab?"

„Hörte ich richtig, alter Knabe? Sagtest du anständig?“

„Nun ist es aber gut!“ empörte sich Rainer. „Du kannst ja ...“

„Tiefflieger!“ gellte es von der Abteilungsspitze in Joachims Kopfhörer.

„Achtung, Schnecke an alle: Tiefflieger!“

Wie abgeschnitten verstummte jedes Gespräch. Plötzlich griff der Krieg wieder nach ihnen, spürten sie, wie sein versengender Atem sie streifte. Würde er auf sie zukommen, oder würde er auch diesmal wieder vorübergehen?

Und plötzlich hörten sie durch das Dröhnen der eigenen Motoren das Geräusch, das sie alle kannten. Dann hörten sie weit vor sich auf der Straße das Krachen detonierender Fliegerbomben. MG-Feuer tackte, schnell näher kommend, aus den Rümpfen der von Norden anfliegenden Maschinen heraus und perforierte die Piste.

Die ersten Mannschafts-Transportwagen gingen in Flammen auf. Knallend schlug das Luk zu. Der Sicherungshebel klirrte. Dann waren die Maschinen heran.

Mit gellenden Schlägen klopften die Granaten aus den Bordwaffen gegen die Panzerung des Tigers. Unter mißtönendem Kreischen heulten die abprallenden Querschläger zur Seite, und mit mächtigem Schlag wurde der Panzer aus der Fahrtrichtung geworfen, als eine Bombe zehn Meter neben ihm in den Boden schlug.

Splitter klirrten gegen die Seitenschürzen, dann war der erste Pulk Jabos vorübergebraust.

An den getroffenen, ausbrennenden Kettenfahrzeugen vorbei rollten sie weiter. Sie umfuhren die brennenden Wracks der Selbstfahrlafetten, der Feldküchen und der Schützenpanzerwagen. Sie rollten weiter und durchfuhren Beaumont. Ein paar Minuten später kam die zweite Welle, und als sie La Hutte erreichten, die dritte. Mit brüllenden Motoren stürzten die Jabos in die Tiefe und feuerten. Bomben rissen die Piste auf.

Unmittelbar vor ihnen, sie konnten es durch die Schießschlitze, durch das Kinonglas des Fahrerfensters und durch die Optik des Kommandanten sehen, barst ein Munitionslaster mit einem einzigen schmetternden Schlag auseinander. Als grelle Flammenrosette verpuffte er seine ganze Munition innerhalb eines einzigen mächtigen Feuerschlages. Als sich der Detonationspilz gelegt hatte, war nichts mehr von dem Wagen zu sehen. Verwundete schrien an den Straßenrändern. Sankas rasten davon.

Eine Stunde lang zischten von diesem Zeitpunkt an Granaten und MG-Geschosse auf sie nieder. Bomben barsten auf der Piste und auf den Feldern daneben auseinander. Die von den Flakgeschützen aufgefaßten Feindmaschinen stürzten als brennende Fackeln in die Tiefe.

Dann aber — sie glaubten es schon geschafft zu haben — kamen die Fliegenden Festungen. Sie kannten die Marschrichtung der vorwärtsstrebenden Kolonne genau. Und sie kamen im richtigen Augenblick.

Als die Panzerkolonne die Sarthebrücke bei Alencon erreichte, waren sie über ihnen und begannen, die Straßenkreuzungen, die Brücken und alle anderen wichtigen Ziele zu bombardieren, deren Vernichtung den Vormarsch der Panzer-Lehr-Division aufhalten konnte. Riesige Krater klafften auf der Straße. Bomben heulten.

„Abteilungskommandeur an alle: Hauptstraße räumen. Bis Sonnenuntergang auf Nebenstraßen weiter vorrollen."

Dies war die letzte Meldung, die von vorn durchgegeben wurde. Von diesem Zeitpunkt an war vollkommene Funkstille befohlen.

Hintereinander verließen die Panzer der 2. Kompanie die Piste. Sie meldeten sich einzeln beim Kompaniechef.

Als die „Schnecke" — der Befehlspanzer — die Straße verließ und in jähem Anlauf durch den Graben rollte, über einen Knüppeldamm vorzog und in einen Feldweg einbog, flogen wieder Jabos an.

Doch durch diesen Slalomlauf zur Seite entging die 2. Kompanie noch eben rechtzeitig den Bomben, die dort auf die Straße niederheulten, wo sie sich jetzt befinden würden, wenn sie auf dem gleichen Kurs weitergerollt wären.

Joachim Krohne hatte das Luk geöffnet. Er sah, wie einer der Kameradenpanzer in einem Volltreffer verschwand.

„He, du schäbiger Taxifahrer!" fluchte Paule, der Richtschütze, als sich der Stahlkasten weit überlegte und dann so hart zurückschwang, daß alle Insassen durcheinandergeschaukelt wurden.

Eine Gruppe von Landsern des Panzergrenadierregimentes 901, denen die fahrbaren Untersätze abgeschossen oder zerbombt worden waren, tauchten vor ihnen auf. Sie hatten sich beim Angriff der Jabos in den Wald geflüchtet und kamen nun zurück.

„Könnt ihr uns nicht ein Stück mitnehmen? Wenigstens bis Sèes? Dort sollen wir wieder auf unseren Haufen treffen."

„Klar", sagte Oberleutnant Krohne. „Steigt nur hinten auf. Aber paßt auf, daß euch die Arschbacken nicht schmelzen. Unser Motor ist nämlich heiß wie eine Backstube."

„Alles, was für den Heldentod taugt, aufsitzen!" krähte ein junger Leutnant. „Los, los! Keine Müdigkeit vortäuschen, sonst jage ich euch, daß euch die Socken platzen!"

Amüsiert verfolgte Joachim Krohne die Bemühungen des Leutnants, sich möglichst zackig und kaltschnäuzig zu geben, um dadurch das Minus an Alter auszugleichen, das er seinen Grenadieren gegenüber hatte.

„Es eilt nicht so", rief er ihm zu. „Wir werden schon noch was davon mitkriegen."

Die Männer lachten und saßen auf. Hintereinander rumpelten die Panzer durch den schnell niederfallenden Abend weiter nach Norden.

Sie rollten mitten durch eine Wiese. Die Panzerketten fraßen das Gras auf und schleuderten Erdklumpen und Grasboden hoch. Weiter rechts von ihnen — auf der Piste — sahen sie die brennenden Fahrzeuge der Division stehen. Es war ein schauerliches Bild der Zerstörung. Einer Zerstörung, die über sie hergefallen war, noch ehe sie am Feind standen.

„Hüpft schnell runter, Kameraden. Da vorn wird es mulmig!"

Sie hatten Sèes erreicht und sahen, wie mitten über der Stadt die Christbäume der „Pfadfinder" standen. Gleich darauf wankte vor ihnen die Erde. Grelle Detonationsblitze sprangen in die Höhe. Ohrenbetäubendes Krachen folgte.

„Da kommen wir nicht durch, Herr Oberleutnant."

„Leg mal was zu. Los, hau die Pulle 'rein, daß es rauscht! Und dann nichts wie durch!"

Als Joachim Krohne es sagte, fiel Siegfrieds Blick auf die Uhr. Die Leuchtziffern zeigten ihm, daß es 2.30 Uhr war. Vor 24 Stunden war er noch bei Belle gewesen.

War das wirklich erst 24 Stunden her? Es schien Siegfried, als seien Ort und Zeit, in der sie sich jetzt befanden, hynotisiert. Ihm war so, als könne er an nichts anderes mehr denken als an die Stunden des Zusammenseins mit Belle. Und das jetzt. Mitten im Hagel der niedergehenden Bomben.

Ein krachender Einschlag vierzig Meter vor ihnen ließ eines der Häuser wie ein Kartenhaus zusammenklappen. Ein Balkon stürzte auf die Straße hinunter. Der Panzer rumpelte über die Trümmer hinweg. Dann kurvte er um die Ecke, streifte eine Mauer und riß sie ein. Blitzschnell riß Joachim Krohne das Luk zu. Polternd fiel das Gemäuer auf den Turm.

Wieder fielen Bomben. Der Feuerschein grellte durch die Schießschlitze und durch die Luke des Fahrers herein. Dann hatten sie es mit einem Male geschafft. Sie waren durchgekommen.

Sie rollten an einem Panzer ihrer Abteilung vorbei, der als brennendes Fanal der Vernichtung am Straßenrand stand. Dann sahen sie zwei brennende Panther des Panzer-Lehr-Regimentes.

Mortree, Eouche wurden passiert. Dann erkannten sie vor sich eine breite Wand aus Flammen und Rauch, aus der immer wieder die Detonationsblitze berstender Bomben herausgrellten.

Eine Streife hielt sie auf. Der Streifenführer hob die Kelle. Oberleutnant Krohne — wieder im Turmluk stehend — erkannte die „Krähe" auf dem Brustschild.

„Hier nach links 'rüber. Argentan ist unpassierbar."

„Wir haben Befehl, uns in Argentan zu sammeln."

„Nichts zu machen, Oberleutnant", sagte der Hauptmann, der die Offiziersstreife führte. „Die

Ornebrücke südlich Argentan ist getroffen. Pioniere sind mit der Ausbesserung beschäftigt."

Er sagte dies so, als handele es sich um irgendeine geringfügige Reparatur in der Stadt.

„Verdammt! Was machen wir denn da?"

Der Hauptmann grinste leicht.

„Die Panzerabteilung 501 stößt am Südufer der Orne in Richtung Fleers nach Westen vor."

„Bäumchen, Bäumchen, verwechselt euch", rief Paule in einem Anfall von Galgenhumor.

„Mensch, halt ja die Schnauze!"

Der Panzer rollte von der Straße herunter und rasselte in die angegebene Richtung weiter, bis sie auf die Auffangstellung trafen.

Trümmer waren es, die sie vorfanden. Die Division hatte in diesen ersten Stunden des Marsches hohe Verluste erlitten. Und noch war kein Ende der Bombardierungen abzusehen. Mit dem ersten Tageslicht des 7. Juni würden die Jaboangriffe erneut beginnen. Fahrzeugwracks säumten die Vormarschstraßen. Von St. Rémy bis nach Villers Bocage — weit auseinandergezogen — lagen die fahrbaren Untersätze der Panzer-Lehr-Division.

Am 7. Juni waren es die 12. SS-Panzerdivision unter General der Waffen-SS Witt und die 21. Panzerdivision unter General Feuchtinger, die den Gegner angriffen. Der an die 12. SS-Panzerdivision gegebene Befehl war klar. Er lautete:

„Die Division greift den gelandeten Feind zusammen mit der 21. Panzerdivision an und wirft ihn ins Meer zurück."

Generalleutnant Witt besprach den Angriffsplan mit General Feuchtinger. Der Angriffsbeginn wurde auf 12 Uhr festgesetzt. Das Panzerregiment unter Oberst von Oppeln sollte mit dem Panzerregiment 25 unter Oberst Kurt Meyer — dem späteren Panzer-Meyer — gemeinsam den Stoß nach Norden bis zum Meer führen.

Im ersten erbitterten Gefecht der 12. P. D. mit dem angreifenden kanadischen 27. Panzerregiment verlor der Gegner allein 28 Sherman-Panzer und 30 Prozent seines Bestandes.

Da aber die 21. P. D. im Raume Epron festlag und damit die rechte Flanke des Panzerregimentes 25 ungedeckt war, blieb der Angriff liegen.

Alle warteten auf den kommenden Tag, an dem auch die Panzer-Lehr-Division in den Kampf um den Landekopf eingreifen würde. Diese Truppe mußte die Entscheidung erzwingen. Wo die Panzer-Lehr-Division war, dort winkte der Sieg.

Als aber am Abend des 9. Juni offenbar wurde, daß an ein Ins-Meer-Werfen des Gegners nicht mehr zu denken war, erteilte der Kommandierende General des I. Panzerkorps, SS-Obergruppenführer Sepp Dietrich, dem Kommandeur der Panzer-Lehr-Division in seinem Gefechtsstand in Lingévres den Befehl, sich mit seiner Division auf der Linie Christot—Tilly—La Belle Epine zur Verteidigung des Raumes Tilly einzurichten und diese Linie unter allen Umständen zu halten.

Es war allen klar geworden, daß ihr Gegenspieler auf der anderen Seite, General Montgomery, nachdem es ihm nicht gelungen war, Caen im Frontalangriff zu nehmen, bestrebt sein würde, von der Flanke angreifend, die Stadt zu umgehen. Er würde im Raume Bayeux auf Tilly vorzustoßen versuchen, um die Höhen von Villers Bocage zu nehmen und von dort aus auf Caen einzudrehen.

Das Duell der Giganten begann.

III.

„Meine Herren, der erwartete englische Großangriff ist gemeldet worden."

Generalleutnant Bayerlein, dessen Panzer-Lehr-Division in den Raum Tilly umgruppiert worden war, wandte sich seinen Regimentskommandeuren zu, die er um 20.50 Uhr in den Divisionsgefechtsstand hatte rufen lassen, der in einem Bauernhaus im Dorfe Sermentot untergebracht war, während die beiden Divisionsfunkstellen einige Kilometer seitlich davon lagen. Gerade die Funkstellen zogen immer wieder — sobald sie erkannt waren — Jabo-Angriffe auf sich.

„Haben Sie genaue Nachricht, Herr General?"

Oberst Scholze, der Kommandeur des Panzergrenadierregimentes 901, hatte es gefragt. Der Divisionskommandeur nickte dem Offizier des Ersten Weltkrieges zu.

„Um 20.40 Uhr, also vor genau zehn Minuten, ist ein KR-Funkspruch der Radar- und Luftwaffenfunkstation Douvres beim Oberkommandierenden unseres Panzerkorps, General der Waffen-SS Sepp Dietrich, eingelaufen. Der Inhalt: ‚Bei Anguerny Versammlung von bisher 200 feindlichen Panzern mit nach Süden aufgestellten Transportstaffeln. — Anhaltende Bewegung schwerer und mittlerer Panzer südostwärts. Über 80 Panzer in einer Stunde gezählt.'"

„Verdammt, das sind sie!" Oberst Gutmann, der Kommandeur des Panzergrenadierregimentes 902, räusperte sich. „Da werden wir endlich zu tun bekommen."

„Besser, wir wissen, woran wir sind, als daß wir ahnungslos 'reinschlittern. Es ist schließlich in den letzten Tagen genug verkorkst worden. Denken wir nur an unseren Angriff auf Bayeux, den wir fünf Kilometer vor dem Ziel wieder einstellen mußten."

Der Ia der Division, Oberstleutnant Kaufmann, nickte zustimmend.

„Crocker, der Kommandierende des britischen I. Korps, wird uns wieder seine 7. Panzerdivision auf den Hals hetzen."

„Eine gute Division. Harte Kämpfer. Ihr Führer, Generalmajor G. W. E. J. Erskine, ist ein tüchtiger Stratege."

„Er wird frontal auf Tilly vorstoßen und durchzubrechen versuchen. Wenn ihm das mißlingen sollte — und dafür werden wir sorgen —, wird er versuchen, in weitem Bogen um die Westflanke der Division auf Villers Bocage und nach Sicherung dieses Gewinns gegen Evrécy vorzurücken. Dort könnte er sich dann mit der 1. britischen Luftlandedivision vereinigen."

„Nach diesen Gegebenheiten haben wir unsere Entschlüsse zu fassen. Besondere Sicherung könnten wir durch einen Gegenstoß der Schweren Panzerabteilung 501 auf Lingèvres erreichen."

„Gefechtsbereitschaft!"

Knallend schlugen die Luken der Panzer zu. Die Tiger der Schweren Panzerabteilung 501 setzten sich in Bewegung. Der deutsche Gegenstoß auf Lingévres rollte.

„Was ist denn los, Herr Oberleutnant?"

„Verrieres ist von den Engländern genommen worden. Wir unternehmen einen Vorstoß nach Lingévres."

Rainer Bocker auf dem Fahrersitz konzentrierte sich ganz auf das vor ihm liegende schwierige Gelände, von dem er nur einen schmalen Ausschnitt durch das schuß- und bruchsichere Kinonglas der Fahrerluke sah. Im Turm stand Oberleutnant Krohne hinter dem Scherenfernrohr.

„Was ist denn mit dir los, Schnier?"

Der Ladeschütze schreckte aus seinen Gedanken hoch, die alle um den einen Mittelpunkt kreisten, den Belle seit jener Nacht im Chateau-du-Loir bildete.

„Beide Waffen geladen und gesichert", meldete er vorschriftsmäßig.

Der Tiger „Schnecke" war gefechtsklar. Die Schwere Kampfwagen-Kanone, dieses vorsintflutliche Tier mit dem Riesenrüssel, ebenso wie das Bug-MG, das der Funker des Panzers zu bedienen hatte.

Prasselnd rollten die Ketten über eine niedrige Hecke. Dreck wurde durch die Ketten aufgewirbelt. Eine präzise Doppelspur zog sich hinter dem Panzer her.

„Aufpassen, Bocker, sonst nimmst du noch die Apfelbäume mit."

Sie rollten durch einen weiten Obstgarten. In Slalomfahrt rasselte der Panzer um die Bäume herum. Hinter der „Schnecke" rollten die vier übrigen Tiger der Kompanie in Kiellinie vor.

Alle Panzer waren bis unter die Halskrause vollgelutscht mit Treibstoff. Die Munitionslast war bis auf den letzten Platz gefüllt. Griffbereit standen die Granaten neben dem Ladeschützen.

Noch war es hell. Bald aber würde der Abend einfallen und ihnen das Licht nehmen.

Als Oberleutnant Krohne den Schatten weit voraus hinter der Hecke wahrnahm, stellte er die Optik des Glases etwas nach. Jetzt erkannte er das Rohr, das nicht direkt auf ihn zeigte. Er räusperte sich. Dann klang seine Stimme in die Kopfhörer der Funker, die in den einzelnen Wagen saßen:

„Achtung, Feindpanzer! 1000 voraus; Hecke beachten."

Der linke Arm des Ladeschützen glitt über den Kopf empor und entsicherte die Kanone.

„Entfernung 1000. Elf Uhr!"

Der Turm drehte sich — vom Richtschützen bedient — etwas nach links, bis er die Uhrzeigerstellung 11 Uhr erreicht hatte. Der Wagen stoppte. Paul Ahrens drehte die Rohrerhöhung nach.

„Feuer!"

Die lange, grellrote Mündungsflamme spritzte aus der Kanone heraus, die nach dem Rückschlag des Schusses ein wenig nachwippte. Die leere Kartusche schnellte zurück, wurde vom Auffänger gehalten und fiel in den Hülsensack.

Beim Gegner aber sprang eine Detonationsflamme auf.

„Treffer!“ berichtete der Kommandant. „Noch mal dasselbe!“

Der zweite Schuß verließ das Rohr und traf den Cromwell-Panzer genau zwischen Unterbau und Turm. Durch die Gewalt der Detonation wurde der Turm aus seinem Drehkreuz gerissen und hing plötzlich schief, wie eine verwegen aufs Ohr gestülpte Mütze, auf dem Stahlungetüm.

Eine Sekunde später blitzte es hinter der Hecke auf. In rasender Schußfolge hämmerten die Granaten eines britischen Schnellfeuergeschützes gegen die Frontpanzerung des Tigers. Das ohrenbetäubende Konzert des Todes hatte begonnen.

Die vier anderen Panzer der Kompanie waren ausgeschwärmt und feuerten ebenfalls auf den Gegner, der jetzt seine Tarnung abwarf und zu kämpfen begann.

Mit donnerndem Schlag prallte eine Granate aus dem Geschütz eines zweiten Cromwell schräg gegen den Turm des Befehlspanzers und heulte als Querschläger ins Gelände.

Vor der Gefechtsluke flammten Detonationen auf.

„Storch an Schnecke: Kettenschaden, bewegungsunfähig geschossen.“

„Ausbüchsen! Nach Angriff versuchen, die Kette zu reparieren“, rief Oberleutnant Krohne zurück.

„Zehn Uhr, neunhundert!"

Mit schmetterndem Schlag verließ die Panzergranate das Rohr und schlug dem zunächst stehenden Cromwell die Kette in Fetzen. Sich auf der einen noch intakten Kette drehend, versuchte der Panzer auf die „Schnecke" zum Schuß zu kommen.

„Zacken!" befahl Oberleutnant Krohne, und Rainer riß den Panzer in unregelmäßigen Abständen scharf zur Seite.

Dann stoppte er wieder. Schwitzend wuchtete Siegfried Schnier die Granaten. Alles andere war jetzt ausgelöscht. Die wilde Gier, zu leben, dieses vernichtende Gefecht zu überleben, ließ ihn ganz automatisch handeln. Alles in ihm war darauf eingestellt, zu feuern, zu vernichten; um der eigenen Vernichtung zu entgehen.

Wieder drückte der Richtschütze, Paul Ahrens, den Auslöseknopf. Wummernd verließ die Granate der Kampfwagenkanone das Rohr. Vermöge ihrer enormen Brisanz vermochte sie auf diese Entfernung von 900 Metern zum Gegner eine Panzerung von 170 Millimetern zu durchschlagen. Und wenn sie frontal auftraf, dann war der Gegner vernichtet. So auch diesmal.

Die Granate traf den Gegner, der gerade wieder auf seiner einen Kette drehte, als er ihnen seine Flanke zeigte. Eine grelle Feuersäule stieß aus dem zurückschnellenden Luk des Panzers auf. Dann detonierte die Bereitschaftsmunition in kurzen grellen Feuerschlägen. Der Turm wurde leicht wie eine Streichholzschachtel aus seiner Verankerung gerissen und in die Höhe geschleudert. Krachend landete er auf der kurzen plumpen Nase des Panzers und rollte zur Erde.

Wieder drehten sie ein.

„Engländer vor uns! Bug-MG feuern. — — — Sprenggranate, Entfernung 800."

Mit mächtigem Schlag fetzte die Sprenggranate in die Hecke hinein, hinter der der Gegner in Deckung gegangen war. Und gleich dem Bug-MG des Führungspanzers begannen alle MGs der Panzer zu feuern. Die Feuerschnüre, jedes fünfte Geschoß war Leuchtspur, zischten der Hecke entgegen.

Josef Heiermann sah eine Gruppe von Engländern durch die Wiese auf die schützende Hecke zurasen. Er zog den Abzug durch. Der Feuerstoß ließ den Gegner zu Boden gehen.

Der zweite Schuß der Achtacht warf Erde und Gebüsch in die Höhe. Wieder schnatterte ein Feuerstoß aus dem Bug-MG. Plötzlich aber — Oberleutnant Krohne sah, wie eine Gruppe von Engländern von der Flanke her seinen Panzer angehen wollte — setzte schlagartig das Bug-MG aus.

„Bug-MG klemmt!" brüllte Heiermann wild.

Sofort ließ Paul Ahrens den Turm, der auf zehn Uhr stand, auf zwölf Uhr drehen. Das Abendlicht fiel bei dieser Turmstellung durch die Luke ein und gab dem Obergefreiten Heiermann das nötige Licht.

„Verdammt, Heiermann, mach hin! Wir werden eingekreist", brüllte Oberleutnant Krohne, als er sah, wie die Engländer näher und näher herankamen.

Fieberhaft arbeitete der Obergefreite an der Hemmung. Er verbrannte sich am kochendheißen MG-Schloß die Hände. Er fluchte wild; dann hatte er es geschafft.

„Bug-MG klar!"

Gleichzeitig mit seiner Klarmeldung begann das MG einen langen Feuerstoß in den Abend zu schicken. Die gegnerische Gruppe, die bis auf vierzig Meter an den Befehlspanzer herangekommen war, wurde durch das Feuer auseinandergerissen.

Ein baumlanger Engländer, der — ein Bündel Handgranaten in der Faust — auf den Panzer zulief, um ihn mit dieser geballten Ladung zu vernichten, warf die Arme hoch und stürzte vornüber auf das Gesicht. Der 58 Tonnen schwere Tiger raste auf den Verwundeten zu.

Rainer Bocker versuchte, den Panzer noch herumzureißen. Doch es war schon zu spät. Knirschend rollte sich die Kette über den Körper des Gestürzten ab und preßte ihn in den Grund hinein.

Rainer biß die Zähne aufeinander. Er spürte den faden warmen Geschmack von Blut im Mund. Ein krachender Schlag an der Schürze, welche die betreffenden Granaten schon vor Erreichen der Hauptpanzerung zum Detonieren bringen sollte, ließ ihn in blitzschneller Reaktion den Panzer herumreißen. Die nächste ihnen geltende Granate flitzte unmittelbar hinter ihrem Heck her und verschwand in der Abenddämmerung. Rainer gab das Gas 'rein, und der Tiger schnellte förmlich nach der Drehung nach vorn. Die ihnen geltenden Granaten flogen ins Nichts.

Auf der gesamten Abschnittsbreite waren die Tiger der Panzerabteilung ebenfalls in Gefechtsberührung gekommen.

Die fünf Männer, die jeweils einen dieser stählernen Särge bedienten, arbeiteten wie Automaten. Sie kannten jeden Handgriff. Und jeder dieser Handgriffe wurde in der richtigen Reihenfolge ausgeführt. Auf dieses reibungslose Ineinandergreifen aller Einzelaktionen kam es an. Dieser automatische, traumhaft sichere Ablauf sicherte ihnen den über Leben und Tod entscheidenden Vorsprung von Sekundenbruchteilen, die sie eher schossen als der Gegner. Die Panzerschlacht hatte begonnen.

Visier gegen Visier gerichtet, rollten die Panzer aufeinander zu. Die hämmernden Abschüsse verschmolzen ineinander zu einer grausigen Kakophonie des Sterbens. Panzer brannten auf. Grelle Fanale der Vernichtung leuchteten in den Abend hinein. Auf der gesamten Frontbreite des Abschnittes Caen standen die gepanzerten Kohorten einander gegenüber. Die alliierte Führung hatte den Zeitpunkt der Eroberung Caens mit D+1 bestimmt; und das war der 7. Juni.

Wenn die Invasionsarmee Caen besaß, dann hatte sie die Straße nach Paris frei vor sich. Das wußten sie, und dieses Wissen ließ sie immer wieder angreifen.

Wie die Panzerverbände und die Infanterieeinheiten am Invasionsstrand ausgeladen wurden, so warf Montgomery, der Oberbefehlshaber der britischen 21. Heeresgruppe, sie in den Skat, um sein Blatt stechen zu lassen.

Die deutschen Panzerverbände aber hielten trotz der rollenden Bombardierungen und trotz des Beschusses der Schiffsarmada.

Die Panzer rollten. Das Duell dieser stählernen Giganten entbrannte mit höchster Erbitterung.

Mündungsflammen machten den Abend hell. Detonationen, berstende Einschläge übertönten das Rasseln der Ketten und die Schreie der Verwundeten.

Die sausende Sichel des Todes ging um und mähte Freund und Feind gleicherweise.

Granaten wurden abgeschossen. Und wo die Granaten trafen, dort brachen die Detonationsflammen aus den gegnerischen Panzern heraus, dort griff der Tod mit stählerner Hand nach den Gegnern.

Dieses Kämpfen mit letztem Einsatz, dieses zähe Durchhalten hatte die Besatzung des Befehlspanzers der 2. Kompanie aus 119 Duellen mit feindlichen Panzern, die sie in Rußland gegen die wuchtigen T 34 durchgestanden hatten, als Sieger hervorgehen lassen.

Auch hier wollten sie siegen. Denn Siegen allein bedeutete letzten Endes, daß sie überlebten. Und Überleben war alles in diesem mörderischen Kampf der Giganten, der jetzt begonnen hatte und von dem sie noch nicht wußten, wie lange er dauern würde.

In Oberleutnant Krohne war alles eiskalte Entschlossenheit. Der würgende Zugriff der Furcht, der ihn vorhin gelähmt hatte, war verschwunden. Er sah durch sein Glas den Gegner, er gab die Befehle für seine Besatzung. Er befahl den einzelnen Kommandanten seiner Kompanie, was sie zu tun hatten.

Meter um Meter gewannen sie Raum. Der Gegner drehte. Nur ab und zu blieb einer in einer Mulde stehen, um noch einmal das Duell aufzunehmen.

In unaufhaltsamer Fahrt rollten sie weiter. Panzer um Panzer blieb der Gegner in der von Erdwällen, von Hecken und Kusselgelände durchbrochenen Wiesenlandschaft liegen. Sie aber rollten weiter, rollten dem Dorf Lingèvres entgegen.

„Achtung, der Gegner hat sich im Dorf festgesetzt!"

Die Feuerschlangen der feindlichen Pakgranaten und die Leuchtfäden aus den Maschinenkanonen flitzten ihnen vom südlichen Dorfrand her entgegen. Einzeln blieben die Panzer der 2. Kompanie stehen und feuerten auf die Häuser, die unter den Einschlägen der Granaten auseinanderbrachen.

„Sprenggranaten in die Keller feuern!"

Die erste Sprenggranate, die Paul Ahrens durch einen Knopfdruck aus dem Rohr jagte, barst unmittelbar über einer der Kelleröffnungen auseinander, aus der ihnen MG-Feuer entgegenschlug, das den hinter ihnen vorgehenden Panzergrenadieren galt, die sich sprungweise im Schutz der Panzer vorgearbeitet hatten.

Der zweite Schuß brachte das im Kellerfenster eingebaute SMG des Gegners in einem Konglomerat von Splittern und stürzendem Gemäuer zum Schweigen. Dann hatten sie das Dorf erreicht.

Wieder knallte der Aufschlag eines Pakgeschosses auf der Frontpanzerung. Oberleutnant Joachim Krohne versuchte, das gegnerische Geschütz zu entdecken. Erst als es abermals vor ihm aufblitzte und ein weiterer Treffer an der für dieses Geschütz undurchdringlichen Frontpanzerung abprallte, sah er den Standort des Geschützes hinter einem niedergebrochenen Gebäude, über dessen Trümmer nur das Rohr der Feind-Pak hinausragte.

„Turm 13 Uhr. Panzergranate. Entfernung 350. — Feuer!"

Unter dem Einschlag der Granate barst das Stück Gemäuer, welches das Geschütz gedeckt hatte, auseinander. Plötzlich sah Josef Heiermann aufspringende Gestalten zur Seite rasen. Mit ratternden Feuerstößen begann sein MG zu tacken. Wieder brach flammende Lohe aus dem Geschütz.

„Rechts anziehen! — — — Überrollen!"

Jäh schwang der Tiger herum und rollte auf das Geschütz zu. Joachim Krohne erkannte die flachen englischen Helme. Er glaubte, Gesichter erkennen zu können. Noch fünfzig Meter. Erneut feuerte das Geschütz. Die Granate zischte unmittelbar am Turm des Tigers vorbei. Dann hatte die Schnecke den Gegner erreicht.

Die Ketten mahlten rasselnd durch den Schutt. Der Bug des Tigers erreichte das Geschütz. Im Bruchteil einer Sekunde erkannte Rainer Bocker ein paar verzerrte Gesichter. Dann war der 58 Tonnen schwere Koloß über dem Geschütz und drückte alles, was unter seine Ketten geriet, zu Brei. Er biß die Zähne aufeinander. Das Grauen packte ihn. Jäh riß er die Steuerung herum, als eine Wand vor ihm auftauchte.

Rechts von sich hörte Oberleutnant Krohne die schmetternden Abschüsse seiner anderen Panzer. Er rief einen nach dem anderen und dirigierte sie auf die Hauptstraße, die mitten durch das Dorf führte.

„Achtung, feindlicher Panzer, Entfernung 300 hinter dem Haus. 12 Uhr."

In dem Augenblick, als der Feindpanzer seinen Bug um die Hauswand schob, stand die Schnecke. Die Granate verließ das Rohr und flitzte dem Gegner entgegen. In einem grellen Blitz, dem eine dicke schwarze Rauchwolke folgte, blieb der Feindpanzer liegen. Dann waren sie mitten im Dorf.

Engländer sprangen aus einer Haustür und rasten zur Seite. Tackend setzte das MG ein. Einer der deutschen Panzer brannte. Dicker schwarzer Qualm spiralte wie ein riesiges Ausrufezeichen, hinter dem der Tod stand, in den sich dunkel färbenden Himmel empor. Scharf anziehend rollte der Befehlspanzer an ein Haus heran. Mit hartem Schlag, der die Männer im Innern des Stahlkolosses gegen Wände und Geräte warf, krachte die linke Seite in die Hauswand hinein. Mit fürchterlichem Bersten brach der Giebel herunter. Sie hörten Gesteinsmassen auf den Turm fallen. Rainer setzte ein paar Meter zurück. Dann rollten sie weiter.

Noch einen englischen Panzer brachten sie zur Strecke, bevor sie den nördlichen Dorfausgang erreichten. Lingèvres war wieder feindfrei.

Eine Minute später aber brach über Lingèvres die Hölle herein. Zuerst feuerten nur ein paar Feindgeschütze. Doch innerhalb einer Minute vervielfachte sich das Mündungsfeuer, das den nördlichen Horizont wie in Blut getaucht erscheinen ließ.

„Luken zu. Hinter die Häuser rollen!"

Die am Dorfrand stehenden Panzer rollten in die Deckung der Häuser zurück. Mit einem fürchterlichen Trommelfeuer versuchten die Engländer, diese für sie wichtige Ausgangsstellung zurückzugewinnen. Die Seitenschotten der Panzer und die Schürzen klingelten unter den Aufschlägen der durch die Gegend sausenden Splitter.

„Herr Oberleutnant, die decken uns aber fein zu. Wenn sie so weitermachen, dann rollen wir morgen anstatt in einem Panzer in einem Sieb weiter."

Mit harten Schlägen pochte der Tod an den Panzer. Phosphorgranaten zerplatzten über Lingèvres. Brände brachen aus.

„Verdammte Sauzucht! Los, Nebelgranaten schießen!"

Die Nebelgranaten stiegen in die beginnende Nacht hinaus. Sie legten einen undurchsichtigen Schleier über das Dorf, der immer wieder von züngelnden Bränden und flammenden Detonationssäulen durchstoßen wurde.

Hauswände polterten um die Panzer nieder, die sich ab und zu riefen. Es schien Joachim Krohne wie ein Wunder, daß sich überhaupt noch einer seiner Panzer meldete. Als dann der Abteilungskommandeur rief und die Stärkemeldungen der einzelnen Kompanien anforderte, hörten sie, daß nur sieben Panzer der Abteilung liegengeblieben waren und daß von diesen sieben nur vier Totalschaden hatten.

Eine Stunde dauerte das Feuer der Feldgeschütze und der Schweren Werfer, deren Flügelminen wie trunkene Fabelwesen nach Lingèvres herübergetorkelt kamen und in das Dorf hineinschmetterten.

Als das Artilleriefeuer schwieg, begann das, was die Besatzungen der Panzer später mit „Fegefeuer" bezeichneten. Ganz überraschend, schlagartig, begannen die schweren Schiffsgeschütze dreier Schlachtschiffe zu feuern. In das Feuer der 35- und 38-cm-Geschütze fielen die 28-cm-Türme der Schweren Kreuzer ein. Eine Lawine der Vernichtung raste über Lingèvres hinweg. Bäume wurden durch die Luft geschleudert. Dort, wo noch Sekunden vorher ein Haus gestanden hatte, war nach dem Volltreffer einer schweren Granate nichts mehr zu sehen, als ein niedergebrochener Trümmerhaufen.

Einer der Panzer, die gerade einen Stellungswechsel vornahmen, wurde mitten auf der Straße voll getroffen. Wo er gestanden hatte, war nachher nichts anderes mehr zu sehen, als ein riesiger Trichter. Einzelne Rollen des Laufwerkes und die Ketten aber fand man hundert Meter im Umkreis dieses Vernichtungstreffers verstreut.

Siegfried Schnier preßte den Kopf an den Verschluß des Geschützes. Er versuchte, das Zittern zu überwinden, das ihn schüttelte. Als er zur Seite blickte, sah er das verzerrte Gesicht von Rainer, der sich in seinen Fahrersitz zurückgelehnt hatte.

Es war allen in der Enge dieses Stahlsarges, als müßte der Tod auch gleich nach ihnen greifen. Daß sie hier herauskommen würden, war ihnen einfach unfaßbar. Diesem vernichtenden Feuerschlag konnte doch niemand entgehen.

„Belle!" flüsterte Siegfried.

Und mit einem Male fühlte er ihren festen Halsmuskel unter dem streichelnden Griff seiner Hände. Er glaubte ihr Parfüm zu atmen; glaubte, ihre Hand in der seinen zu spüren.

Doch der nächste schmetternde Einschlag, der den Panzer erzittern ließ, brachte ihn jäh wieder in die Wirklichkeit zurück, die erschreckend war. Dies war also das Ende.

Aber er wollte nicht so elendig zugrunde gehen! Er wollte leben! Nachdem das Leben ihm einen winzigen Fingerzeig gegeben hatte, wie es sein konnte, nachdem er den Anfang seiner Süße gekostet hatte, verlangte es ihn nach diesem Leben.

Mit einem Satz versuchte er, zum Einstiegluk zu kommen. Mit der Faust stieß Oberleutnant Krohne ihn zurück.

„Sind Sie verrückt geworden, Schnier?"

„Ich will 'raus!" schrie Siegfried unbeherrscht. „Ich will nicht in diesem Kasten verbrennen. — Laßt mich 'raus!"

„Mensch, hiergeblieben! Wenn du da die Nase 'rausstreckst, bist du schon hin, Kleiner."

Mit beiden Händen umklammerte Paul die Schulter des Kameraden und riß ihn zurück. Siegfrieds Faust klatschte ihm mitten ins Gesicht. Paul stieß einen lästerlichen Fluch aus.

„Blöder Hund!" krächzte er heiser.

Prasselnd brach erneut eine Wand auf den Panzer nieder.

„Hörst du? Ehe du 'rausmachst, schreib schon mal 'ne Anmeldung an Petrus: Ankomme Zentralfriedhof!" brüllte Rainer durch das Getöse.

Siegfried Schnier ließ sich wieder auf seinen Platz zurückfallen. So schnell, wie sie gekommen war, schwand die Panik auch wieder. Seine Kameraden waren es, die ihm die Kraft gaben. Er wußte das nicht; aber dennoch war es so.

„Laß mich hier 'rauskommen! Laß mich sie wiedersehen. Lieber Gott, laß mich 'rauskommen", bat er. Er hatte lange nicht gebetet. Die Fürchterlichkeit dieses Bombardements überwältigte ihn, und während Siegfried Schnier so bat, spürte er die schreckliche Ohnmacht desjenigen, der nichts an seinem eigenen Schicksal ändern konnte, was es hätte zum Besseren wenden können. Nur die gänzlich unsinnige, aber dennoch in allen lebende Hoffnung, daß es ihn nicht treffen würde, war noch da. Die Hoffnung, die selbst in einem solchen fürchterlichen Ringen im Menschen lebte, weil er ohne Hoffnung nichts war.

Belle jetzt zu verlieren? Welch ein reißender Strom der Verzweiflung lag in dieser Befürchtung! Welch eine Flut der Not und der Ohnmacht!

Auf einmal schwenkten die 650 Schiffsgeschütze der vor der Calvadosküste liegenden alliierten Flotte ihre Rohre auf Tilly ein. Das Feuer der Artillerie, das noch immer auf Lingèvres lag, erschien den Männern in den Panzern jetzt gering, nachdem sie das Trommeln dieser überschweren Granaten überstanden hatten. Dann verlegte endlich auch das Artilleriefeuer weiter zurück.

„Herr Oberleutnant, das ist gefährlich! Ich fresse einen Besen mit Stiel, wenn die Tommys nicht jetzt einen Gegenangriff versuchen werden. Sonst hätten sie ja nicht so toll auf uns herumgehackt."

„Abwarten, Ahrens!"

Drei Sekunden später bestätigte sich Pauls Vermutung, als die Stimme des Abteilungskommandeurs durch die Kopfhörer dröhnte:

„Achtung, feindlicher Gegenangriff! Die ganze Abteilung zieht zum Nordrand von Lingèvres vor. Eventuelle Einbrüche sind abzuriegeln. Feindliche Panzer vernichten!"

„Panzer maaarsch!"

Wieder rollte die 2. Kompanie an. Und gleich ihnen marschierte die gesamte Abteilung dem Stadtrand entgegen. An den brennenden Ruinen vorüber rollten sie nach Norden. Flammen umzuckten die Panzer. Noch immer krachten Hauswände auf die Straße nieder. Mörtelstaub machte die Düsternis der Nacht undurchdringlich. Rufe nach dem Sanitäter gellten durch die Dunkelheit. Aus dem Schutt kamen diese Rufe, unter dem die Panzergrenadiere eingeschlossen lagen und auf ihre Befreiung warteten.

Ein Befehlswagen raste zu ihnen herüber. Jemand winkte sie ein. Joachim erkannte den Regimentsadjutanten. Sie rollten in die gewiesene Richtung. Eine Minute später blitzte es vor ihnen auf. Dann hörten sie das Rasseln der Panzerketten des Gegners. Das nächtliche Duell begann.

Grelle Blitze zeigten die Standorte der Feindpanzer an. Sie feuerten aufeinander und rasten dann zur Seite, sobald sie gefeuert hatten, um den Schüssen des Gegers zu entgehen, der ebenfalls auf das Mündungsfeuer hielt.

Für eine Sekunde sah Oberleutnant Krohne den Panzer Wildgans durch das Kinonglas des Gefechtsschlitzes. Das Luk war beim ersten Schuß geschlossen worden. Er sah einen Treffer auf der Flanke des Panzers aufbrennen.

„Die schießen mit Phosphorgranaten!"

Sein Blick wurde starr vor Entsetzen, als er sah, wie die Besatzung der Wildgans auszusteigen versuchte. Er sah den baumlangen Oberfeldwebel Cordes in der flackernden Beleuchtung des brennenden Phosphors als ersten aus dem Luk schnellen. Eine Sekunde später stand Cordes Uniform in Flammen, und der Feldwebel wälzte sich auf dem Boden, um die Flammen zu ersticken.

Auch die anderen vier Männer der Besatzung kamen noch raus. Ihre Uniformen brannten ebenfalls.

„Rechts anziehen!"

Der Panzer rollte zu den Kameraden hinüber. Als er sie erreicht hatte, stoppte Rainer, und während das Geschütz Granate um Granate in die Nacht jagte, dorthin, wo es grell aufflammte, gab Oberleutnant Krohne seinem Funker ein Zeichen.

„Los, Heiermann! Wir beide steigen aus! Ihr anderen bleibt hier. Haltet den Gegner nieder."

Als Josef Heiermann hinter dem Kommandanten den Panzer verließ und für eine Sekunde auf dem Unterwagen sichtbar wurde, zischten ihm die Feuerschnüre feindlicher MGs entgegen. Er warf sich mit einem weiten Sprung an der feindabgewandten Seite vom Panzer herunter und raste hinter Oberleutnant Krohne zu den brennenden Kameraden hinüber.

„'runter mit dem Zeug!"

Sie rissen den Kameraden die mit Phosphor überschütteten schwarzen Panzerjacken vom Körper. Josef Heiermann spürte, wie er sich die Hände verbrannte. Doch dann hatte er es geschafft.

Auch Oberleutnant Krohne hatte einen der Kameraden von den brennenden Uniformstücken befreit, während Oberfeldwebel Cordes und Obergefreiter Kellermann dem dritten Kameraden halfen, als sie ihre eigenen brennenden Uniformen herunter hatten.

„Angepackt, Jungs!"

Sie schleppten die beiden mit Brandwunden bedeckten Kameraden in den Schutz einer Ruine und legten sie nieder.

„Sie bleiben hier, Cordes, und passen auf. Wir werden die Sanitätsstaffel verständigen."

Noch ehe der Oberfeldwebel etwas antworten konnte, hastete Oberleutnant Krohne schon wieder zu seinem Panzer hinüber. Josef Heiermann warf noch einen Blick auf die beiden Kameraden. So sah man also aus, wenn man angeröstet wurde. Und das war noch nicht das Schlimmste. Wenn sie nicht mehr aus dem Panzer 'rausgekommen wären, wenn ein Treffer die Luks verklemmt hätte . . .

Er hastete hinter seinem Kompaniechef her. Als das Bug-MG feuerte, hatte er den Panzer erreicht und schwang sich hinauf, während Oberleutnant Krohne mit der MP am Heck sicherte, bis der Funker im Einstieg verschwunden war. Dann erst enterte auch er auf, schwang sich ins Luk, knallte den Deckel zu.

„Bocker, siehst du den Baum? Dort lang!"

Der Tiger rollte an, den Kameradenpanzern nach, die den Gegner schon weiter zurückgedrückt hatten.

Eine Stunde später war der Gegner endgültig aus Lingèvres vertrieben. Das kleine Städtchen aber war nichts anderes mehr, als ein zusammengeschlagener Trümmerhaufen, in dem die brennenden Panzerwracks als Wahrzeichen eines mit letzter Erbitterung geführten Kampfes standen.

Die Panzer rollten im Schritt weiter auf Tilly vor, wo das Panzergrenadierregiment 901 unter Oberst Scholze die angreifende 7. britische Panzerdivision — die ehemaligen Wüstenratten aus dem Afrikakrieg — aufgehalten hatte und jetzt in erbittertem Kampf gegen eine große Übermacht stand. Auch hier gelang es, den Gegner unter blutigen Verlusten für ihn zu halten.

Zweimal griffen Generalmajor Erskines Wüstenratten auch hier an. Beide Male wurden sie abgeschlagen. Die deutschen Panzer folgten dem geschlagenen Gegner und feuerten, was die Rohre hergaben, um ihn am Laufen zu halten.

Tilly, an dessen Nordrand sich der Gegner bereits festgesetzt hatte, war ebenfalls wieder feindfrei.

Damit war die Ausgangsbasis des Gegners für einen Sturm auf Caen abermals zusammengeschlagen worden. Die Panzer-Lehr-Division hatte diesen ihr zugewiesenen Frontabschnitt gehalten, sie hatte dem Gegner entscheidenden Widerstand geleistet.

Kurze Zeit nach dem letzten mißlungenen Vorstoß begann das Trommelfeuer auf Tilly aufs neue. Abermals prasselten Granaten aller Kaliber auf die Befestigungen nieder. Fliegende Festungen warfen ihre Bombenteppiche, die alles zermalmten.

IV.

„Wenn morgen früh die Straßenkehrer Frankreichs kommen, können wir einpacken."

„Erst mal abwarten, Kleiner!"

Zwischen zwei Happen aus der dampfenden Pfanne Bratkartoffeln, über die ein halbes Dutzend Spiegeleier geschlagen waren, stieß es Paul heraus.

„Hör mal, Paule, du hast auch schon mal mit vollem Mund besser gesprochen", fiel Rainer ein.

„Und dein Humor lahmt wie ein alter Klepper, Rainer", setzte sich Paul zur Wehr.

Sie saßen um den weißgescheuerten Tisch in der Ferme, in die sie geraten waren, als sie nach dem FT-Spruch des Regimentskommandeurs nach Süden gerollt waren, um befehlsgemäß ostwärts Villers Bocage in Stellung zu gehen.

„Ob die Tommys wirklich schon in Villers Bocage sitzen, Herr Oberleutnant?"

„Das werden wir in ein paar Stunden genauer wissen."

„Hat der Abteilungskommandeur einen Aufklärungsvorstoß befohlen?"

Oberleutnant Joachim Krohne nickte. Sie aßen aus der riesigen Familienbratpfanne des Bauern, der mit seiner Familie das unmittelbar in der Kampfzone gelegene Gehöft verlassen hatte. Siegfried hatte die Bratkartoffeln auf westfälische Art mit Spiegeleiern und Speck zubereitet.

„Wenn die Tommys wirklich mit dem ganzen Haufen aus Südwesten kommen, wie es der Abteilungskommandeur prophezeit hat, dann werden wir sie mit unseren fünf Mühlen auch nicht aufhalten können."

„Aber Paul, was ist denn schon eine einzige englische Division gegen unsere fünf Tiger. Auch wenn der Storch nicht wieder flott geworden wäre und wir für unsere abgeschossene Wildgans keinen Ersatz bekommen hätten, wären wir immerhin noch drei Panzer stark", sagte Rainer in einem Anfall von Galgenhumor.

„Auf jeden Fall werden die Tommys kurzen Prozeß mit uns machen, wenn wir uns auch nur mucksen." Paul grinste schief.

„Vorerst sind sie ja noch nicht da, Kinder. Alles nur vage Vermutungen."

„Dann bin ich vollauf beruhigt", fiel Paul wieder ein.

„Auf jeden Fall werden wir — sobald wir die Alliierten wieder ins Meer geworfen haben — tüchtig Geburtstag und Auferstehung zugleich feiern. Natürlich im Chateau-du-Loir. — — — Mensch, Rainers Lita ist vielleicht ein Weib!"

„Das wäre genau die richtige Kragenweite für mich", sekundierte Paul und leckte sich genießerisch die Lippen.

„Aber dir empfehle ich, vorher die Fingernägel schneiden zu lassen, Paule; die haben es nämlich wirklich nötig."

„Ich warte nur, bis wir wieder mal nach Falaise

kommen; dort ist nämlich am Bahnhof eine Fingernagel-Schneidemaschine."

„Eine Finger ... was?"

„Du bist vom Dorf, Siegfried, dir kann man das verzeihen", warf Paul grinsend ein, und um ihm den Gefallen zu tun, sekundierte Joachim Krohne dem toften Berliner, dessen trockener Humor sie mehr als einmal aus miesen Stimmungen gerissen hatte.

„Das kann doch wohl schlecht sein, Ahrens", sagte Joachim. „Die Finger der einzelnen Menschen sind doch überhaupt nicht gleich."

„Nee", gab Paule mit breitem Grinsen zu, „vorher nicht." Heiermann lachte, daß ihm der Bissen Ei aus dem Mund fiel, was den Lachsturm zu einem Orkan aufflackern ließ.

„Schluß mit dem Kohl, Kinder! Wir haben nur noch zwei Stunden. Los, Schnier, machen Sie zu, daß Sie Bocker ablösen."

„Die Stunde könnte Rainer ruhig sitzen bleiben", knurrte Siegfried und stand auf.

„Denk einfach, deine Belle wäre drin, Kleiner. Dann wirst du hinfliegen."

Siegfried ging mit geballten Fäusten auf Paul los.

„Um Gottes willen, Kleiner, ich hab's ja nur gut gemeint."

„Wie du das gemeint hast, weiß ich genau. Und wenn du noch einmal deine Kodderschnauze über Belle aufreißt, kannst du etwas erleben!"

„Lieber nicht", grinste Paul und hob die Arme.

„Schluß damit! — — — He, Schnier, das gilt auch Ihnen!"

Siegfried klappte sein Feldeßbesteck zusammen und steckte es in die Hosentasche. An der Tür drehte er sich noch einmal um. Er machte den Mund auf, um etwas zu sagen.

„Also, bis gleich, Kleiner", winkte Paul ihm schnell zu, und Siegfrieds Wut auf den Kameraden, der an die verborgene Seite seines Lebens gerührt hatte, verrauchte.

„Wenn ich nicht ein so großer Tierfreund wäre ..." sagte er. Er hörte das Gelächter der Kameraden durch die verschlossene Tür.

„Wer da? Parole!" wurde er vom Panzer aus angerufen.

„Keine Angst; ich bin's, Montgomery", sagte er.

„Ach du!"

Im Turmluk zeigte sich Bockers Kopf. Rainer kletterte heraus, gähnte und reckte sich, als er auf der Erde stand, und schlug dem Kameraden auf die Schulter.

„Dann paß mal schön auf, Siegfried. Wenn du den Gegner siehst, nichts wie losgerattert, verstanden? Daß du mir aber nicht eher zurückkommst, bis du ihn mindestens bis ans Meer gejagt hast, verstanden?"

„Mensch, Rainer, selbst wenn ich euch das alliierte Oberkommando als Gefangene brächte und als Draufgabe eine ganze Division, würdet ihr noch fragen, wo ich den Churchill gelassen habe."

„Hast recht, Kleiner! Keine Liebe mehr unter den Menschen. Deine Leistungen werden eben nur noch von einem anerkannt."

„Von dir etwa, Rainer?"

„Nein, von deiner Belle. Und das hat mir Lita erzählt."

Blitzschnell duckte sich Rainer, und krachend landete Siegfrieds Faust am Panzer.

„Verdammt!" fluchte er wütend.

Als er sah, wie der Freund pfeifend in der Ferme verschwand, kletterte er in den Panzer und nahm den Platz des Kommandanten ein.

Die Nacht war tief und von ziehenden Wolken bedeckt. Der Wind wehte von Nord. Zwanzig Meter neben sich hörte Siegfried einen der Kameraden husten, die gleich ihm ihre Wache im Panzer absaßen. Ob sie auch an jemanden dachten, den sie liebhatten?

Wenn ich jetzt Belle sage, dachte er, dann müßte der Wind dieses Wort mitnehmen und zu ihr hintragen!

„Belle!" sagte er, und noch einmal: „Belle!"

Mitten im Tod, umgeben von der Gefahr des Getötetwerdens, und eben selber dieser Gefahr entronnen, dachte er an sie. Für ihn gab es nichts anderes.

Da war er einundzwanzig Jahre seines Lebens durch die Tage gegangen. Da war er drei Jahre beim Kommiß, und ausgerechnet hier mußte ihm das passieren. Hier, wo er nicht zu ihr gehen konnte, wie zu Hause; oder wie noch in der Kaserne im ehemaligen Olympischen Dorf bei Berlin, wo er als Freiwilliger seine Ausbildung durchgemacht hatte. Hier passierte ihm das. Und ausgerechnet an dem Abend, da er plötzlich gewußt hatte, daß sie ihm gehörte, mußte er weg.

Das war der Krieg. Er bedeutete Trennung und — oft auch Tod. Der Krieg riß die Menschen auseinander, er fraß sie auf; er war das Widersinnigste, was es gab, und daß er jemals so verblendet gewesen sein konnte, sich auch noch freiwillig zu melden, das ging ihm jetzt nicht mehr in den Kopf. Er mußte jetzt durchkommen. Er mußte sie wiedersehen. Er mußte, mußte, mußte!

V.

„Kompanie maaarsch!"

Dröhnend sprangen die Panzermotoren an. Dicker Qualm, vermischt mit grellroten Flammen, quoll aus den Auspufftöpfen, und holpernd setzten sich die fünf Panzer der 2. Kompanie, Panzerabteilung 501, in Bewegung. Sie rollten durch die Morgendämmerung nach Westen.

Noch verdeckte ihnen ein niedriger waldbedeckter Höhenzug den Blick auf Villers Bocage. Nebelfetzen zogen über diese Höhe hinweg. Sie sollten bis auf Villers Bocage vorstoßen, um zu erkunden, was es mit der gemeldeten Feindbewegung in diese Richtung auf sich hatte.

„Schnecke an Kröte: Kommen!"

„Hier Kröte, alles in Ordnung!"

Einen nach dem anderen rief Oberleutnant Krohne seine Panzer. Sie hatten in der letzten Stunde vor dem Aufbruch die Schäden behoben, und nun rollten sie in den Morgen des 13. Juni hinein, um den Gegner zu suchen, der irgendwo vor ihnen stehen sollte.

Durch sein Scherenfernrohr suchte Oberleutnant Krohne das Gelände vor sich ab. Einmal gerieten die Panzer in ein Sumpfgebiet. Doch sie bemerkten es noch eben rechtzeitig und konnten ausweichen. Im Rückwärtsgang zog die Schnecke wieder aus dem Sumpf heraus, während Joachim

Krohne die Warnung in das Kehlkopfmikrophon hineinsprach.

Sie drehten auf einen Feldweg ein. In einer Hecke, die sie einfach durchrollen wollten, blieb der Tiger hängen. Rainer setzte zurück und fuhr an der Hecke entlang weiter, bis er einen Durchschlupf fand. Die übrigen Panzer folgten ihm.

Mit jähem Anlauf rollten sie durch eine Senke und stießen dann auf das Wäldchen zu, das bis zur Höhe hinaufführte.

„Achtung! Schnecke an alle: Aufpassen!"

Im Schritt rollten die Panzer weiter. Sie schwärmten jetzt aus, um für den Fall, daß der Gegner schon auf der Höhe stand, gleichzeitig dort oben anzukommen und das Feuer geschlossen eröffnen zu können.

Dröhnend arbeiteten die Motoren. Kleine Stämme wurden von den Tigern erfaßt, niedergedrückt und in den Boden eingewalzt. Schritt um Schritt kamen sie weiter. Noch waren die Luken geöffnet. Nichts war vom Gegner zu sehen; keine Panzergeräusche waren zu hören. Mit einem Blick zur Seite erkannte Joachim, daß seine Panzer jetzt auf einer Höhe lagen und gleichzeitig auf dem Kamm ankommen würden.

„Bei Erreichen des Höhenkamms etwas zurückbleiben und mich vorrollen lassen", befahl er, als er dreißig Meter unterhalb der Höhe war. Dann hatte er den Waldrand erreicht und schob sich Zentimeter um Zentimeter aus dem Wald heraus und blieb hinter einem Gebüsch gedeckt stehen.

„Alles haaalt!" klang die ruhige, sonore Stimme des Kompaniechefs zu den anderen Panzerkommandanten durch. Das Glas ansetzend, suchte Oberleutnant Krohne die Ebene unter sich nach verdächtigen Bewegungen ab. Die Dächer von Villers Bocage glänzten im Licht der frühen Sonne.

Joachims Blick wanderte in die Runde. Nichts war zu entdecken. Als er nördlich Villers Bocage eine Bewegung wahrnahm, verharrte er mitten in der Drehung. Es war ihm, als habe er die Reflexion der Sonne auf einer Scheibe gesehen. Er glitt ein wenig zurück, und plötzlich sah er nördlich der Stadt den Gegner.

„Achtung, an alle: Gegner gesichtet! Nördlich Villers Bocage, auf der Höhe 213", warnte er die Kameraden. Dann bückte er sich in den Panzer hinunter. „Funkspruch an Divisions-Hauptquartier: Feindliche Panzer mit ostwärtiger Stoßrichtung. Standort der Spitze Höhe 213 nördlich Villers Bocage gesichtet. Stoßen in den Rücken der Panzer-Lehr-Division hinein."

Der Funker begann zu tasten, und noch während er die Divisions-Funkstelle rief, sah Oberleutnant Krohne den Gegner aufmarschieren. Immer mehr Panzer wurden sichtbar. Gleich einem unendlichen Wurm zog sich die Kolonne nach Osten.

„Sehen Sie sich das mal an, Ahrens!"

Der Richtschütze kletterte zum Kommandanten empor. Paul Ahrens sah die Panzer in langer Kolonne durch Villers Bocage ziehen, und nördlich davon noch eine zweite, die schon ein paar hundert Meter voraus war und die der Kommandant darum zuerst gesehen hatte.

„Verdammte Sauzucht! Das ist ja die ganze 7. englische Panzerdivision."

„Wissen Sie, was geschieht, wenn diese Panzer über Villers Bocage hinaus weiter nach Osten vorstoßen und gleichzeitig von Nordosten her die 11. oder 2. Panzerdivision nach Südwesten durchstößt, Ahrens?"

„Dann sind wir in der Falle. Sie brauchten dann nur noch hinter uns dichtzumachen und könnten dann die ganze Division vereinnahmen."

„Genau, Ahrens!"

„Angriff, Herr Oberleutnant?"

„Klar, Ahrens! Wir *müssen* sie hier aufhalten."

„Wir mit unseren fünf Panzern?"

„Mit fünf Panzern und einer guten Portion Frechheit, plus Überraschungstaktik, läßt sich viel machen."

Oberleutnant Krohne beugte sich in den Panzer hinunter, in dessen Bauch Paul bereits wieder zurückgeklettert war und seinen Platz eingenommen hatte.

„Kameraden, wir greifen den feindlichen Panzerverband an. An der Spitze rollt ein Infanteriezug auf Schützenwagen, davor ein paar Cromwells." Joachim Krohne bediente jetzt das Sprechgerät, das ihn mit den anderen Panzern verband. Als er sich räusperte, hörte er, daß das Kehlkopfmikrophon arbeitete. „Schnecke an alle: Wir greifen wie folgt an: Befehlspanzer zieht bis zur Ferme unter uns vor und geht dort in Stellung. Alle anderen bleiben hier oben auf der Höhe feuerbereit. Feuereröffnung oder Vorstoß erst auf ausdrücklichen Befehl von mir, verstanden?"

Die Panzerkommandanten hörten die Stimme ihres Kompaniechefs; sie klang klar und beherrscht und ein wenig hart — wie immer. Aber sie wußten trotzdem, was dem Kommandanten dieser Entschluß gekostet hatte. Sie wußten es, weil sie selber Panzerkommandanten waren. Und gleichzeitig wußten sie, daß er genau so befehlen mußte, wenn er dem Ganzen dienen wollte.

„Hals und Bein, Herr Oberleutnant!"

„Danke, Cordes. Wir können's gebrauchen."

Der Befehlspanzer setzte sich in Bewegung. Atemlos verfolgten die übrigen Kommandanten seinen Weg. Würde er vorzeitig entdeckt werden?

„Immer hinter den Kusseln bleiben, Bocker, sonst werden wir zu früh gesehen", warnte Joachim den Fahrer. Rainer Bocker drehte etwas ein und erreichte die Haselbüsche, die an der Flanke des Hanges standen. Sie holperten weiter, rollten durch eine Senke und kletterten aus einem Sumpfloch heraus, in das sie geraten waren. Die Granaten waren aus dem Laderaum in die Bereitschaft gemannt worden. Hinter dem Bug-MG hockte Heiermann und sah prüfend auf die Kästen mit der gegurteten Munition. Vielleicht kam es gerade auf ihn an?

Siegfried Schnier biß die Zähne zusammen. Es war wie verhext; immer wenn er in Einsatz fuhr, tauchte Belles Bild vor seinem geistigen Auge auf. Es lähmte seine Entschlußkraft und machte einen Feigling aus ihm. Gewiß, auch früher hatte er Furcht gehabt, ehe sie in den Einsatz rollten; aber nicht so wie jetzt.

Fordernd pochte sein Blut nach der Umarmung dieses Mädchens. Aber Belle war weit, und sie fuhren jetzt einer Panzerdivision entgegen. Mit e i n e m Panzer! Nichts dauerte ewig, am allerwenigsten das Glück, das ihnen bisher immer hold gewesen war.

Ratternd und schmatzend überquerte der Tiger eine Wiese, rollte in einen Obsthof hinein, riß einen Zaun nieder und arbeitete sich hinter den Wirtschaftsgebäuden der Ferme weiter vor. Erst als sie an der Ecke waren und die Verbindungsstraße übersehen konnten, die von Villers Bocage in einem ostsüdöstlichen Bogen nach Thury-Harcourth führte, blieb der Tiger stehen. Die Kanone drehte sich auf die Straße zu.

Jedes Geräusch erstarb. Nichts war zu hören, als die Vogelstimmen, die aus dem Apfelgarten zu ihnen herüberklangen. Dann hörten sie das Muhen einer Kuh.

„Muß gemolken werden", stellte Siegfried sachlich fest und traf unwillkürlich Anstalten, sich zu erheben.

„Du bist wohl ganz von Gott verlassen, was? Denkst du etwa, du wärst hier in Soest auf dem Hof deiner Ahnen?"

Paul grinste seinen Ladeschützen an und griff sich mit einer bezeichnenden Gebärde an die Stirn. Beschämt ließ sich Siegfried auf seinen Platz zurückfallen. Unwillkürlich mußte Joachim Krohne lächeln. Da dachte doch jemand mitten im Krieg an das Melken einer Kuh. Es war gut, daß es so etwas gab und daß der Krieg nicht alle natürlichen einfachen Regungen ausgelöscht hatte.

„Nachher kannst du sie melken, Schnier!"

Das Gesicht des Obergefreiten strahlte zu Joachim Krohne empor. Es war Joachim, als habe jemand innen in diesem Jungen ein Licht angezündet.

Diese selbstverständlichen Worte des Kompaniechefs gaben Siegfried — ganz unvermittelt und völlig grundlos — die Gewißheit, daß sie auch dies hier durchstehen würden. Diese wenigen Worte besiegten seine Furcht. Ja, nachher würde er die Kuh melken können, die von den fliehenden Bauern zurückgelassen worden war.

Die Panzergeräusche wurden lauter, das Rasseln der Ketten überdröhnte alles andere. Das Luk glitt langsam nieder. Joachim drehte den Verschlußhebel herum.

„Achtung, feuerbereit machen!"

Die an der Spitze der Kolonne rollenden Spähwagen hatten den Wegeknick erreicht. Die Nase des ersten glitt um den Knick herum, dann wurde er ganz sichtbar und rollte ihnen entgegen. Atemlose Spannung legte sich auf die fünf Männer im Tiger.

Vorn im Spähwagen sah Joachim den Kommandeur. Hundertfünfzig Meter vor der Ferme hielt der Spähwagen an und gab Winkzeichen nach hinten zurück.

„Menschenskinder, die denken, sie hätten den Orlog schon gewonnen", sagte Rainer, der durch seinen Fahrerschlitz nach vorn spähte, wo die übrigen Panzer jetzt aus dem Morgennebel auftauchten. Die Spannung schien jetzt förmlich im Panzer zu knistern. Würde der Gegner sie hinter der Ecke, durch einen Holunderbusch halb gedeckt, erkennen? Heiermanns Fäuste hielten das MG umklammert.

Der Spähwagen wendete und brauste an der Flanke der Kolonne entlang zurück, um die weiter zurückhängenden Panzer anzutreiben und die aufklaffenden Lücken in der Marschkolonne zu schließen.

„Der treibt sie uns bestens vor die Rohre. Entsichern. Entfernung 150 Meter. Panzergranate zehn Uhr."

Der vorderste Panzer, es war ein Cromwell, rollte ins Visier. Noch fünf Meter, dann hatte er den richtigen Punkt erreicht. Paul hatte ihn jetzt genau in der Zielvorrichtung. Sein Daumen lag auf dem Abfeuerknopf.

„Feuer!"

Mit mächtigem Schlag hallte der Abschuß in die Geräusche der sorglos nach Osten fahrenden Kolonne hinein.

„Vorwärts! Auf die Straße einschwenken! Feuer

auf alle Ziele eröffnen. Ohne Befehl feuern. Immer den nächsten Panzer aufs Korn nehmen."

Mit schmetterndem Krach flog der aus einer Entfernung von 150 Metern getroffene Cromwell in die Luft. Rainer hatte beim ersten Wort des Kommandanten den Tiger in Gang gesetzt, und gleichzeitig mit dem Detonationsschlag verließen sie ihre Deckung und rollten der Straße entgegen.

Noch mitten in der Wiesenbreite, die sie von der Piste trennte, feuerte Paul zum zweitenmal. Eines der Munitionsfahrzeuge barst mit einer ohrenbetäubenden Detonation, die alle anderen Geräusche in ihrem Donner untergehen ließ, auseinander. Die dicht zu diesem Fahrzeug aufgeschlossene Selbstfahrlafette wurde von der Detonationswucht emporgeschleudert und landete zwei Meter neben der Piste im Graben.

Dann hatte der Tiger die Straße erreicht. Mit 35 Kilometern Geschwindigkeit rollte er der feindlichen Kolonne entgegen. Das Bug-MG begann zu feuern, als Heiermann den Gegner im Visier hatte. Gleichzeitig wummerte das Geschütz und fegte eines der schnellen britischen Halbkettenfahrzeuge von der Piste in den Graben hinunter.

Ein weiterer Cromwell tauchte auf. Auch er barst unter dem Einschlag einer 8,8-cm-Granate aus der Tiger-Kanone auseinander.

In der britischen Kolonne brach eine Art Panik aus. Zu überraschend war dieser deutsche Panzer auf der Piste erschienen, die frei gemeldet worden war. Außerdem wußten die weiter hinten rollenden Panzer nicht einmal, wie stark dieser plötzlich auftauchende Gegner war, dem sie nun gegenüberstanden.

Die Fahrzeuge versuchten zu wenden oder zur Seite auszubrechen. Sie rammten einander, sie sackten in den Graben und stürzten um; und unablässig hämmerte die Kanone und schmetterte Tod und Verderben in dieses Durcheinander hinein.

Das erste MG-Feuer der Engländer brandete auf. Einer der dem Tiger zunächstfahrenden Cromwells drehte seinen Turm auf den Tiger ein. Joachim Krohne versuchte, einen Befehl zu brüllen, doch da war es schon zum Wenden oder Ausweichen zu spät. War dies das Ende? Er sah die spitze rotzüngige Flamme des Mündungsfeuers aus dem Rohr des Cromwell peitschen. Dann traf die 7,5-cm-Granate des Engländers mit ohrenbetäubendem Knall auf die Frontpanzerung und prallte vom deutschen Tiger ab und heulte seitlich ins Gelände.

Der Turm des Tigers drehte sich dem Feindpanzer zu. Drei Sekunden waren nach dem Schuß des Cromwell vergangen, als das Geschoß der Achtacht-lang das Rohr verließ und genau zwischen Unterbau und Turm in den Drehkranz des Cromwell hineinschlug und den Turm des Panzers verklemmte.

Alles ging in Sekundenschnelle vor sich. Siegfried Schnier schuftete. Er spürte nicht, wie ihm der Schweiß am Rücken entlanglief. Er mannte Granaten heran. Er ließ sie in den Verschluß gleiten, drückte den Verschluß zu, und dann betätigte

Paul, der sein neues Ziel aufgefaßt hatte, den Auslöseknopf, und wieder zerfetzte eine der hochbrisanten Granaten der Kampfwagenkanone einen Gegner. Er dachte nichts, er arbeitete. Jeder Schuß, den sie hinausjagten, vergrößerte ihre Chancen des Überlebens. Hier ging es nicht um Deutschland, nicht um eine der vielen Parolen, mit denen sie gelockt und systematisch gefüttert worden waren. Hier ging es um Sein oder Nichtsein. Wer nicht tötete, der wurde getötet. Dies war die letzte Konsequenz, und die Todesnot ließ sie kämpfen; ließ sie weitermachen, wenn die auftreffenden Granaten sie zu lähmen drohten.

Granaten prasselten gegen Schürzen und Schotten und barsten auseinander. MG-Salven klakkerten. Maschinenkanonen hämmerten auf den Panzer ein; eine grausige Melodie, die der Tod schlug.

Es war so, als sei dieser eine Panzer, der sich der feindlichen Panzerspitze entgegengeworfen hatte und sie zum Halten gezwungen hatte, gegen jede auf ihn gefeuerte Granate gefeit. Die englische Infanterie — es waren die berühmten 8. Husaren, wie es sich später herausstellte —, die an den Flanken vorgeprescht war, versuchte diesen Panzer im Nahkampf anzugehen und ihn zu vernichten. Sie wurde vom Bug-MG aufgefaßt und verblutete unter den hektischen Feuerstößen. Joachim räusperte sich, um den beißenden Pulverdampf aus der Kehle zu bekommen.

„Achtung, Schnecke an alle: Feuer auf feindliche Aufklärungspanzer eröffnen."

Mit einem Rundblick hatte Oberleutnant Krohne gesehen, daß einige der schnellen Aufklärungspanzer der Briten im Tal durchzustoßen beabsichtigten. Wohl um zu erkunden, wie stark der Gegner war, der sie hier aufhielt.

Von vier Stellen gleichzeitig feuerten die Tiger der Kompanie von der Höhe aus 1600 Meter Entfernung. Zwei der Aufklärer platzten im ersten Feuerstoß auseinander. Der dritte geriet in eine Hecke, blieb hängen und wurde durch die zweite Salve kampfunfähig geschossen. Nur dem vierten gelang es, durchzubrechen. Doch als er kurze Zeit später mit hoher Fahrt wieder zurückraste, krachten drei Einschläge gleichzeitig in diesen letzten Panzerspähwagen hinein und ließen ihn als aufbrennendes Wrack am Straßenrand liegen.

Eine britische Pakabteilung war inzwischen in Stellung gegangen. In immer kürzeren Abständen schmetterten ihre Granaten gegen den deutschen Panzer. Doch dieser schien wirklich gefeit zu sein.

Die Granaten des Tigers jedoch trafen ihr Ziel. Ein Tankwagen, schon weit hinten in der Kolonne, explodierte nach einem Treffer mit einer dreihundert Meter hohen Stichflamme. In einer jähen Drehung raste der Tiger genau auf eine Selbstfahrlafette zu und drückte sie unter ohrenbetäubendem Getöse in den Straßengraben. Ratternd und stuckernd setzte der Tiger darüber hinweg. Dann krachte es abermals, und wieder hämmerten Granaten gegen den Turm des Tigers, daß es den Männern im Innern des pulverstinkenden heißen Stahlkastens war, als müßte ihnen das Trommelfell platzen.

Heiser schrie Oberleutnant Krohne seine Befehle. Schon glaubte er, daß er es schaffen würde, den Vormarsch des Gegners endgültig zu stoppen, als aus Villers Bocage ein britisches Panzerrudel herausbrach. Wenn diese Panzer ihn erreichten, war er verloren.

„Rückmarsch!" befahl er.

Der Tiger drehte und geriet auf die Wiese. Das Bug-MG feuerte auf einen vorspringenden Trupp Briten. Dann waren sie wieder auf die Straße zurückgeschwenkt.

In diesem Augenblick wurde es im Kopfhörer lebendig.

„Achtung, zwote Kompanie: Hier Hauptmann Zettmer. Aushalten, Entsatz unterwegs! Komme mit acht Tigern der 1. Kompanie."

„Danke, Zettmer! — — — Jungs, wir haben es geschafft! — — — An alle: Panzer maaarsch, folgen!"

Von der Höhe, von wo aus sie noch immer auf die feindlichen Panzer, die Spähwagen, Halbkettenfahrzeuge und Selbstfahrlafetten gefeuert hatten, rollten die vier Tiger zu Tal.

Gleichzeitig mit den vordersten Panzern der 1. Kompanie erreichten sie die Piste nach Villers Bocage und rollten vor. Zwölf Geschütze feuerten jetzt gleichzeitig auf die nach Villers Bocage zurückweichenden Gegner. Unaufhaltsam rollte diese Lawine aus Stahl auf die Stadt zu, in der die Spitze der 7. britischen Panzerdivision — es war, wie aus späteren Gefangenenaussagen hervorging, die 22. Panzerbrigade und die 1. Schützenbrigade — in Sicherheit zu sein glaubte.

Hauptmann Zettmer, der Chef der zum Entsatz anrollenden 1. Kompanie, sah, wie aus einer der Seitenstraßen am Ostrand von Villers Bocage das Feuer eines britischen Pakgeschützes herausschlug. Entschlossen ließ er seinen Tiger in diese Straße einbiegen. Mit der linken Flanke rammte der Tiger mit der Wucht seiner 655 Pferdestärken den Eckpfeiler eines Hauses. Krachend stürzte die Wand auf den Tiger hinunter, der unbeirrt weiterrollte.

„Hier einschwenken!" schrie Oberleutnant Krohne, als er das breite Asphaltband der Straße erkannte. Jäh glitt der Tiger herum. Neben sich, in den Seitenstraßen, hörten sie die Abschüsse der Panzerkanonen. Ein Cromwell tauchte am Ende der Hauptstraße auf dem Platz auf. Sein Mündungsfeuer blitzte, und die Granate strich haarscharf über den Turm des Tigers hinweg, der diesen britischen Vormarsch allein gestoppt hatte.

Wieder brüllte die Achtacht der Schnecke. Der Treffer schlug in den Unterbau des Cromwells. Eine Lenkrolle flog quer über die Straße und schlug wie ein Geschoß in eine Schaufensterscheibe ein, die klirrend auf die Straße prasselte. Dann hämmerten fast gleichzeitig vom Platz her zwei Pakgeschütze. Mit hartem Schlag traf es den Tiger.

„Verdammt! Rechts 'rüber, Bocker!"

Doch so fieberhaft Rainer auch versuchte, den Tiger aus der Schußrichtung zu bringen, es ging nicht. Leer schwang die Steuerung. Der Panzer war waidwund geschossen.

„Vordere Lenkrolle zerschossen!"

Erneut hämmerte eine Pakgranate in die linke Gleiskette hinein.

„Aussteigen! Waffen mitnehmen. Sprengmittel nicht vergessen."

Sie schwangen sich aus dem Panzer heraus. MG-Feuer spritzte ihnen entgegen. Mit drei, vier Sätzen erreichte Joachim Krohne einen Arkadengang und warf sich hinter einem der Sandsteinpfeiler in Deckung. Gleich darauf riß er die MPi hoch und bestrich das Kellerfenster, aus dem das Feuer eines MGs peitschte, mit kurzen Feuerstößen. Das MG-Feuer strich dicht über den Turm seines Panzers hinweg. Seine Kameraden konnten nicht aussteigen, solange dieses MG feuerte. Hart krachte ein Treffer in den Panzer hinein.

Joachims zweiter Feuerstoß lag mitten im Kellerloch. Abrupt schwieg das MG, und gleich darauf büchsten auch die Kameraden aus und kamen zu ihm herübergelaufen. Keuchend warfen sie sich hinter die Säulen in Deckung.

In Villers Bocage aber tobte der Straßenkampf. Verbissen versuchten die Engländer, sich wenigstens in der Stadt zu halten, um einen Ausgangspunkt für weitere Operationen zu behalten. Die Panzer von Hauptmann Zettmer und die vier Tiger der 2. Kompanie rollten durch die Straßen. Sie kämpften die Panzer der Gegner nieder. Aus

Kellern und Hauseingängen wurden sie beschossen. Panzerbobbys, eine Art von Panzerfaust, machten zwei der Tiger kampfunfähig; sie brannten aus.

„Wir müssen zur Kompanie zurück. Die Tommys gehen hier nicht 'raus, weil wir zu wenige sind."

Die fünf Männer des Kommandantenpanzers hatten sich in eines der Häuser geschlichen. Sie waren Schritt um Schritt durch die Stadt zu ihren Kameraden zurückgeschlichen, denen sie weit voraus gewesen waren. Nun lagen sie schweratmend im Erdgeschoß dieses Hauses. Sie tranken von dem Wasser, das Paul Ahrens ihnen in einem Schöpflöffel aus der Küche gebracht hatte. Um sie tobte der Donner der Geschütze. Aber es war nur eine Frage der Zeit, wann die Panzer sich verschossen hatten und zurückgehen mußten.

„Wenn nur die Infanterie 'rankäme", sagte Paul, als sie getrunken hatten.

„Die werden schon kommen, und wir . . . "

„Achtung!" meldete Siegfried vom Fenster, und ohne zu zögern glitten sie alle in Deckung. Befehle gellten durch diese Gasse. Dann hörten sie das Getrappel genagelter Stiefel auf dem Pflaster.

Siegfried ratterte einen kurzen Feuerstoß aus der MPi. Als Antwort bellte ein englisches Sturmgewehr; gleich darauf knallte das dumpfe „Plopp-plopp" eines Granatwerfers, und unmittelbar unter dem Fenster detonierte eines dieser Geschosse und riß den Fensterrahmen heraus.

„Hierher! Nach hinten 'raus!"

Sie hasteten hinter Oberleutnant Krohne her durch einen finsteren Gang und kamen in einen Hof, der durch eine niedrige Mauer vom Nachbargrundstück abgetrennt war. Mit einem Satz schwangen sie sich hinüber. Schüsse peitschten aus dem Hause hinter ihnen her. Mit einem Schrei stürzte Siegfried von der Mauer und landete unmittelbar neben Paul Ahrens.

„Was ist los, Siegfried?"

„Sie haben mir einen verpaßt. Hier!"

Siegfried griff sich an den Kopf, und Paul sah eine vielleicht drei Zentimeter lange und einen halben Zentimeter breite Delle, die sich über die rechte Seite des Stahlhelmes hinzog.

„Schwein gehabt, Kleiner! Dein Kopf ist viel zu hart, als daß so was Winziges wie eine Gewehrkugel durchgehen könnte."

Siegfried brach in befreites, ein wenig hysterisches Gelächter aus, das sogleich abbrach, als vor der Mauer die ersten Werfergeschosse niedergingen.

„Folgen!"

Am Rande der Mauer entlang rasten sie geduckt nach Osten. Als sie das Ende dieser Mauer erreicht hatten, blieben sie hinter Oberleutnant Krohne liegen. Als sich 150 Meter weiter oberhalb von ihrem Standort ein paar flache Stahlhelme zeigten, feuerte Joachim Krohne in drei Feuerstößen sein ganzes Magazin leer. Knackend rastete das neue Magazin ein. Noch einmal gab er einen Feuerstoß ab; dann schnellte er sich hoch. Sie überquerten eine Nebengasse und tauchten darin unter. Die ihnen zugedachten MG-Salven trafen sie nicht mehr.

Eine Minute später trafen sie auf die Kameraden ihrer Kompanie. Die Panzer hatten sich hierher zurückgezogen. Sie feuerten auf die Mündungsblitze der feindlichen Pakgeschütze, die sich zeigten.

„Herr Oberleutnant, wir sollen hier stehenbleiben und halten. Es ist Entsatz unterwegs."

„Gut, Klausmeier."

Der Feldwebel, der das Luk seines Panzers aufgerissen und seinem Kompaniechef gemeldet hatte, verschwand wieder im Innern des Panzers. Das Luk knallte zu. Langsam rollte der Tiger auf die Kreuzung vor, um freies Schußfeld zu haben.

„Mensch, die gehen vielleicht 'ran! Und wir sitzen hier wie bestellt und nicht abgeholt. Hoffentlich ziehen die Kameraden des Werkstattzuges bald nach, damit unsere Biene wieder flottgemacht wird."

„Mir gefällt es auch so ganz gut. Schließlich haben wir doch so Stücker zwanzig Fahrzeuge aus dem Riesenwurm der Tommys einen verpuhlt."

„Genau 23", warf Siegfried ein, „vorausgesetzt, daß die Treffermeldungen stimmen, die uns unser Oberleutnant zugerufen hat."

„Mir wird noch jetzt warm, wenn ich daran denke. Meine Güte, als der Cromwell uns seine

Granate vor die Schnauze pflanzte, da dachte ich, es wäre aus mit uns."

Sie unterhielten sich mit kurzen abgerissenen Zurufen und rauchten ihre Zigaretten, die sie sich angesteckt hatten, in gierigen Zügen. Jetzt, da die Anspannung des Kampfes von ihnen genommen war, jetzt, da sie den ganzen Umfang der Gefahr ahnten, in der sie die ganze Zeit über gesteckt hatten, wurden ihnen die Knie weich.

Und an dem Schweigen, das sich jäh und unvermittelt über sie legte, wußte jeder vom Kameraden, daß sie genau das gleiche dachten und daß die gleiche Befreiung sie überkommen hatte.

Gegen 14 Uhr des gleichen Tages trat die Vorausabteilung der unter dem Befehl von Generalleutnant Freiherr von Lüttwitz stehenden 2. Panzerdivision zum Angriff auf Villers Bocage an.

Diese Division war in aller Eile zur Unterstützung der Panzer-Lehr-Division und zum Halten des Einbruches vorgezogen worden. Die Vorausabteilung drang von Süden her schrittweise in die Stadt ein und kämpfte den Gegner nieder.

Oberstleutnant Kaufmann aber, der Ia der Panzer-Lehr-Division, griff sich alle rückwärtigen Dienste. Er hatte die ganze Gefahr dieses drohenden Flankenstoßes des Gegners erkannt. Mit zwei Achtacht-Geschützen und drei 7,5-cm-Feldgeschützen trat er von Norden her aus dem halben Kessel, in dem die Division jetzt schon lag, zum Sturm auf Villers Bocage an.

Am Abend des 13. Juni war Villers Bocage wieder fest in deutscher Hand. Nach Westen abrückend, zog sich die britische Panzerspitze auf Livri zurück.

Die A-Kompanie der 22. britischen Panzerbrigade, die an der Spitze der Marschkolonne gelegen hatte, hatte allein 27 Panzer und alle ihre Kettenfahrzeuge verloren. Der ebenfalls an der Spitze in seinem Kommandowagen fahrende britische Brigadegeneral war gefallen.

Insgesamt kostete den Gegner diese „Schlacht bei Villers Bocage" (so ging dieser Kampf in die englischen Kriegsannalen ein) neben den 27 Cromwell-Panzern noch 12 Geschütze auf Selbstfahrlafetten, 46 gepanzerte Halbkettenfahrzeuge und mehr als 60 Räderfahrzeuge.

19 Offiziere und 240 Mann waren gefallen. Die Zahl der Verwundeten war hoch; die Kampfkraft der 7. Panzerdivision entscheidend geschwächt.

Die Einheit aber, die diese Schlacht bei Villers Bocage auf deutscher Seite geschlagen hatte, hatte aus fünf Tigerpanzern bestanden, denen später noch die acht Panzer der 1. Kompanie zur Hilfe gekommen waren.

Mit einem einzigen Tiger war Oberleutnant Joachim Krohne gegen eine ganze Panzerbrigade gerollt, hatte sie gestellt und ihren Vormarsch verhindert. Oberleutnant Krohne hatte weder gerechnet, noch seine Chancen abgewogen. Er hatte gehandelt, wie es sein Fahneneid befahl. Er hatte den Stoß Montgomerys in den Rücken der Panzer-Lehr-Division vereitelt und damit vielen Kameraden das Leben gerettet.

Feldmarschall Erwin Rommel meldete dem OKW am Abend des 13. Juni durch Funkspruch folgenden Sachverhalt:

„Die Heeresgruppe muß sich zunächst damit begnügen, mit den nur allmählich herankommenden Kräften eine zusammenhängende Front zwischen Orne und Vire zu bilden und den Gegner auflaufen zu lassen. Die Heeresgruppe strebt an, die eingesetzten Panzerverbände baldigst durch Infanterieverbände ablösen zu lassen und mit ihnen wieder bewegliche Reserven zu bilden.

Den Schwerpunkt der eigenen Operationen beabsichtigt die Heeresgruppe in den kommenden Tagen in den Raum Carentan-Montebourg zu verlegen, um den dort befindlichen Feind zu vernichten und die Gefahr von Cherbourg abzuwenden.

Erst wenn dies gelungen ist, kann der zwischen Orne und Vire liegende Gegner angegriffen werden."

Feldmarschall Montgomery dagegen sandte folgenden Funkspruch an das britische Kriegsministerium:

„Meine allgemeine Taktik ist, den Feind an die 2. Armee zu fesseln, um es so der 1. amerikanischen Armee leichter zu machen, sich auszubreiten."

Nach dieser Kampftaktik handelten die Heerführer, und diese Taktik zwang den deutschen Truppen die Teilung auf und die Annahme des Kampfes um Caen, der die auf dem Cotentin stehenden deutschen Verbände schwächte.

VI.

„Unsere Granaten, die wir auf den vorprellenden deutschen Tiger abfeuerten, sprangen an der Frontpanzerung ab, während s e i n e Granaten unsere Kampfwagen durchschlugen und einen Panzer nach dem anderen vernichteten."

Der Kommandeur der 22. britischen Panzerbrigade, der stellvertretend für den gefallenen Brigadegeneral das Kommando übernommen hatte, hatte seinen Vortrag im britischen Hauptquartier der 21. Heeresgruppe beendet.

„Major French, was haben Sie zu sagen?" wandte sich Feldmarschall Montgomery an den Kommandeur der Pakabteilung der Brigade.

In dürren Worten bestätigte der hochgewachsene hagere Major mit dem kurzgestutzten Schnurrbart den Bericht des Colonels. Er schloß mit den Worten:

„Einem Panzer — es war derjenige, der völlig überraschend allein auf der Straße erschien und den Kampf aufnahm — hat meine Pak die Kette zerschossen. Zwei weitere Tiger wurden in Villers Bocage selbst von der Pak vernichtet, und zwei von der Infanterie."

„Was meinen Sie zu diesem Desaster, Erskine?"

Nach dieser Aufforderung sprach als letzter der zum Vortrag befohlenen Offiziere der Kommandeur der „Wüstenratten", der 7. britischen Panzerdivision:

„Die deutschen Panzerfahrer sind einen völlig unvermuteten und tollkühnen Angriff gefahren. Sie haben meine Division überrannt und sie teilweise kampfunfähig gemacht. Ich habe noch nie vorher einen solchen Angriff eines Einzelfahrers erlebt. — — — Der geplante Stoß in den Rücken der Panzer-Lehr-Division ist zerschlagen."

Feldmarschall Montgomery nickte kurz. Er überlegte ein paar Sekunden, dann ruckte sein Kopf empor:

„Die Situation ist klar! Wir müssen jetzt versuchen, aus der Fesselungsoperation bei Tilly, die nur eingeleitet wurde, um Bayerleins Kampfkräfte dort zu binden und abzulenken, während wir hier im Südwesten durchstießen, eine Durchbruchsschlacht zu entwickeln. Dazu aber benötige ich weitere Kräfte."

Sir Alanbrooke, der Generalstabschef der britischen Streitkräfte, räusperte sich.

„Bitte, nennen Sie Ihre Forderungen, Sir!"

„Die 50. Division muß durch frische Panzerkräfte verstärkt werden, damit sie die nötige Stoßkraft erhält. Auf der Flanke, im Raum Putot-Brouay, benötige ich die 49. kanadische Division aus Bucknalls XXX. Korps und den Rest der 7. Panzerdivision."

„Und wann wollen Sie antreten?"

„Der Frontalangriff auf Tilly beginnt nach genügender Artillerie- und Luftwaffenvorbereitung am 15. Juni um 5.30 Uhr. Der Hauptangriff schließt sich dann am 16. Juni an. Die Stoßrichtung dieses

Hauptangriffes ist Hottot an der Straße Caen-Chaumont."

Nacheinander wurden die einzelnen Angriffsoperationen besprochen und aufeinander abgestimmt. Der Vertreter der Marine stellte die Feuerunterstützung dieses Hauptstoßes durch die Schweren Einheiten in Aussicht, die vor der Küste lagen. Dann erhob sich Sir Alanbrooke, um das Schlußwort zu sprechen:

„Denken Sie immer daran, meine Herren, daß einer der alten Wüstenfüchse Ihnen gegenübersteht. General Bayerlein ist ein großer Stratege und ein ebenso guter Kämpfer. Er kennt die Panzertaktik, und seine Männer gehen für ihn durchs Feuer. Er wird mit allen Mitteln verteidigen. Die beiden übrigen Panzerdivisionen werden ebenfalls bis zum Umfallen kämpfen.

Ich erwarte von Ihnen, daß Sie mit dem gleichen Einsatz kämpfen. Darum rufe ich Ihnen zu: Der Boden, auf dem Sie kämpften, ist der Boden des britischen Empires; gehen Sie vorwärts, schlagen Sie die Schlacht, siegen Sie!"

*

VII.

„Hören Sie zu, Unteroffizier Bocker!" Mit diesen Worten wandte sich Major Markowski, der Kommandeur der Schweren Panzerabteilung des Panzer-Lehr-Regimentes, dem Panzerfahrer zu, der in den Gefechtsstand gekommen war. „Oberleutnant Krohne hat Sie vorgeschlagen, die fehlenden optischen Geräte für die vier Tiger der Abteilung zu holen, die defekt in der Werkstatt liegen."

Rainer Bocker grinste leicht. Dann straffte er sich.

„Wenn Herr Oberleutnant Krohne glaubt, daß ich der richtige Mann dafür bin . . . "

„Also, um es kurz zu machen: Sie fahren in einer Stunde los. Bis Tours sind es rund 200 Kilometer. Schaffen Sie es, bis 24 Uhr wieder hier zu sein?"

„Bestimmt, Herr Major."

„Vergessen Sie nicht, Bocker, daß Sie von den ,Straßenkehrern' oft genug von der Piste gefegt werden."

„Ich werde möglichst auf Nebenstraßen rollen, Herr Major. Wenn ich um 8 Uhr losfahre, bin ich spätestens gegen 14 Uhr in Tours und kann um 16 Uhr wieder von dort losfahren."

„Den Rückweg sollten Sie tunlichst erst mit Einbruch der Dämmerung antreten, Bocker. Die Geräte müssen hier eintreffen! Lieber ein paar

Stunden später, als überhaupt nicht. Das ist doch klar?"

„Klar, Herr Major!"

„Gut, Bocker. Machen Sie's gut! — — — Halt, noch eines: Nehmen Sie einen Beifahrer mit, der Sie ablösen kann. — Und hier noch etwas."

Major Markowski griff in den Schrank und holte eine Flasche Napoleon-Kognak heraus.

„Besten Dank, Herr Major!"

„Hals und Beinbruch! Melden Sie sich sofort bei mir, wenn Sie zurück sind." Rainer Bocker baute sein Männchen. Dann klappte die Tür des Gefechtsstandes hinter ihm zu.

Er ging in die Bereitstellung seiner Kompanie hinüber, wo alle dabei waren, die Schäden an den Panzern zu beheben. Als er die Ferme erreichte, bei der seine Kompanie lag, sah er, wie eben ihre brave Schnecke eingeschleppt wurde. An der Schlepptrosse wurde der Tiger in den weiten Hof unter die Apfelbäume geschleppt, deren Kronen ihn vor Fliegersicht schützen sollten.

Paul Ahrens dirigierte ihn mit großem Stimmaufwand in die richtige Lage. Gleich riesigen vorsintflutlichen Schlangen lagen die Ersatzketten auf der Erde. Daneben ein paar Laufrollen und Antriebsräder, Verschraubungen, Kupplungen und Geräte.

„Na, Bocker, wohl vom Alten tüchtig einen eingeschüttet bekommen, was?" fragte Hauptmann Zettmer, als Rainer sich bei seinem Kompaniechef zurückmeldete.

„Nein, Herr Hauptmann! Ich habe gleich die

Flasche mitgenommen", antwortete Rainer und zog mit gewollter Lässigkeit die kurzbauchige Napoleon-Flasche aus dem Brotbeutel und hielt sie hoch.

„Verdammt! Das ist ein Geschenk des Himmels, Bocker."

Mit einer schnellen Bewegung griff Hauptmann Zettmer nach der Flasche. Doch Rainer war auf der Hut. Er zog sie blitzschnell wieder zurück und ließ sie im Brotbeutel verschwinden.

„Das ist Proviant für mich und meinen Beifahrer."

„Beifahrer? Seit wann gibt es denn Beifahrer in der Blechkiste? Wollen Sie mich auf den Arm nehmen, Bocker?"

„Stimmt schon, Richard", wandte sich Joachim Krohne an seinen Freund Zettmer. „Bocker soll die Optiken für die vier neuen Tiger aus Tours holen."

„Hmmm ... — Dann trinken Sie die Pulle lieber vorher aus, sonst könnte es zu spät sein, Bocker. Sehen Sie sich das an!"

Hauptmann Zettmer deutete zur Straße, wo plötzlich ein Pulk Jabos aus einem Wolkenballen herauskam und auf die auf der Piste rollenden Lkws niederstieß, die mit Ersatzteilen angerollt kamen. Sie sahen aus den Rümpfen der Maschinen die Abschüsse aufblitzen. Dann erkannten sie, wie sich unmittelbar unter den pfeilschnell näher kommenden Thunderbolts die Raketenbomben lösten, und gleich darauf ging alles in einem ohrenbetäubenden Gescheppper unter.

Ein Spritwagen, aus dem sich die Panzer volllutschen sollten, wurde getroffen. Er blies ein haushohes Ausrufezeichen aus Feuer in die Luft.

Die vier 3,7-cm-Vierlinge hinter der Ferme begannen zu feuern. Alle sechzehn Rohre feuerten im Dauerfeuer ihre jeweils 75 Schuß in der Minute auf die Thunderbolts, denen man mit MG nicht zuleibe rücken konnte, weil ihre Bäuche gepanzert waren.

Der vorderste Jabo detonierte in einer grellen Flammenrosette. Die unmittelbar dahinter fliegende Maschine sauste in den Detonationskegel hinein, und Rainer Bocker, der hinter einem gefällten Apfelbaum in Deckung gegangen war, sah in diesem Chaos aus Feuer und Rauch und brennenden Wrackteilen auch die Trümmer der zweiten Maschine zur Erde stürzen. Dann waren die Jabos vorübergeflitzt.

Sie rannten zur Straße, sahen das Bild des Schreckens, das diese in Sekundenschnelle aus heiterem Himmel niederstoßenden Flieger zurückgelassen hatten.

Aus den Gräben und Wiesen kamen die Landser zum Vorschein, die in Deckung gegangen waren. Sie riefen sich gegenseitig an, als wollten sie sich so erst gegenseitig versichern, daß sie wirklich noch lebten. Dann schoben sie die zerschossenen Laster in den Straßengraben, um Platz für die Nachfolgenden zu machen. Die übrigen Lkws aber rollten weiter, ihren Bestimmungsorten entgegen.

„Verdammt, verdammt! Und wir haben nicht einen deutschen Jäger hier. Kein Schwanz von unserer Luftwaffe zu sehen, wo sie hier so reiche Jagdgründe hätten."

„Die sind schon in die ewigen Jagdgründe gegangen", warf Hauptmann Zettmer bitter ein.

„Wann wollen Sie aufbrechen, Bocker?" überspielte Joachim das Unbehagen, das sich nach Hauptmann Zettmers Worten ausbreitete.

„Um 8 Uhr, Herr Oberleutnant."

„Dann frühstücken Sie erst mal was. — Und wen wollen Sie auf diese Tour nach Tours mitnehmen?"

„Ich möchte Schnier mitnehmen, Herr Oberleutnant. Der träumt so schwer von seiner Belle."

„Um Himmels willen, Bocker! Das wäre das Letzte. Der Kerl würde doch nur Unsinn machen. So was wie die Liebe muß man in Kriegszeiten hinter sich bringen wie einen Masernfall. Das muß er einmal erleben und dann für sein weiteres Leben dagegen immun sein. Er muß nachher gewissermaßen eine neue Blutzusammensetzung bekommen; alles weitere muß damit erledigt sein."

„Ich glaube, bei Siegfried Schnier ist das anders, Herr Oberleutnant. Da sitzt es tiefer. Er ist Westfale. Das ist ein ganz besonderer Menschenschlag. Warum sollen wir ihm nicht die Freude machen, Herr Oberleutnant?"

„Ich weiß nicht, Bocker. Das geht nicht gut aus. Ich hab' dafür eine Nase. Schnier macht uns Dummheiten."

„Ich werde schon aufpassen, Herr Oberleutnant. Wenn er d a s noch einmal haben kann, Herr Oberleutnant? Vielleicht ... "

„Meinetwegen! Aber auf Ihre Verantwortung!"

„Danke, Herr Oberleutnant."

Rainer drehte sich schnell um und ging zur Küche hinüber; so, als habe er Angst, daß Oberleutnant Krohne seine Entscheidung noch einmal korrigieren könnte.

„Was ist das nur für ein Haufen bei euch, Achim? Sieht mir verdächtig nach einer Heiratsvermittlung aus."

„Du weißt ja, Richard. Junger Bursche. Hat vorher nichts anderes gesehen als seinen Bauernhof bei Soest. Das Leben lag vor ihm, offen wie ein Scheunentor beim Einfahren der Ernte. Dann kam der Krieg und — aus! Und jetzt hat er ausgerechnet hier und dazu noch bei einem Animiermädchen gemerkt, wie schön alles sein könnte. Lassen wir's ihm! Damit er was hat, an das er zurückdenken kann. Vielleicht, daß ihm dann alles leichter wird. Wenn's so wäre, hätte es sogar einen Sinn gehabt."

„In Ordnung, Achim! Bist ein feiner Kerl. Ich hätte nicht gedacht, daß du solche Gedanken haben könntest. Aber das macht dich liebenswerter, menschlicher. Weißt du, in der ganzen Abteilung bist du als d e r Eisenfresser etikettiert. Und wenn man dann plötzlich hört, daß du dort, wo die anderen ein Herz haben, nicht etwa einen gekochten Schinken, sondern a u c h ein Herz installiert hast, dann glaubt man fast, sich verhört zu haben."

„Herr Oberleutnant, das Frühstück!"

Oberschütze Kruschat, Putzer und Koch des Kompaniechefs, war aus der Ferme gekommen und hatte es dem Kompaniechef gemeldet.

„Was gibt es denn Schönes, Kruschat?"

„Röstbrot, Spiegeleier und frischen Spargel."

„Und das am frühen Morgen?" wunderte sich Richard Zettmer.

„Kruschat war bei Kempinski in Berlin in der Küche, Richard. Wenn er etwas Lohnendes zum Brutzeln findet, dann ist ihm die Tageszeit gleich. Außerdem haben wir heute vormittag Zeit, was wir vom Mittag noch nicht sagen können. Komm mit 'rein! Kannst mithalten; Kruschat wird genügend gemacht haben."

„Danke, Achim; ich nehme selbstverständlich an. Werde nur noch schnell mit meinem Zugführer sprechen."

Hauptmann Zettmer verschwand in Richtung auf die Fernsprechstelle, die in einem Zelt unmittelbar hinter der niedrigen Scheune aufgebaut war, damit sie von den „Straßenfegern" nicht ausgemacht und gebombt werden konnte.

„Was gibt es denn Gutes? Habt ihr die Spiegeleier fertig?"

Rainer war in die Küche gekommen, wo sich Paul neben Kruschat am Herd zu schaffen machte.

„Hast du es denn so eilig?"

„Ich muß um acht starten. — — — Willst du nicht mitfahren, Siegfried?" wandte er sich an den Ladeschützen, der am Tisch saß und an einem Bleistiftstummel herumkaute.

„Hab keine Lust, Rainer. Muß noch den Brief schreiben."

„Ich würde an deiner Stelle nicht groß schreiben, wenn ich es mündlich abmachen könnte, Kleiner. Aber ganz wie du willst."

Es schien so, als hätte Siegfried nicht verstanden. Er hob den Kopf, und seine blauen Augen sahen fragend zu Rainer hinüber.

„Willst du mich auf den Arm nehmen?"

„Dafür bist du mir etwas zu schwer. Aber wenn du Lust hast, dann kutschiere ich dich stantepede ins Chateau-du-Loir."

Siegfried Schnier sprang auf und ging auf seinen Kameraden zu.

„Darüber solltest du keine faulen Witze reißen, Rainer."

„Wenn du nicht willst?" Rainer sah sich suchend um. „Wie wär's mit dir, Paule? Willst du vielleicht?"

„Und ob ich will, wenn es ins Chateau geht."

„Wir werden prima Mädchen sehen, auf Tigerfellen liegend."

„Mensch, das ist ja großartig!" freute sich Paul. „Ich wollte immer schon mal so ein Tigerfell sehen."

Brüllendes Gelächter erfüllte die Küche, das sich zum Orkan steigerte, als Kruschat, der eben eingetreten war, fragte:

„Was is'n schon an somm Tigerfell zu sehen?"

„Also, dann ist es abgemacht: ich fahre mit", begann Paul wieder, als sich der Lachorkan gelegt hatte.

„Nur über meine Leiche", sagte Siegfried und fiel in Boxerstellung aus.

„Schon gut, Kleiner! Du darfst ja. Ich trete dir meinen Platz ab, weil ich es dir gönne."

So ulkten sie sich gegenseitig an, um alles zu vergessen, was hinter ihnen lag. Sie wollten nicht daran erinnert werden, daß jede Minute, die sie hier in Ruhe lagen, nur ein Geschenk war, das ihnen jederzeit wieder genommen werden konnte.

Sie aßen schnell. Als Rainer die beiden Spiegeleier gegessen hatte, schob Siegfried ihm auch noch seine Portion hinüber.

„Hier, hau 'rein!"

„Kommt nicht in Frage! Du mußt in Form sein, sonst gibt dir Belle noch einen Protestbrief an den Alten mit", warf Paul trocken ein und grinste.

„Ich habe keinen Hunger drauf. Ich ess' lieber ein Butterbrot mit Honig."

„Was iss'n dat für'n Schmier?" wunderte sich Kruschat und beugte sich über die rote Kunststoffdose, deren Deckel Siegfried gerade abgeschraubt hatte.

„Honig", sagte Siegfried. „Kunsthonig", fuhr er grinsend fort, als er sah, wie Kruschat angewidert das Gesicht verzog.

„Hast du denn noch nie was von Tierschutz gehört, Krusche?" fiel Paul — was beinahe bei jeder Unterhaltung unvermeidlich war — in das Gespräch ein.

„Tierschutz?" echote Kruschat verblüfft. „Was hat'n dat mit diesem Schmier zu tun?"

„Dummer Hund! — Schont die Bienen, eßt lieber Kunsthonig!" trompetete Paul, glücklich, wieder einen seiner Kalauer angebracht zu haben.

Wieder brüllten sie gleichzeitig los, und Rainer, der eben dabei war, auch Siegfrieds Spiegeleier zu verzehren, begann zu husten.

„Macht's gut, Jungs, und seht zu, daß euch die Schönen im Chateau nicht auf dem Hemde liegen, wenn ihr losgondeln müßt." Oberleutnant Krohne gab den beiden Kameraden seines Panzers die Hand.

„Wir werden es schon schaffen, Herr Oberleutnant! Wenn es sein muß, auch ohne Hemd."

„Dann los! Um Mitternacht seid ihr wieder hier, oder ich ziehe euch das Fell über die Ohren."

Der Anlasser des Lkws surrte, und mit einem Satz, daß die Kameraden, die den Eineinhalbtonner umstanden, zurücksprangen, rollte der Wagen nach vorn. Siegfried winkte aus dem Fenster.

„Vergeßt nicht, vor Erreichen der Schweizer Grenze rechtzeitig die Pässe bereitzulegen!" rief Paul hinter ihnen her.

„Wir werden dir 'ne Karte schreiben, wenn wir dort sind. Mit Aussicht auf die Jungfrau!"

„Die Dame kenne ich noch nicht", rief Paul hinter ihnen her; aber das hörten sie schon nicht mehr, denn sie waren schon auf die Straße eingebogen und rollten jetzt auf der Verbindungspiste Villers Bocage—Falaise. Bei Falaise würden sie auf die Hauptstraße nach Le Mans einbiegen.

„Mensch, ist das ein Verkehr hier, Rainer."

Sie waren bis auf wenige Kilometer an Falaise herangekommen.

„Wenn es nicht noch dichter wird, schaffen wir es gut. Vorausgesetzt, daß die Jabos uns in Ruhe lassen."

„Die könnten wir gut bei uns vorn gebrauchen." Mit einer Kopfbewegung deutete Rainer ein wenig später auf die Panzerabteilung, die ihnen entgegengerollt kam.

„Mensch, das ist unsere zweite Schwere Abteilung, die nach dem Osten gehen sollte, Rainer. Die, welche der Alte sofort zurückbeordert hat."

„Na, die kommen vielleicht noch eben zurecht."

Sie winkten den in den Luks stehenden Kommandanten zu und riefen Scherzworte zu ihnen hinüber, die von den Geräuschen der rollenden Panzereinheit aufgeschluckt wurden. Die Panzer rollten an ihnen vorbei nach Nordosten.

„Meinst du, daß es in den nächsten Tagen wieder losgeht?"

„Die Alliierten geben keine Ruhe. Jetzt soll sogar die berühmte 51. Infanteriedivision der Engländer — die Highland-Division — 'rübergekommen sein."

„Na und?" fragte Siegfried. „Eine Division ist wie die andere."

„Na, hör mal! Dann hat Montgomery alle seine Kameraden aus Afrika wieder zur Stelle. Die verstehen hinzulangen, das habe ich am eigenen Leibe verspürt, Kleiner."

Gleichmäßig stark arbeitete die Maschine des Lkws. Der Wagen machte zügig Fahrt. Falaise lag jetzt unmittelbar vor ihnen, als Rainer plötzlich aufhorchte.

„Hörst du was, Siegfried?"

„Nichts, Rainer!"

„Ich fresse 'nen Besen, wenn das nicht Jabos sind!"

Rainer schaltete, damit der Motor leiser lief. Siegfried drehte sich um und beugte sich aus dem niedergekurbelten Seitenfenster hinaus. In diesem Augenblick sah er die Thunderbolts von Nordwesten aus anfliegen.

„Jabos!" schrie er.

Blitzschnell reagierend, brachte Rainer den Lkw am Straßenrand zum Stehen. Sie sprangen hinaus und rannten zu einer Senke, die 30 Meter neben der Straße lag.

In sechshundert Meter Höhe flitzten die Jabos über die Straße dahin, immer in deren Längsrichtung bleibend. Flammen spritzten aus ihren Bordwaffen. Raketenbomben fielen auf die Panzerkolonne, dann waren die vordersten Maschinen nahe genug herangekommen. Die aufspritzenden

Stein- und Dreckfontänen der Einschläge bewegten sich mit rasender Geschwindigkeit auf sie zu.

Sie warfen sich in die schmale Senke und preßten ihre Gesichter in das vom Tau feuchte Gras. Ratternd schlugen die Granaten in die Straße. Siegfried hörte das helle Knallen von durchschossenem Blech.

Wenn nur nicht unser Wagen hochgeht! dachte er. Wenn dieser Wagen in die Luft flog, dann würde er niemals nach Tours kommen. Und dann würde er auch niemals wieder Belle erreichen.

Es war Siegfried, als sei gerade dieser Angriff ein Orakel. Blieben sie hier liegen, dann hatte er Belle für immer verloren. Kamen sie durch, dann — — — dann ...

Die Maschinen waren über Falaise verschwunden. Aus der Stadt bellten die Abschüsse der Flakgeschütze. Eines von ihnen holte eine Thunderbolt brennend herunter. Sie schlug mitten auf die Häuser der Stadt und explodierte beim Aufprall.

„Ist was passiert?"

„Nee, Siegfried! Nur Blechschaden. Dusel gehabt! Rollen wir weiter, daß wir hier 'rauskommen."

Sie fuhren wieder los. Nach 300 Metern erreichten sie einen Lkw, der von einer Raketenbombe völlig zerschmettert war.

„Volltreffer!" sagte Rainer. Aber für Siegfried zählte das nicht. S i e waren durchgekommen, und sie würden jetzt auch weiterhin durchkommen.

Dreimal wurden sie im Raum Falaise angehalten, dann hatten sie es geschafft. Sie rollten auf der breiten Piste nach Le Mans.

Zehn Minuten später — sie waren schon auf der Mitte zwischen Falaise und Argentan — flogen wieder Jabos über die Piste. Sie warfen sich direkt neben dem Wagen in den Straßengraben, weil sie nicht weiterkommen konnten.

Den Kopf ein wenig zur Seite drehend, versuchte Siegfried, die genaue Anflugrichtung der Jabos zu erkennen. Es schien ihm, als sei die Rollbahn hinter ihm tobsüchtig geworden. In dichten Ketten fielen die Bomben. Die Kolonne, die sie eben überholt hatten, wurde vollständig zusammengeschossen und zerbombt. Flammen loderten auf der Piste empor. Einige der Wagen rollten aus dem ineinanderverkeilten Konglomerat aus Stahl und Holz heraus und versuchten, auf die Wiese auszuweichen, um dem Chaos zu entgehen und später wieder auf die Piste zurückzukehren.

Die Maschinen schossen aus allen Bordwaffen. Der „Jabo-Tod", dieser fürchterliche Würger, der sich seine Opfer zu Tausenden holte, ging auf der Piste um.

Siegfried hörte die schmetternden Einschläge dicht an sich vorüberzischen. Dann zerknallte einer der Hinterreifen, und wieder verschwand dieser Alptraum nach Süden, der sie zu lähmen drohte.

„So ein verfluchter Mist!"

„Komm, machen wir ihn schnellstens wieder flott, Rainer."

„Aber nicht hier, mitten auf dem Präsentierteller, wo wir beim nächsten Angriff zur Sau gemacht werden."

Auf dem Plattfuß rollte Rainer den Wagen von der Straße herunter hinter eine Hecke. Sie begannen zu arbeiten. Nach einer halben Stunde hatten sie den Reservereifen drauf.

„Jetzt dürfen sie uns aber keinen mehr zerknallen, Kleiner."

„Ich drücke beide Daumen!"

Sie rollten weiter. Wie ein Slalomläufer umrundete Rainer die kreisrunden, metergroßen Trichter, mit denen die Straße hier übersät war. Sie umfuhren brennende und glosende Wracks, rollten über Seitenwege und verließen hinter Argentan die Hauptstraße endgültig, weil dieselbe von hier aus einen Bogen nach Osten beschrieb. Auf der Karte hatte Rainer Siegfried gezeigt, daß sie viel Zeit sparen würden, wenn sie auf dem Nebenweg nach Süden rollten. Bei Alencon würden sie allerdings wieder auf die Hauptstraße müssen, weil sie dort die Sarthe überqueren mußten und die Brücke dort als einzige noch intakt war.

Sie waren noch nicht einen Kilometer weit auf dem Nebenweg von der Straße abgekommen, als sie hinter sich abermals das Dröhnen von Flugzeugmotoren hörten. Gleich darauf brandeten die ersten Bombendetonationen auf. Sie sahen sich bedeutungsvoll an.

Der Lkw rollte jetzt auf einem schmalen Feldweg. Dennoch kamen sie gut vorwärts. Als einmal aus einer Ferme ein paar Gestalten auftauchten, griff Siegfried zur MPi. Doch die Männer beachteten sie nicht, sondern gingen durch den Garten und verschwanden hinter einer Hecke.

Unmittelbar vor der Sarthebrücke bei Beaumont gerieten sie abermals in einen Fliegerangriff. Wieder gingen sie in Deckung. Die teilweise zerstörte und von deutschen Pionieren immer wieder befahrbar gemachte wichtige Brücke wurde von einer ganzen Leichten Flakabteilung bewacht.

Die anfliegenden Jabos gerieten in einen dichten Feuervorhang. Im Licht der Mittagssonne sahen Rainer und Siegfried die grauen Wolken der Flakdetonationen. Drei der angreifenden Maschinen stießen genau in diesen Feuervorhang hinein. Die erste trudelte mit abgesägten Tragflächen in die Tiefe und schlug in den rechts der Straße fließenden Fluß, wo sie beim Einschlag detonierte. Die zweite raste im Tiefstflug über die Piste und bohrte sich mit der rotgestrichenen Schnauze in eine Hecke, während die dritte einen kleinen Rauchstreifen hinter sich herzog, der sich von Sekunde zu Sekunde vergrößerte, bis die Thunderbolt — ganz in Flammen gehüllt — explodierte und ihr Laufwerk, der Motor und einzelne Wrackteile auf die sich vor der Brücke stauenden Lastwagen niederkrachten.

Als sie langsam über die Brücke rollten, sahen sie die Verwundeten und Toten am Straßenrand liegen. Sie sahen die beiden Sanitäts-Dienstgrade, die den schreienden Schwerverwundeten Spritzen gaben, um ihnen die Qual zu erleichtern. Dann waren sie am Ende der Brücke und rollten wieder hinunter.

Der Verkehr wurde schwächer, je weiter sie nach Süden kamen. Zwei Stunden später rollte der Lkw in die Einfahrt zum Chateau-du-Loir hinein. Knirschend bremsten die blockierten Räder auf dem Kies des Weges. Siegfried öffnete den Schlag und sprang auf die Erde.

„Mach's gut, Kleiner. Wenn alles klappt, dann bin ich in vier Stunden wieder hier. Sag Lita, sie soll ein Bad für mich fertigmachen. Erst dann kann man sich wieder als Mensch fühlen."

„Gut, also dann um sieben, Rainer!"

Er setzte den Wagen zurück und wendete. Noch einmal sah Siegfried das Gesicht seines Kameraden aus dem Seitenfenster. Er winkte, und als der Lkw verschwunden war, ging er in der heißen Nachmittagssonne dem Gebäude entgegen. Kurz bevor die Terrasse sichtbar wurde, bog er von dem breiten Kiesweg ab und ging einen Seitenpfad entlang, von dem er wußte, daß er zu den Bungalows der Mädchen führte. Er spürte den Duft von Blüten.

Während er sich jetzt mit jedem Meter der Erfüllung seiner Wünsche näherte, spürte er sein Herz plötzlich ganz oben in seinem Hals. Es war ihm, als bekäme er keine Luft mehr; als atmeten seine Lungen Feuer anstatt Sauerstoff.

Wenn Belle nicht da ist!

Zum erstenmal dachte Siegfried an diese Möglichkeit. Aber wo sollte sie wohl anders sein, wenn nicht hier? Aus der Küche im Seitenflügel hörte er eine keifende Stimme, der eine andere Stimme aus dem Garten antwortete. Dann hatte er den Rand des Fliedergebüsches erreicht, der ihm den Blick auf Belles Bungalow verwehrte. Er ging wie im Traum darauf zu.

Als er geklopft hatte, lauschte er mit vorgestrecktem Kopf. Er hörte ihre Stimme, hörte, wie sie fragte.

Siegfried hätte diese Stimme aus tausend anderen herausgehört. Er liebte diese dunkle Stimme; er liebte *sie*, in deren Körper diese Stimme wohnte. Er konnte einfach nicht antworten. Seine Zunge lag ihm plötzlich wie ein Bleiklumpen im Mund.

Siegfried hatte es sich alles ausgedacht, wie es sein könnte, wenn er sie wiedersehen würde. Und jetzt, in den nächsten Sekunden, würde er sie sehen. Noch einmal fragte Belle:

„Qui est là?"

„C'est moi, Siegfried", sagte er mit schwerer Zunge, als habe er getrunken. Er hörte einen leichten hellen Schrei. Triumph und Freude schwangen gleicherweise in diesem Laut. Die Tür wurde aufgerissen, und sie standen einander gegenüber. Belles Hände, die ein Kleidungsstück vom Bügel gerissen und es sich vorgehalten hatten, glitten um seinen Hals.

„Mon grand Petit, comme je t'ai attendu! Sens mon coeur comme il bat."

Siegfried verstand plötzlich kein Wort mehr. Aber die Sprache ihrer Lippen, die sein Gesicht mit Küssen bedeckten, die verstand er. Und er verstand ihre Blicke und das Streicheln ihrer Hände.

Belle schloß die Tür hinter ihm. Sie zog ihn zur Couch und zwang ihn, sich zu setzen. Dann lief sie in die Küche und kam mit einer Flasche und zwei Gläsern zurück.

„Trink, Lieber!"

Mit einem Zug trank Siegfried das Glas leer. Der Calvados rann warm und angenehm durch seine Kehle. Plötzlich wurde er ruhiger. Ein Gefühl wie von Macht — oder war es Glück? — nahm von ihm Besitz, und jetzt erlebte er auch bewußt das große und herrliche Wunder ihrer Gegenwart. Er zog sie neben sich.

„Baise moi, mon Cherie! Baise moi!"

Er küßte sie und spürte beim Küssen, wie die Erregung ihn schüttelte, daß er zu zittern begann.

„Encore, encore!"

Auch Belle war wie verwandelt. Diesen großen Jungen, diesen kraftvollen Mann, dessen Gegenwart sie faszinierte, hatte sie für sich erobert.

„Erinnerst du dich an die erste Nacht hier, Cherie?" Ihre Hände mit den langen, kühlen Fingern schlossen sich hinter seinem Kopf. Sie zog sein Gesicht an ihren Mund.

„Ja", sagte er heiser. „Glaubst du, ich könnte das vergessen?"

„Wie lange bleibst du?"

„Um sieben kommt Rainer. Dann haben wir noch zwei Stunden, weil er um neun von hier abfahren will." Sie richtete sich jäh auf. Ihre dunklen Augen standen keine zwanzig Zentimeter von seinen entfernt. Sie waren tief und klarer als der Teich zu Hause hinter den Birken am Sommermorgen. Das durchs Fenster einfallende Licht warf ein paar Sonnenkringel auf ihr Haar, daß es golden aufblitzte. Dieses Bild wuchs in ihn hinein, wurde eine einzige Stimme in seinem Herzen, ein einziger Laut: Belle!

„Bleib hier, Siegfried!"

Belles Stimme hatte mit einem Male etwas Beschwörendes. Es war ihm, als hypnotisiere ihn dieser Klang. „Wenn die Alliierten kommen, wirst du einer von uns sein. Und wir beide bleiben zusammen."

„Ich m u ß zurück, Belle. Die Kameraden warten auf mich. Ich darf sie nicht im Stich lassen."

„Aber der Krieg ist doch für euch verloren. Er wird dich umbringen, und wir zwei werden nie mehr ... nie mehr! Hörst du?"

„Aber das geht doch nicht, Belle! Ich bin Soldat, ich habe einen Befehl erhalten."

Er sah sie an. Verzweiflung und Elend, daß er nicht bei ihr bleiben konnte, wo er es doch ebenso wünschte, standen auf seinem Gesicht. Die Sonne hatte für diesen Augenblick ihren Glanz für ihn verloren. Sie wandte den Kopf zur Seite, damit er nicht sah, daß sie weinte.

„Es ist gut, Siegfried. — Ja, ich weiß, daß es nicht an dir liegt. Du mußt so sein. Darum liebe ich dich ja." Sie küßte ihn. „Wenn dieser Krieg uns trennt, dann bist du nicht der Schuldige, Cherie."

Wieder legte sie ihren Mund auf seinen. Ihr wilder Kuß besiegelte den Frieden zwischen ihnen. Siegfried griff zu ihr hinüber. Seine Hand spürte die feste Rundung ihrer Hüfte.

Die Liebe öffnete ihm Ausblicke, die er vorher nicht gekannt hatte. Sie zeigte ihm das Furchtbare ebenso wie das Unvermutete und Große. Sie zeigte diesem jungen Menschen aus Westfalen alle Herrlichkeit der Erde. Und daß es doch da war, jenes Große, Unbändige, von dem er früher geträumt hatte.

Für Minuten gab es für ihn nichts anderes mehr. Nicht einmal der Krieg, dieses milliardenfüßige Ungeheuer, das dröhnend und stampfend durch den Garten seiner Jugend gegangen war und ihn niedergetrampelt hatte, hatte jetzt mehr Gewalt über ihn.

„Unser Glück ist fast zu groß", sagte Belle nachher, als sie nebeneinanderlagen und zusahen, wie das Licht der Sonne herumwanderte. Als Siegfried auf die Uhr sehen wollte, hielt sie seinen Arm fest.

„Nicht!" sagte sie bittend, und er ließ es sein. Er drehte sich ihr zu, sah ihr voll ins Gesicht und glaubte, daß es die ganze jugendliche Schönheit der Welt für ihn berge. Er erkannte in diesem Gesicht die Anständigkeit ihres Wesens. Er erkannte sie, und er glaubte daran. Dieses Gesicht, das trotz allem, was zu tun sie gezwungen war, für ihn das Wunder der Unschuld bewahrt hatte und das in dieser Umgebung käuflicher Lust dennoch in der unsterblichen Blindheit vor dem

Entsetzen und der Gemeinheit der Welt gelebt hatte.

Belle war wie eine Blume, die er — vom Himmel träumend — plötzlich in seiner Hand gefunden hatte; zum Beweis, daß es diesen Himmel gab.

„Siegfried?" fragte sie ihn, als sie aufstand, um für ihn Kaffee zu machen. Er drehte sich zu ihr um; entspannt, glücklich.

„Was ist, Liebste?"

„Wenn du mich mitnehmen würdest ... Nur bis Falaise. Das liegt doch auf dem Weg. Ich habe eine Tante dort."

Ein paar Sekunden tropften in die Vergangenheit. Siegfried drehte sich um und stützte sich mit den Ellenbogen auf. Er starrte sie an, als sei er betäubt.

„Falaise liegt so dicht an der Front. Die Stadt wird bald vom Gegner besetzt sein, Belle, und dann ... "

„Ich werde mit euch zurückgehen; ich will hier 'raus, ich will nicht mehr mit diesen betrunkenen Männern ... Seit ich dich kenne, weiß ich, daß es Sünde ist, und ich wünsche mir so sehr, daß ich nur für dich dasein darf."

Sie brach ab und lief in die Küche. Mit einem Ruck saß Siegfried aufrecht. Es war ihm wie einem zum Tode Verurteilten, dem plötzlich Hoffnung auf Begnadigung gegeben wurde.

Er dachte angestrengt nach. Ja, so konnte es gehen, ohne daß Rainer etwas davon erfuhr. Barfuß ging er in die Küche, wo er sie über den

Kocher gebeugt fand. Mit einer kühnen Gebärde, die er vorher noch nicht gekannt hatte, griff er mit der Rechten in ihr Haar und zog ihren Kopf zu sich in die Höhe. Ihre Augen standen groß und dunkel in brennender Frage vor ihm.

Als er nickte, warf sie sich an seine Brust. Er spürte ihre Tränen auf seiner nackten Haut. Er spürte ihren Herzschlag, der hart und fordernd nach dem Leben rief und — nach ihm.

„Wir werden es schon schaffen; ich will dir erklären, was du zu tun hast, wenn der Wagen hier ist. Rainer darf nichts davon wissen."

„Ich will deine Frau sein", sagte sie leise. „Ich will nur dir gehören, und wenn du mich einmal — vergißt, werde ich dennoch n u r an dich denken."

„Wenn dies erst vorbei ist, Belle. — Kommst du mit nach Deutschland? Wir werden glücklich sein."

„Ich gehe dahin, wohin du auch gehst."

Sie hatte diese Formel noch nie gehört; aber sie sprach sie aus, als sei sie schon immer in ihr gewesen.

„Belle, ich liebe dich! Ich will dir das Leben schön machen."

„Ich wüßte für mich nichts Besseres, als bei dir zu sein."

Siegfrieds Gesicht flammte. Hier in der Höhlung seines angewinkelten Armes hielt er das Leben; hielt er in tausendfach wandelbarer Form das Glück und das Entzücken. Der große Zug des Krieges, die Gefahren und der Tod, verblaßte. Nichts blieb als sie, die lebend-verheißungsvoll in seinem Arm lag.

Er hatte seine Jugend verloren. In dem großen Orlog hatte er das Grauen kennengelernt und den Verlust der Kameraden, die Furcht und die Hoffnung; aber die Liebe blieb. Die Liebe wog alles auf; das Leben konnte beginnen.

Sie tranken den kaltgewordenen Kaffee, als Siegfried aus dem Bad kam. Die Haut ihres Armes glänzte, sooft sie ihm etwas vorlegte oder Kaffee eingoß. Ein Flaum von winzigen goldenen Härchen bedeckte diesen Arm, daß er ihn an die Schale eines reifen Pfirsichs erinnerte. Eine Sekunde starrte er auf die feinen bläulichen Adern an ihren Schläfen. Als ihrer beider Blick sich traf, vibrierten ihre Nasenflügel. Ihre Lippen öffneten sich. Er griff über den Tisch zu ihr hinüber.

„Essen!" befahl sie kategorisch.

Sie hatten alles besprochen. Es mußte gutgehen. Und wenn sie in Falaise war ... Wenn sie so nahe bei ihm war ...

Ihre Hände bewegten sich. Ihr Hals war glatt wie gemeißelter Marmor, und ihr Haar lebte im letzten Licht der Sonne. Dieser Raum aber war nur eine Kulisse. Die Stühle, die Couch und der Tisch, das Bambusrohr mit den Kakteen an der Wand und der Gummibaum am Fenster auf dem Hokker, alles waren nur Dinge, die da waren, um auf s i e hinzuweisen. Wesen, Dinge am Rande eines Teils der Welt, deren Mittelpunkt *sie* war.

Ihr Ohr leuchtete wie zartgetöntes Porzellan, als sie den Kopf drehte.

„Ich möchte mit dir tanzen, Belle", sagte er, als sie gegessen hatten.

Sie ging auf ihren hochhackigen Seidenpantoffeln mit wiegenden Schritten zum Radio und stellte es an. Die Stimme eines Ansagers knarrte. Den Knopf drehend, bekam sie Musik hinein und wandte sich ihm wieder zu. Ihr Bademantel glitt zu Boden. Unter dem dünnen Seiden-Nachthemd sah er ihren Körper schimmern. Leicht, selbstverständlich, glitt sie in seine Arme.

„Menschenskind, Rainer, ich dachte schon, dich hätten sie in Tours festgehalten."

Siegfried war von der Terrasse, auf der er mit Belle gestanden und in Richtung auf die Auffahrt geblickt hatte, heruntergegangen. Er riß den Schlag des Lkw auf und half Rainer heraus.

„Das ist vielleicht ein Saftladen in Tours. Die glauben, daß wir nur für sie da sind, damit sie sich dort verkriechen und die feinen Herren spielen können."

„Was war denn los?"

„Sie sagten, daß sie ein Lager der 12. Panzerdivision seien und daß sie die Unterschrift von General Witt sehen müßten, ehe sie was 'rausrückten. Dieser verdammte Haufen von Korinthenkackern! Diese Schmalspurhengste!"

„Na, komm, reg dich ab! Trink erst einen Kaffee, damit du wieder frisch wirst."

„Eine halbe Stunde sitzt nur noch dran, Siegfried. Da habe ich etwas anderes vor, als mit dir Kaffee zu trinken. Kannst mir ja die Flasche füllen lassen."

Er gab Siegfried die Feldflasche und rannte — immer zwei Stufen auf einmal nehmend — die Terrasse hinauf, auf der eben Lita erschien und ihm zuwinkte.

„Ich wende schon mal die Karre, Alter", rief Siegfried dem Kameraden zu. Der machte eine vage Handbewegung, die Zustimmung und Ablehnung zugleich sein konnte.

„Los, Belle! Hol deinen Koffer und komm an den Seitenweg. Ich ziehe bis dahin vor, dann kann man uns vom Chateau aus nicht mehr sehen."

Während Belle über die Terrasse nach hinten verschwand, ging Siegfried auf den Lkw zu, startete ihn und setzte ihn herum. Ein paar Kübelwagen kamen ihm, die Auffahrt heraufrollend, entgegen. Fluchend wichen die Fahrer aus, als sie den Lkw auf dem Weg sahen.

„Ihr kommt schon noch früh genug zu eurem Besäufnis!" schrie Siegfried dem einen Fahrer zu, der sich aus dem Wagen hinauslehnte und einen ellenlangen Bannfluch auf ihn schleuderte. Dann wich er zur Seite aus.

Als er ausstieg, hörte er schon Belles heftigen Atem hinter dem Gebüsch. Siegfried ging nach hinten und machte sich an der Plane zu schaffen.

Ohne sich ihr zuzuwenden, sagte er ihr, daß sie ihm den Koffer reichen möge.

Seine nach hinten ausgestreckte Hand berührte die ihre. Sie war eiskalt und zitterte. Dann ertastete er den Griff des Koffers. Mit einem Ruck hob er ihn empor und schwang ihn unter die Plane. Dann erst leuchtete er das Innere des Wagens ab.

„Los!" zischte er halblaut, als ein prüfender Blick ihm zeigte, daß die Terrasse frei war. Mit zwei Schritten stand sie neben ihm. Er faßte sie um die Taille und hob sie hoch. Ein Schwung, und auch das Mädchen war unter der Plane verschwunden.

„Paß auf, Belle. Wenn ich klopfe, legst du dich hinter die Kisten dort, damit dich niemand sieht, wenn eine Kontrolle kommen sollte; verstanden?" Sie nickte, unfähig zu sprechen. „Den Koffer legst du schon jetzt dorthin. Zieh die Plane darüber, die dort von dem Gerät herabhängt."

In kurzen, abgerissenen Sätzen flüsterte er ihr die Verhaltungsmaßregeln zu, während er unablässig Ausschau hielt. Als er die Plane fallen lassen wollte, drängte sich Belle noch einmal an ihn. Er küßte sie und spürte in diesem Augenblick, daß er alles für sie tun würde. Dann fiel die Plane herunter, und er schnallte sie fest.

„Hör mal, Rainer, ich muß dir was sagen", begann Siegfried, als sie sich Le Mans näherten.

„Was ist denn los? Warum bist du denn so nervös? Hat Belle dich etwa abgewiesen?"

Rainer sah mit einem schnellen Seitenblick zu seinem Freund hinüber, um sogleich wieder den Blick auf die Straße zu nehmen, die sie in tollem Tempo entlangfuhren, um rechtzeitig wieder beim Haufen zu sein.

„Es betrifft ja gerade Belle“, sagte Siegfried.

„Hör ja auf! Schließlich bin ich weder dein Beichtvater, noch dein Schutzengel“, wehrte Rainer ab. „Wenn sie nicht will, dann such dir 'ne andere. Weiber sind doch im Kriege genug zu bekommen. Sie sind wie Straßenbahnen. Wenn eine weggefahren ist, dann kommt in zehn Minuten eine andere. Das mußt du dir merken. Mensch, ein Kerl wie du bekommt überall etwas.“

„Aber so ist es nicht! Belle ist wirklich fortgefahren. Aber sie fährt mit — uns.“

Mit einem Ruck trat Rainer auf die Bremse, daß die Räder des Lkw kreischend den Asphalt radierten. Der Wagen stand, und Rainer wandte sich dem Freund zu.

„Hör mal, du siehst jetzt genauso aus wie eine Katze, wenn es donnert. Mach doch nicht so ein dämliches Gesicht und komm endlich mit der Sprache heraus. Ich bin doch nicht Sherlock Holmes.“

„Mein Gesicht ist das einzige, das ich habe. Es tut mir leid, daß ich es nicht für ein intelligenteres, wie deines vielleicht, umtauschen kann“, fiel Siegfried dem Kameraden ins Wort. „Und damit du es genau weißt: Belle ist hinten im Karren.“ Mit dem Daumen deutete Siegfried über die Schulter.

„Waaas?“ fragte Rainer, und sein Unterkiefer

klappte vor Überraschung herunter. „Das kann doch nicht dein Ernst sein."

Siegfried nickte nachdrücklicher und klopfte dreimal kurz an die Stirnwand des Aufbaues der Ladefläche. Eine Sekunde verstrich, dann klopfte es ebenso dreimal kurz zurück.

„Ja, bist du denn des Teufels? Wenn die Streife vorhin auf den Karren geschaut hätte, wären wir im Eimer gewesen. Und ich Esel habe noch gesagt, daß nur Geräte drauf sind."

„Na, ich kann dir sagen, daß ich Bammel genug gehabt habe. Aber ich habe Belle ein Zeichen gegeben. Sie hätten schon in den Wagen 'reinklettern müssen. Belle hat sich so gut versteckt, daß sie nichts gefunden hätten. Und wenn wir jetzt in Le Mans wieder kontrolliert werden, dann ..."

„... wird niemand etwas finden, weil ich deine Belle jetzt eigenhändig hinausfeuern werde. Was denkt sich diese ... diese ..."

„Sag's nicht, Rainer", bat Siegfried. „Sag's um Himmels willen nicht!"

Mit einer wilden Handbewegung schnitt Rainer dem Kameraden das Wort ab.

„Ich hätte es mir denken sollen. Verdammte Sauerei!" Überlegend strich sich Rainer über das Gesicht. Eine halbe Minute war nichts mehr zu hören als das leise Tuckern des Motors. Dann wandte er sich zu Siegfried um.

„Ich hab's! Wir nehmen einfach die lange Kiste, in der die Antennen sind."

„Wofür willst du denn die Kiste haben?"

„Ich muß zur Bank, und da brauche ich eine große Kiste, um mein Kleingeld 'reinzutun", sagte Rainer sarkastisch. Erleichtert platzte Siegfried heraus und stieß ihn lachend in die Seite.

„Du nimmst sie mit?"

„Ja, aber wir werden sie in die Kiste verstauen, damit sie nicht geschnappt wird."

Während Rainer nach vorn und rückwärts Ausschau hielt, machte sich Siegfried daran, die Kiste zu leeren und Belle klarzumachen, daß sie in die Kiste steigen müsse.

Zehn Minuten später fuhren sie weiter, und als sie in Le Mans angehalten wurden und der Wagen durchsucht wurde, fand man nichts, denn den Koffer hatten sie unter eine Kiste gelegt und mit einer Plane zugedeckt.

Um 21 Uhr trafen sie wohlbehalten bei der Kompanie ein. Als sie sich bei Major Markowski zurückgemeldet hatten und nebeneinander ihrer Unterkunft zuschritten, wandte sich Siegfried dem Kameraden zu.

„Ich danke dir, Rainer. Du hast mir sehr geholfen. Sie ist jetzt bei ihrer Tante. Dort wird sie bleiben, und die Kerls aus dem Schloß ..." Siegfried brach abrupt ab und schluckte schwer.

„Keine Blumen, Kleiner", wehrte Rainer ab. „Aber komm mir nur nicht, daß ich dich zum Wochenende 'rüberkutschieren soll. Das ist nicht mehr drin, verstanden?"

„Vielleicht kann ich mal das Krad von Lehmann bekommen, Rainer."

„Und wenn sie dich unterwegs schnappen, bist du dran. Unerlaubtes Entfernen von der Truppe oder gar Fahnenflucht nennt man das, Kleiner. Damit ist nicht zu spaßen!"

„Wollen mal sehen", sagte Siegfried, und in seiner Stimme schwang zum erstenmal Hoffnung und so etwas wie eine tiefe, unerbittliche Freude, die trotz allem — trotz des einsetzenden Feuers der Schiffsartillerie und trotz der niederorgelnden Granaten und Bomben — nicht zu zerschlagen war.

VIII.

In den Stellungen um Tilly lagen die Männer des ersten und zweiten Bataillons des Panzergrenadierregimentes 901, das unter dem Befehl von Oberst Georg Scholze stand.

Als um 3.40 Uhr das Trommelfeuer auf Tilly einsetzte, wußten die Männer in ihren Gräben und Kampfständen, daß dies die Feuervorbereitung auf den Angriff der 50. britischen Division sein mußte, die ihnen gegenüberlag.

Pausenlos schmetterte die Feuerwalze auf die Panzer-Deckungslöcher herunter. Die Stellung, durch die dauernden Fliegerangriffe in den Tagen zuvor und durch das Feuer der Schiffsgeschütze in eine Mondkraterlandschaft verwandelt, wurde noch einmal umgepflügt.

„Die haben es ja! Immer nur 'rüberschicken!" schrie Stabsgefreiter Gerhard Kunze in eine Gefechtspause hinein und wischte sich den Dreck aus dem Gesicht.

„Die schießen auf jedes Loch einzeln", sekundierte ihm sein Schütze II, ohne sich in der Arbeit des Munitionsgurtens stören zu lassen.

„Alles halb so schlimm, Kinder. Immer kommen lassen! Jede Granate trifft ja nicht."

Feldwebel Prade, der Zugführer des I. Zuges, grinste säuerlich, als er das sagte.

Als wieder eine Lage unmittelbar vor ihrem Graben einschlug und Stahl und Steine, Erde und

Gebüsch über sie ausgestreut wurde, drückten sie sich enger an die Grabenwand.

„Hoffentlich wissen die Granaten das auch", fiel Martin Schwab, der Schütze III, spuckend ein.

„Auf jeden Fall werden die Tommys antreten, und wir können uns warm anziehen."

„Was macht denn unsere Pak?"

„Pak ist nicht! Sie wird durch Panzerfäuste ersetzt", fiel Heinz Pfeiffer ein und deutete auf die drei Panzerfäuste, die er neben sich liegen hatte.

„Wenn du nur was damit triffst, Heinz."

„Na hör mal! Ist ja nicht das erste Mal; oder?"

„Außerdem steht die Pakabteilung halblinks von uns. Dort, hinter den Kusseln", fiel Feldwebel Prade wieder ein.

„Möchtet ihr einen Schluck? Ist aus dem Chateau."

Max Niehüser, der Organisator der Gruppe, reichte die Weinflasche zu Feldwebel Prade hinüber, der sie mit dem Korkenzieher seines Taschenmessers öffnete und erst mit einem kleinen Schwapp die Korkreste 'rausspülte, ehe er die Flasche an die Lippen setzte und einen vorsichtigen Schluck nahm.

„Hm, nicht schlecht! Alter Fine de Charente. Prima Marke! Haben Sie noch mehr davon, Niehüser?"

„Noch fünf Flaschen. Wenn die alle sind, hole ich noch welche aus dem Schloß", antwortete Max Niehüser.

Sie tranken der Reihe nach.

Als das Artilleriefeuer mit einem Male weiter nach hinten verlegte, spähten sie angestrengt nach vorn.

„MG-Zug fertigmachen!“

„Alles, was zum Sterben taugt, Brust waschen“, rief Pfeiffer dazwischen.

Aber der Gegner griff noch nicht an. Noch war er nicht sicher, ob seine Feuerwalze auch den letzten Deutschen erschlagen hatte.

„Jagdbomber!“ schrie Gerhard Kunze, der die Maschinen zuerst aus Norden anfliegen sah. Sekunden später wurden die Formationen der anfliegenden Maschinen sichtbar. Das Brummen der Motoren steigerte sich zu einer dröhnenden Kakophonie der Vernichtung.

Die ersten Flakgeschütze begannen zu feuern. Gleich grauen, ausgezackten Wolken standen die Sprengwolken am Himmel. Eine der Maschinen wurde schon im Anflug von der Achtacht getroffen. Die anderen aber stießen nieder.

„Thunderbolts!“ schrie Gerhard und nahm den Kopf 'runter, als er sah, wie die Maschinen mit spuckenden Bordwaffen im Sturzflug auf die deutschen Linien zukamen.

Dicht bei dicht fielen die Bomben. Ein Pakgeschütz, das hinter den Kusseln stand, wurde durch einen Volltreffer außer Gefecht gesetzt. Mitten in den Stand des vorgeschobenen Beobachters hinein schmetterte eine der kleinen Raketenbomben und ließ den Posten zerfetzt durch die Luft wirbeln.

Als Gerhard den Kopf hochnahm, sah er, wie die Bombeneinschläge und die aufspritzenden Dreckfontänen der MG-Salven genau auf ihren Grabenabschnitt zukamen. Greller wurde das Pfeifen der niedersausenden Bomben, dröhnender hallten die Einschläge in ihren Ohren wider. Die Erde schien zu wanken. Zehn Meter vor ihrem Graben war der Teppich plötzlich zu Ende.

Noch einmal kam eine Welle Jabos. Nun fielen auch die Geschütze der Leichten Flakabteilung in das Feuer ein. Die blitzenden Lichtfinger der Geschoßbahnen schienen den hohen Himmel aufspießen zu wollen. Sie woben ein verwirrendes Muster aus bunten Farben und Feuer an den Himmel, durch das — wie Weberschiffchen — die Thunderbolts hindurchflitzten. Grelle Flammen blitzten an Rümpfen und Tragflächen auf. Bomben lösten sich. Ein Wald aus Sprengwolken färbte den Ausschnitt des Himmels grau. Treffer blitzten auf.

Drei Maschinen wurden fast gleichzeitig vom dichten Feuervorhang der Flak erfaßt. Sie jagten der Erde entgegen. Einer von ihnen waren beide Tragflächen dicht am Rumpf abgesägt worden, als sie durch das Dauerfeuer eines Dreisieben-Vierlings flog. Sie raste wie ein Geschoß zur Erde herab.

„Volle Deckung!" schrie Feldwebel Prade, und die Männer preßten sich an die Grabensohle. Sie krallten sich in die Erde ein, um der auf sie niederheulenden Vernichtung zu entgehen.

Mit ohrenbetäubendem Bersten explodierte die

Thunderbolt, als sie zwanzig Meter halbrechts von ihrem Graben in einen MG-Kampfstand hineinschmetterte und alles Leben in diesem Erdloch auslöschte. Die beiden anderen Maschinen platzten in der Luft wie riesige Feuerwerkskörper. Die Trümmer schlugen in der Runde in das verwüstete Feld.

Dann waren die Maschinen wie ein Spuk im Hinterland verschwunden. Sie hörten von fern das Dröhnen von Panzermotoren.

„Sie kommen!"

Der Ruf pflanzte sich von Deckungsloch zu Deckungsloch, von Graben zu Graben fort. Gerhard nahm sein MG von der Grabensohle hoch und stellte es in der dafür herausgenommenen Ausbuchtung der Grabenkante auf. Klaus Säuberlich, der Schütze II, legte den ersten Gurt ein, und noch immer war Martin Schwab beim Gurten der Munition.

Durch das von Trichtern und zerfetzten Büschen und Hecken durchsetzte Gelände arbeiteten sich die Angreifer vor. Sie hatten den Befehl, Tilly zu nehmen. Sie waren zu diesem Angriff mit dem unabänderlichen Willen angetreten, ihn auch durchzustehen.

Der Feldfernsprecher klingelte. Feldwebel Prade nahm den Hörer auf. Er horchte auf die Stimme von Hauptmann Philipps, seinem Bataillonskommandeur.

„Jawoll, Herr Hauptmann, der Angriff rollt auch hier. — Wir werden halten, Herr Hauptmann. — Ende."

„Feuer frei!"

Fast gleichzeitig begannen auf der gesamten Frontbreite die eingebauten MG-42 zu feuern. Knapp über den Boden hinweg zischten die Feuerschlangen der Maschinengewehre mit ihrer enormen Feuergeschwindigkeit auf den Gegner zu. Die noch dicht geschlossenen Reihen der Angreifer bröckelten auseinander. Die Infanterie ging vor den Feuerstößen der MGs in Deckung. Sie schnellten sich gruppenweise hoch und arbeiteten sich sprungweise nach vorn.

Gerhard lag hinter seinem MG. Er sah vor sich, keine 200 Meter entfernt, eine Gruppe Engländer aufspringen und in geschlossenem Sprung näher kommen. Er ratschte einen Feuerstoß hinaus, der — von links nach rechts geführt — den Gegner niedermähte. Dann saß ein Hülsenklemmer fest. Gerhard versuchte, das MG wieder klarzubekommen, und verbrannte sich dabei die Finger. Zehn Sekunden später feuerte er wieder.

Obergefreiter Klaus Säuberlich achtete darauf, daß die Gurte gut zuführten und nicht im Dreck hängenblieben. Er sah, wie das MG die Stahlkerne fraß und die leeren Hülsen zur Seite ausspie. Er sah, wie der Gegner fiel, wie der englische Angriff an Schwung verlor und wie die Spitzen im Abwehrfeuer liegenblieben.

Ein paar Minuten später griff die zweite Welle an. Noch war sie nicht nahe genug herangekommen, als es mit einem Male über ihre Köpfe hinweg feindwärts orgelte.

Sie sahen die grellen Feuerschweife hinter den überdimensionalen 30-cm-Raketen, die von der fast zwei Kilometer hinter ihnen liegenden Schweren-Nebelwerfer-Abteilung der 7. Werferbrigade abgefeuert wurden. Die 24 Geschosse der Abteilung senkten sich genau dort der Erde entgegen, wo die feindlichen Angriffsspitzen sich in diesem Augenblick befanden. In einem Konglomerat aus Stahl und Erde ging die zweite englische Angriffswelle unter.

Zwei Minuten später orgelte und dröhnte die zweite Salve über die Köpfe der Verteidiger hinweg. Diese fürchterliche Waffe, deren Heulen den Männern das Blut in den Adern gefrieren ließ, hielt den Angriff des Gegners nieder.

Noch wußte keiner der Männer in der Abwehrfront um Tilly, daß am kommenden Tage — dem 16. Juni 1944 — bedeutend größere Raketen, mit je 1000 Kilogramm Sprengstoff, aus den Abschußbasen im Raum der Atlantikküste gegen England fliegen würden. 7,35 Meter lange V-1; die ersten Geschosse des Raketenjahrhunderts, das mit dem Abschuß dieser Raketen angeschossen wurde.

Hier aber trugen auch die aus den vier Sechserrohren gefeuerten 30-cm-Werfer-Raketen wesentlich zur Niederkämpfung des Angriffes bei.

„Achtung, Panzer!"

Mit einer jähen Bewegung wandte sich Feldwebel Prade dem Fernsprecher zu. Der Obergefreite ratschte die Kurbel, und als er hörte, daß sich der Bataillons-Gefechtsstand meldete, gab er den Hörer an seinen Zugführer weiter.

„MG-Zug Prade: Herr Hauptmann, die Tommys kommen jetzt mit Panzern. Erbitten Panzerunterstützung."

„Es sind bereits Panzer angefordert, Prade. Passen Sie auf, daß keiner der Feindpanzer durchbricht. In einer Stunde haben wir es geschafft. — Ende."

„Warum schießt denn die Achtacht nicht? Zum Teufel! Sehen Sie denn nicht, daß die Panzer uns zur Sau machen wollen?"

Gerhard hatte es eben gesagt, als — wie auf ein Stichwort — die vier Achtacht, die in ihrem Gefechtsabschnitt vor Tilly eingesetzt waren, zu feuern begannen. Der vorderste Cromwell-Panzer, der eben aus einem flachen Trichter auftauchte, ruckte unter dem Treffer in die Höhe. Dann stieß eine Detonationsflamme aus dem Luk heraus, und gleich darauf detonierte die Bereitschaftsmunition in schnellen, kurz aufeinanderfolgenden Schlägen.

Innerhalb weniger Sekunden standen vier brennende Panzer vor ihnen auf der Plaine. Doch die anderen rollten in breiter Front näher. Sie rollten vor, blieben stehen, und Mündungsfeuer zuckte aus ihren Geschützen, ehe sie wieder anrollten.

„Sprenggranaten!" schrie Feldwebel Prade, als dicht vor ihnen ein Splitterregen niederging.

„Infanterie!"

Die Schützen-Panzerwagen rollten unangefochten durch das Niemandsland. Sie folgten den Panzern. Als sie sie erreicht hatten, sprangen die Besatzungen heraus, und während die SPW zurückrollten, ging die abgesessene Infanterie hinter den Panzern weiter vor.

Tackend setzte das MG-Feuer wieder ein. Gerhard beobachtete die vorrollenden Panzer genau. Wo sich die Gegner hinter den Stahlungeheuern zeigten, feuerte er einen Feuerstoß auf sie ab. Schon hörten sie das harte Rasseln der Ketten. Der vom Meer wehende Wind trieb ihnen den Gestank siedenden Öls und verworrene Rufe zu. Dröhnend klangen die Abschüsse der Panzerkanonen. Sie verständigten sich schreiend.

Die Achtacht feuerte in schneller Schußfolge. Panzer blieben mit zerschossenen Ketten liegen. Sie feuerten so lange aus ihrer Kanone und den MG weiter, bis ein Volltreffer sie zum Schweigen brachte. Die Besatzungen der kampfunfähig geschossenen Feindpanzer versuchten, auszubüchsen und in Deckung zu gelangen. Im Feuer der Verteidiger stürzten sie von ihren Eisensärgen hinunter.

Näher und näher kamen die gepanzerten Ungetüme.

„Los, Pfeiffer, zeig, was du mit deiner Taschen-Pak kannst!"

Feldwebel Prade deutete auf die beiden Panzer, die keine hundert Meter vor ihnen aus einer Senke auftauchten, stehenblieben, feuerten und dann genau auf sie zurollten.

Der am weitesten nach links herausgesetzte Panzer drehte plötzlich auf. In schnellem Lauf kam er bis auf fünfzig Meter an den Graben heran. Seine Kanone spie einen grellroten Feuerstrahl aus, und die Flammenschnüre aus seinen MG flitzten zu ihnen herüber.

Es war Heinz Pfeiffer, als hätte sich das MG-Feuer des Panzers ganz allein auf ihn konzentriert. Es war ihm, als dürfe er jetzt in diesem Augenblick unter keinen Umständen aus seiner Deckung auftauchen, wenn er nicht von den tödlichen Stahlkernen dieses feuernden Giganten zerschmettert werden wollte.

Dennoch richtete er sich entschlossen auf, hob die Panzerfaust, legte sich das Rohr auf die Schulter und visierte den noch immer stehenden und feuernden Panzer an.

„Schieße mit Panzerfaust!" warnte er mit sich überschlagender Stimme, damit niemand hinter ihm durch die zurückspringende Flamme des Rückstoßes verletzt wurde. Dann zog er den Abzugbügel zurück.

Der blaffende Knall des Rückstoßes und das Blaken der meterlangen Flamme, die über den Grabenrand zurückschnellte, trieb das Geschoß auf den Cromwell zu.

„Deckung!" schrie Max Niehüser, als er sah, wie Heinz gebannt dem Sprengtopf nachstarrte, der dem Panzer entgegenschwirrte.

Heinz Pfeiffer fiel jäh und unvermittelt in den Graben zurück. Den Detonationsschlag aber, mit dem der Sprengtopf sich zwischen Turm und

Unterwagen des Cromwell einfraß und den Turm aus dem Drehkranz drückte, hörte Heinz Pfeiffer nicht mehr. Eine Garbe des Bug-MG hatte ihm die Brust zerschmettert.

Eine Sekunde später brannte der zweite Panzer auf, als Niehüser seine Panzerfaust abfeuerte. Dann warf sich Niehüser zu seinem Kameraden herum.

„Was ist dir, Heinz?"

„Mich hat's erwischt, Max."

Zwischen beiden Händen, die Heinz Pfeiffer auf seine Brust preßte, sah Max Blut hervorquellen. Er sah die hellen Blutbläschen, die sich beim Sprechen auf den Lippen des Kameraden bildeten. Er robbte die drei Schritte zu ihm hinüber, während das Feuer der Panzer dröhnte, und begann, ihm die Jacke zu öffnen. Als er dem Kameraden in den Rücken faßte, schrak er zurück. Er hatte die großen, ausgezackten Ausschüsse ertastet und spürte, wie der warme Strom des Blutes aus diesen fürchterlichen Wunden fortfloß und das Leben des Kameraden mitnahm.

Max Niehüser hörte nicht das aufflackernde Feuer der MG, er hörte nicht die berstenden Schläge, mit denen die von Feldwebel Prade mit der Panzerfaust getroffenen Panzer vernichtet wurden, und er wurde auch nicht gewahr, daß das Feindfeuer nachließ und die Infanteriewaffen verstummten.

„Hier, nimm diese noch dazu!"

Sie wickelten Heinz in dieser Gefechtspause noch ein fünftes Verbandpäckchen um die Brust, das Gerhard dem Kameraden gab.

„Hab' ich — viel — — — abgekriegt?" fragte Pfeiffer mit Anstrengung und sah Max aus schwimmenden Augen an.

„Ach wo!" log der. „Nur ein Heimatschuß! Du mußt nur ruhig liegenbleiben, dann geht alles klar."

Gerhard sah auf den Kameraden nieder, den sie auf die Grabensohle gebettet hatten. Dieser Körper schien nicht mehr zu Heinz Pfeiffer zu gehören. Die Röte des Gesichts war gewichen. Fahlweiß leuchtete das Gesicht. Zwei kreisrunde rote Flecke standen mitten im granitenen Todesgrau dieses Gesichtes. Die Stoppeln des Bartes wirkten jetzt so schwarz, als seien sie nur die mit Tuschstrichen hingeworfene Zeichnung eines Bartes. Stoßweise und keuchend sog Heinz den Atem in die zerrissene Lunge. Sein Gesicht war in der Qual des Erstickens verzerrt.

„Wasser", flüsterte er. „Nein, Max, gib mir — — — von dem — — — Wein!" Verzweifelt sah Max Niehüser zu Feldwebel Prade hinüber. Der nickte ihm bejahend zu.

„Hier, Heinz! Kann ja nie schaden, alter Schwede."

Als Heinz trank, wandte Max den Kopf weg, um dem Kameraden nicht zu zeigen, daß er weinte. Das Nach-Luft-Schnappen des Kameraden, das in diesem Augenblick sogar den Lärm des neu einsetzenden tosenden Granatwerferfeuers übertönte, gab dieser Sekunde des Sterbens eine Note des Grauenhaften, Verzweifelten.

Hier auf der schlammigen Sohle des Grabens lag Heinz Pfeiffer wie ein riesenhaftes Insekt. Sein schmal gewordenes Gesicht war seltsam hochgerissen, als lausche er.

„Was ist das — für ein — — Lärm? Warum — — schießt es — — — hier?" fragte er mit langen Pausen zwischen den einzelnen Worten. Seine Augen waren plötzlich klar, und es schien Gerhard, als versuche das schmerzgepeinigte Gesicht des Kameraden noch einmal zu lachen. Der Geist hatte schon nicht mehr teil am fürchterlichen Schmerz des Körpers und am Röcheln des Atems.

„Zi — — — Zigarette!" stammelte er.

Wieder nickte Feldwebel Prade. Mit zitternden Fingern setzte Gerhard die Zigarette in Brand und steckte sie dem Kameraden zwischen die Lippen.

Heinz Pfeiffer — es war allen, als ob das Wunder einer Besserung in ihm geschehe, wo doch n u r der Tod kommen konnte — machte einen tiefen Zug. Dann streckte er sich plötzlich lang aus; während der Glanz des Lebens jäh und unabänderlich aus den hellen Fenstern seiner Augen entschwand und der Starre des Todes Platz machte.

Als ob dies das Äußerste gewesen sei, was der Gegner an Rücksichtnahme aufbringen könnte, begann das Trommelfeuer aufs neue. Sie warfen sich in die Deckungen. Alles andere ging jetzt unter in dem einen, alle Herzen bewegenden

Gedanken nach der eigenen Sicherheit. Sie krallten sich in die Erde. Sie wünschten sich, klein wie Insekten zu sein und in die Ritzen der Erde hineinkriechen zu können. Sie fluchten und baten. Sie preßten sich an die Grabensohle und warteten auf den Tod und hofften doch gleichzeitig unablässig auf Rettung.

Dreißig Minuten gingen Feuer und Stahl auf sie nieder. Dann begann der Angriff des Gegners aufs neue. Wieder rannten die Sturmeinheiten der 50. britischen und der 49. kanadischen Infanteriedivision gegen Tilly. Wieder hatte das Panzergrenadierregiment 901 diesem vernichtenden Angriff standzuhalten.

In einer Kampfpause, eine Stunde später, gingen Feldwebel Prade und Gerhard Kunze durch den Verbindungsgraben und schleppten neue Panzerfäuste aus der Bereitschaft nach vorn. Im Rattern der Maschinengewehre, im Ploppen der überschweren englischen Werfer und im Geheul der feindwärts orgelnden eigenen Raketengeschosse kamen sie zurück.

Sie kämpften die erneut in ihre Stellungen eindringenden Feindpanzer nieder. Sie hielten auch diesem übermächtigen Angriff stand.

Im Bataillons-Gefechtsstand aber liefen nacheinander die Meldungen ein:

„Tilly gehalten!"

„Gegner in Lingèvres eingedrungen. Erstes Bataillon, Regiment 902, eingeschlossen."

„Hottot an der Straße Caen—Chaumont gefallen."

„Hören Sie, Gutmann, wir müssen Hottot zurückgewinnen, wenn wir den Vorstoß der 49. Division stoppen wollen."

Generalleutnant Bayerlein, der auf dem Gefechtsstand von Oberst Gutmann, dem Kommandeur des Panzergrenadierregimentes 902, von dem Einbruch des Gegners hörte, war an die Abschnittskarte getreten.

„Dann müssen wir Markowskis Panzer nehmen und gleichzeitig die Panzer der Schweren Panzerabteilung 501, die mir unterstellt sind. Allerdings sind das nur die erste und zwote Kompanie."

„Wie viele Panzer haben Sie denn, die Sie einsetzen können, Gutmann? Die Erste müssen Sie zum Schutz des Gefechtsstandes zurückhalten."

„Markowski hat 16 Panzer, und Krohne hat 5 Tiger. Das wären zusammen immerhin 21 Panzer, Herr General."

„Das dürfte genügen. Ihre Panzergrenadiere sitzen hinten auf und kämpfen den Gegner nieder."

Oberst Gutmann war zum Fernsprecher im Hintergrund des Raumes getreten.

„Major Markowski und Oberleutnant Krohne."

Der Obergefreite stöpselte durch, horchte in den Draht und gab den Hörer zu Oberst Gutmann hinüber, als er sein Gegenüber hörte. Oberst Gutmann preßte den Hörer ans Ohr.

„Ja, Markowski? Hören Sie zu: Sie treten mit Ihrer Abteilung und der 2. Kompanie/501 zum

Gegenstoß auf Hottot an. — — — Ja, verständigen Sie Krohne. Sie bekommen Artillerieunterstützung. Die Angriffszeiten gehen Ihnen durch Melder zu. — — — Ende."

IX.

„Panzer maaarsch!"

Rumpelnd setzten sich die fünf Panzer der 2. Kompanie in Bewegung. Sie rollten auf dem linken Flügel der gegen Hottot angesetzten Streitmacht.

„Das ist vielleicht ein wildes Geschaukel!"

Paul Ahrens stieß seinen Ladeschützen an und deutete mit einem Kopfnicken zum Fahrer. Was er vermutet hatte, trat auch sofort ein. Rainer — ohne sich nach Paul umzudrehen — knurrte einen Fluch heraus und drehte noch etwas auf.

„Wir können ja wegen deines verwöhnten Poppos noch extra die Staatstraße benutzen!" schrie er über die Schulter zurück, um das Rumpeln der Geräte zu übertönen, welches das Innere des Panzers erfüllte. Paul grinste, glücklich, daß es ihm gelungen war, den Kameraden in Rage zu bringen.

„Jetzt geht's wieder 'ran an die Bouletten. Wir werden den Tommys schon zeigen, daß die Trauben sauer sind, die sie sich gepflückt haben."

„Um Himmels willen, Jupp! Hör bloß damit auf.“

Josef Heiermann machte sich grinsend am Bug-MG zu schaffen.

„Was hältst du denn davon, Siegfried?“ fragte er scheinheilig. Der Kopf des Ladeschützen drehte sich ihm zu.

„Was meinst du, Jupp?“

„Seht euch nur den Kleinen an: Scheint total abgeschaltet zu haben. Seine Belle hat ihm anscheinend etwas in den Kaffee getan. Hättest ihn doch lieber nicht mitnehmen sollen, Rainer.“

In jähem Anlauf zog der Tiger durch eine Mulde. Als er mit der linken Kette in ein Loch geriet, legte er sich gefährlich weit über, glitt dann mit einem schweren Stucken in seine alte Lage zurück. Knirschend walzten sie einen Stacheldrahtzaun nieder und rollten dann über eine Wiese. Grasplacken flogen zu beiden Seiten des Panzers in die Höhe.

„Achtung, Abteilungskommandeur an 2. Kompanie: Sind auf Feindpanzer gestoßen, setzen zum Angriff an.“

Eine Sekunde später hörten sie weit rechts von sich die Abschüsse von Panzerkanonen.

„Gefechtsbereitschaft!“

Knallend schlug das Luk zu. Der Sicherungshebel drehte sich.

„Waffen geladen und gesichert“, sagte Paul automatisch.

„Vorsicht, Herr Oberleutnant. Dort rechts an dem Hohlweg", warnte Rainer seinen Kommandanten, als er eine Bewegung erkannte.

„Feindpanzer! Entfernung 1200. Richtung 12 Uhr. Panzergranate."

Der auf halb zwei stehende Turm glitt zurück. Das lange Rohr des Tigers schwenkte in die Schußrichtung, und als der Panzer stand, brüllte der Abschuß, und der gegnerische Panzer, der eben aus dem Hohlweg herausrollte, schien in die Höhe springen zu wollen, als ihm die Granate der Kampfwagenkanone die vordere Antriebsrolle wegschoß.

Rot sprang das Mündungsfeuer aus der Kanone des Cromwell. Die Granate schlug unmittelbar vor dem Tiger in den Grund und warf ihnen Dreckklumpen vor die Gefechtsluken.

Mit einem Satz rollte der Tiger vor, um nach zehn Metern, als Siegfried eine neue Granate eingeführt und den Verschluß zugeschnackt hatte, stehenzubleiben.

Paul betätigte die Abfeuerung. Ein mächtiger Schlag ließ den Gegner erzittern. Sein Luk schlug zurück, und als eben der erste Mann — wohl der Kommandant — ausbüchste, brach eine spitze Flamme aus dem Innern des Cromwell heraus und erfaßte den zweiten Engländer, der brennend heruntersprang. Für den Bruchteil einer Sekunde tauchte noch ein Kopf im Luk auf. Ein paar Arme reckten sich aus den Flammen heraus. Dann verschwand dieses Bild wie weggewischt.

Joachim Krohne biß sich auf die Lippen. Er

spürte, wie sich sein Magen nach oben bewegte, und bemühte sich krampfhaft darum, sich nicht zu übergeben.

Dieses Bild, das mit der ganzen Brutalität der Wahrheit gegen seine Netzhäute sprang, ließ in Sekundenschnelle alles in ihm eiskalt werden.

Dies war der Krieg! Und das Mäntelchen der Tapferkeit und sogar der Heiligkeit, das ihm von gewissen Stellen umgehängt wurde, war zu knapp, als daß sie nicht darunter gesehen hätten, daß er grausam, unnütz und sinnlos war, weil aus einem Krieg noch nie ein Friede für die Welt erwachsen war.

Aus jedem Krieg waren bisher immer nur der Übermut der Sieger hervorgewachsen und die Rachegedanken der Besiegten: Keimzellen eines neuen, noch grausameren Krieges.

„Links anziehen, Rainer!"

Jäh stieß der Tiger die Höhe hinan. Als er oben war, hämmerten ihm die Feuerschläge zweier Schnellfeuerkanonen entgegen. Prasselnd schlug es gegen den Turm. Der Lärm machte die Männer im Innern des Panzers fast taub. Rainer gab den Rückwärtsgang 'rein und rollte wieder die Höhe hinunter.

„Panzer von rechts!" meldete einer der neben ihnen rollenden Kameraden.

Sie drehten in die Richtung und hörten mitten in der Drehung den schmetternen Schlag eines Treffers gegen den Turm.

„Verdammt, ein ganzes Rudel!"

Keine achthundert Meter entfernt rollten die gegnerischen Panzer aus einer Senke heraus. Sie begannen auf die deutschen Panzer zu feuern. Die Mündungsfeuer schlugen aus ihren Rohren, als sie — Zug um Zug feuernd und vorrollend — herankamen.

Einer von ihnen blieb mit mächtigem Detonationsschlag stehen und brannte. Einen zweiten erreichte das gleiche Schicksal. Dann explodierte der Panzer „Storch" in einer Trefferserie, die ihm den Motor wegschoß und eine Stichflamme aus dem Heck herausflammen ließ.

„Panzer vernichtet, steigen aus!" meldete der Kommandant noch über die Sprechverbindung, ehe sie ausbüchsten.

„Rechts anziehen!"

Der Tiger ruckte herum. Wieder schwenkte die Kanone. Der Schuß traf den eben auf sie zudrehenden Cromwell zwischen Unterwagen und Turm und riß den Turm aus seinem Drehkranz heraus.

Aus dem Bug-MG des Gegners flitzten die Feuerstöße gegen sie an, prasselten wie Hagel auf den Stahl der Panzerung und schrillten zur Seite.

„Achtung, Kommandant an alle: Vorrollen bis zur Höhe. Gegner niederkämpfen."

Joachim Krohne wußte, daß sie die Höhe erreichen mußten, wenn sie nicht vom Gegner überrascht werden wollten.

Jäh brüllte der Motor auf, als Rainer Vollgas gab und der Tiger mit über 35 Kilometer Geschwindigkeit nach vorn rollte.

Der ihnen zunächst stehende Cromwell drehte, als er den Tiger auf sich zurasen sah.

„Ein Uhr, vierhundert!"

Der Tiger blieb stehen, die Granate flitzte zum fliehenden Gegner hinüber und traf sein Heck. Eine grelle Explosion ließ den Cromwell aufbrennen.

Wieder ruckte der Tiger an und nahm den Hang zur Höhe. Er walzte den Holunder in den Boden. Er rumpelte über Felsen, legte sich gefährlich über, fiel krachend und schütternd in die Waagerechte zurück. Dann hatten sie den Kamm des Höhenzuges erreicht.

Mit einem Rundblick sah Oberleutnant Krohne, wie in der Senke vor Hottot die Panther von Major Markowski gegen ein ganzes Rudel gegnerischer Panzer kämpfte. Eben in diesem Augenblick blaffte aus einem dieser Panther eine Stichflamme in die Höhe.

„Die machen die ganze Abteilung zur Sau, Herr Oberleutnant."

„Kommandant an alle: Flankenangriff auf den Gegner! Entlang der linken Flanke vorrollen und angreifen. Hals und Bein!"

Die vier übriggebliebenen Panzer rollten den Hang hinunter. Während sie hinunterrumpelten, konnte Joachim Krohne nichts anderes als die Erde vor sich sehen. Dann hatten sie den Grund erreicht, und der Tiger hob sich wieder in die

Normallage. Vor ihnen im Kusselgelände toste die Panzerschlacht.

Die Abschüsse fielen fast pausenlos. Dazwischen knallten die trockenen Schläge von Pakgeschützen. MG-Salven sirrten als verwirrende Schnittmuster hinüber und herüber. Sie galten der Infanterie, die ebenso hinter den deutschen Panthern von Major Markowski wie auch hinter den Cromwells der Engländer vorstießen.

„Da, Heiermann!"

Josef Heiermann hatte die auf der Flanke vorprellenden Gegner schon gesehen, die jetzt versuchten, sich von der Seite an die deutschen Panzer heranzuschieben und sie mit ihren Panzersprengern zu vernichten. Das Bug-MG hackte los, und eine Sekunde später fielen die MG der übrigen drei Tiger in das Höllenkonzert ein. Die Gruppe der Gegner brach zusammen. Wer nicht gefallen war, ging in Deckung.

„Auf das Pakgeschütz, elf Uhr. Entfernung 800!"

Knallend spuckte die Kanone den stählernen Kern aus, der den Tod zum Gegner hinübertrug. Die Wucht des Rückstoßes ließ den Panzer erzittern. Das Rohr wippte. Dann schlug die Granate unmittelbar vor dem Feindgeschütz in den Boden. Zwanzig Meter neben diesem Geschütz flammte der Mündungsblitz eines weiteren Pakgeschützes auf.

„Noch eins, Herr Oberleutnant."

Doch Oberleutnant Krohne richtete erst nach. Der zweite Schuß ließ das zuerst aufgefaßte Geschütz in einem wirren Konglomerat aus Stahl,

Erde und Gebüsch verstummen. Wieder blitzte es am zweiten Geschütz auf. Die Granate hämmerte gegen den Unterbau des Tigers. Plötzlich spürte Rainer, daß die linke Kette zerschossen war.

„Kettenschaden!" brüllte er.

„Verdammter Mist!"

„Halb elf. Entfernung 800!"

Auf der rechten Kette drehte sich der Tiger fast eine ganze Drehung um sich selbst, ehe er in Schußposition gekommen war. Mit ohrenbetäubendem Getöse schmetterte eine weitere Granate gegen seinen Turm und heulte als Querschläger zur Seite. Dann hatten sie den Gegner aufgefaßt und im Visier. Paul betätigte den Abzug.

Gleichzeitig mit dem dritten Schuß des Gegners knallte die Achtacht, und während die Granate der Pak unmittelbar am Turm vorbeiflitzte, schlug die Panzergranate des Tigers das Pakgeschütz zusammen.

Die übrigen Panzer brachen in die Flanke des Gegners ein. Sie rollten auf die Panzergruppe zu und begannen aus 1500 Metern Entfernung zu feuern. Unaufhaltsam stießen sie weiter vor.

„Abteilungskommandeur an Kompaniechef zwote, danke!" hörten sie in der Schnecke die Stimme von Major Markowski.

„Panzer liegt mit Kettenschaden fest", sprach Joachim in das K. M. „Bitte übernehmen Sie die Kompanie."

„Können wir helfen?"

„Nicht nötig, wir reparieren und stoßen nach."

Der britische Panzerverband drehte und rollte — verfolgt von den Panzern Markowskis — nach Hottot zurück. Vierzehn brennende Panzer blieben im Vorfeld der Stadt liegen. Fünf deutsche Panzer waren vernichtet oder beschädigt.

„Nichts wie 'ran!"

Rainer war ausgestiegen. Eine Sekunde sah er zu Oberleutnant Krohne hinüber, der zur nächsten Höhe vorgegangen war, um sie vor unliebsamen Überraschungen zu sichern. Der Kompaniechef winkte, daß alles in Ordnung sei.

Siegfried hatte die Reserve-Kettenglieder von der Stirnpanzerung losgemacht und schleppte sie zur Seite. Gleich einem vorsintflutlichen Wurm lag die zerschossene Kette vor ihnen. Sie setzten zwei neue Glieder ein und begannen mit vereinten Kräften, die Kette wieder herumzuwuchten und die Verbindung herzustellen.

„So eine Scheiße!" fluchte Paul und sah eine Sekunde auf die öl- und dreckverschmierten Hände.

„Bis zur goldenen Hochzeit ist das wieder weg", flachste Heiermann, der den Verbindungsbolzen hielt, um ihn sofort durch die Bohrungen zu stecken, wenn die Kettenglieder übereinanderlagen.

Mit einer kräftigen Bewegung wuchtete Siegfried die Kette hoch. Der Bolzen stieß hindurch.

„Das wäre geschafft!"

Aufatmend kam Siegfried aus seiner gebückten Stellung hoch. Er spürte, wie ihm der Schweiß in kleinen Bächen am Körper herunterlief.

„Noch mal dasselbe, und uns kocht das Kaffeewasser am Hintern", kommentierte Paul und versuchte, sich mit der Putzwolle die Hände sauberzuwischen.

Rainer gab dem Kommandanten einen Wink. Oberleutnant Krohne lief den Hang hinunter und war zehn Sekunden später bei ihnen.

„Alles klar?"

„In Ordnung, Herr Oberleutnant. Wir können die Panzerreparaturwerkstatt ruhig wieder nach Deutschland schicken, das machen wir ja allein viel besser."

„Dann wollen wir mal. Los, weiter im Text! Damit wir nichts versäumen."

Joachim Krohne deutete nach vorn, wo aus der Gegend von Hottot das Gehämmer der Panzerkanonen zu ihnen herübergeweht wurde.

Sie saßen auf, und mit geöffneter Luke rollte der Panzer weiter.

„Schnecke an Abteilungskommandeur", rief Joachim Krohne die Pantherabteilung.

„Hier Markowski. Was ist, Krohne? Sind Sie wieder klar?"

„Alles in Ordnung. Ist was Besonderes los?"

„Die Abteilung liegt auf der Höhe südostwärts von Hottot fest. Feindfeuer aus Hottot ist sehr stark. Wir erwidern das Feuer aus allen Rohren."

„Danke, kommen sofort."

Der Tiger setzte sich wieder in Bewegung. Zwei Sekunden horchten sie alle auf die Geräusche der Ketten.

„Klappt, Herr Oberleutnant!"

Mit donnerndem Motor erkletterte der Tiger einen Hügel. Für Sekunden wurden vor ihnen die Mündungsfeuer sichtbar, die dort, wo Hottot sein mußte, aufblitzten. Dann verschwanden sie wieder.

Sie stießen mitten durch eine Hecke hindurch. Die Sonne warf spiegelnde Reflexe von einem kleinen Teich zu ihnen hinüber. Rainer schlug vorsichtig einen großen Bogen um den Teich. Dennoch sackte der Tiger tief in den feuchten Grund ein. Mühsam arbeitete er sich weiter vor. Der Motor dröhnte dumpf.

„Paß auf, daß du ihn nicht abwürgst", rief Siegfried. Er kannte dieses Geräusch. Und es erinnerte ihn plötzlich und unvermittelt an zu Hause. Wenn er mit dem Trecker über das vom Regen aufgeweichte Frühjahrsfeld gefahren war, um die letzten Futterrüben aus der Miete zu holen, war er ebenso eingesackt.

Plötzlich spürte er den strengen, ein wenig säuerlich-fauligen Geruch der Runkeln und schluckte schwer.

Das war alles lange her. Und ob es wieder so kam, wußte er nicht. Siegfried konnte es sich einfach nicht vorstellen, daß es jemals wieder so sein würde. Es war für ihn einfach unmöglich, daß es später — nach diesem Grauen — wieder so sein könnte.

Das Bild Belles tauchte vor seinem geistigen Auge auf. Sie war jetzt in Falaise in Sicherheit. Aber diese Sicherheit war trügerisch. Wenn der Gegner es schaffte und hier auf Caen durchbrach, dann war sie gefährdet. Dann mußte er sie irgendwie 'rausbringen. Er wollte nicht, daß sie von den Engländern überrollt wurde. Er wollte sie in Sicherheit wissen; weil sie für ihn alles war, woran er glaubte und was seine Hoffnung ausmachte.

„Achtung, Sprenggranate!"

Der Ruf ließ ihn automatisch handeln. Er führte die Sprenggranate ein. Paul arbeitete wie besessen an der Einstellung. Krachend löste sich der Schuß, und der kleine Spähtrupp der Engländer, der für eine Sekunde hinter einer Hecke sichtbar geworden war, wurde vom Stahlregen der geplatzten Granaten niedergerissen.

„Los, 'ran!"

Der Tiger rollte nach vorn. Das Bug-MG feuerte einen kurzen Feuerstoß, verstummte; um eine Sekunde später abermals loszufeuern.

Dann hatten sie die Hecke erreicht. Der Tiger bohrte sich hinein, wurde aufgehalten, rollte zurück und brach dann durch.

Auf der Wiese, die sich zum Bachgrund hin senkte, sahen sie die fliehenden Gegner. Das MG-Feuer erreichte sie und ließ sie zu Boden stürzen. Dann heulte es heran.

„Jabos!" gellte Joachim Krohnes Ruf. „Vollgas! Nach links 'rüber; unter die Bäume!"

Der Tiger machte einen schnellen Satz nach

vorn, erreichte die breitkronigen Bäume, und dann waren die Jabos da. Sie hämmerten aus allen Knopflöchern auf den Tiger ein. Granaten und MG-Salven prasselten auf die Panzerung nieder. Gleich darauf fielen die Bomben. Mit ohrenbetäubendem Krachen rissen sie den Garten auf. Eine Bombe entwurzelte einen der Apfelbäume und warf ihn genau auf den Turm des Panzers. Eine zweite riß fünf Meter neben dem Tiger einen kreisrunden Krater aus der braunen Erde. Dann waren die Jabos vorübergeflitzt und drehten nach Osten ab, um auf dem Rückflug auch noch die anderen Panzer zu erreichen.

Der Befehlspanzer erkletterte die letzte Anhöhe. Links und rechts von sich erkannte Oberleutnant Krohne, soweit es die begrenzten Sichtverhältnisse zuließen, die Kameradenpanzer.

„Rebhuhn an Schnecke: Wir liegen direkt neben euch", meldete sich einer der Kompaniepanzer.

„Schnecke an alle: Es kann losgehen, wir sind da!"

Es lachte in den Kopfhörern. Aus Hottot aber flitzten die Geschosse der schweren britischen Werfer der Höhe entgegen. Sie stiegen wie eine Wand in die Höhe und schlugen mit schmetterndem Krachen in der Runde um die Panzer ein. Die Einschläge warfen Büsche und Steine auf die Panzer, die aus ihren Langrohrkanonen in das Nest hinunterballerten. Splitter klirrten auf Stahl.

Mit einem Male aber setzte der versprochene Artillerie-Feuerschlag ein. Über die Panzer hinweg rauschten die Granaten feindwärts. Aus Hottot spritzten die Einschlagfontänen auf. Brände stiegen aus den Häusern in die Höhe. Ein Benzindepot brannte mit dichtem Qualm. Auf dem rechten Flügel setzte sich der erste Panther in Bewegung. Die Panzergrenadiere waren abgesessen. Hinter den Stahlungetümen rannten sie hangabwärts. MG-Feuer brandete ihnen entgegen. Feindliche Stoßtrupps brachen aus der Stadt vor, um ihnen den Weg zu verlegen. Einer der Panzer blieb auf einer Mine mit zerfetzter Gleiskette stehen. Seine Kanone und sein Bug-MG feuerten unablässig.

Der Feuerschlag vieler Maschinengewehre flitzte über das Feld. Die Panzergrenadiere liefen in kurzen Sprüngen weiter und warfen sich wieder in Deckung. Meter um Meter gewannen sie an Boden. Und dann kam von Major Markowski der Befehl zum Sturm auf Hottot.

„Panzer maaarsch! Marschziel Hottot!"

In einem weiten Halbkreis rollten die Panzer auf das Dorf zu. Hinter den Panzern liefen die Grenadiere. „Nur nicht den Anschluß verlieren!" — „Nur immer in Deckung dieser stählernen Kolosse bleiben!" So riefen sie sich gegenseitig zu. Panzer gaben Schutz, Panzer sicherten sie mehr, als die beste Deckung dies vermocht hätte, aus der sie doch wieder hätten aufspringen müssen, um weiterzukommen.

In direktem Beschuß feuerte der Führungstiger der 2. Kompanie mitten in die Häuser hinein. Als Joachim Krohne einen englischen Beobachter in dem Baum direkt vor der Ortschaft sah, ließ er das Geschütz auf ihn richten. Die Sprenggranate detonierte mitten in der Krone des Baumes und riß sie auseinander, daß es aussah, als wüte dort ein Wirbelsturm, der die Äste durcheinanderwirbelte.

Der Führungspanzer der Schweren Panzerabteilung mit Major Markowski hatte sich an die Spitze der vorprellenden Panzer gesetzt und raste Hottot entgegen. Aus einer der Ruinen am Dorfrand flammte das Mündungsfeuer eines Pakgeschützes auf. Der erste Schuß prallte schräg vom Turm des Panthers ab. Doch schon der zweite Schuß traf den Panther in den Turmdrehkranz und legte sein Geschütz lahm.

„Rechts einschlagen!" befahl Markowski, um den Panzer durch schnelles Vorziehen in den Schutz der ersten Häuser zu bringen und ihn dadurch dem Beschuß des Gegners zu entziehen. In diesem Augenblick schmetterte eine weitere Granate gegen die Seitenpanzerung, und gleich darauf zerriß ein Treffer die linke Kette.

„Panzer lahmt, Herr Major!"

Der nächste Treffer riß achtern die Panzerung in Fetzen. Plötzlich rochen die Männer auslaufendes Benzin. Jeden Augenblick konnte nun der Panzer in Flammen aufgehen. Ein neuer Schlag ließ den Panzer erzittern.

Major Markowski spürte, wie etwas mit hartem Ruck in seine Seite schlug. Er sah, wie der Funker jäh zusammenzuckte.

„Aussteigen!" rief er und bemühte sich, aus dem Panzer herauszukommen.

Er ließ sich vom Unterwagen auf die Erde fallen. Der Funker wurde herausgehoben. Sie schleppten ihn mit und rasten die paar Schritte bis zum ersten Haus. Hinter den Trümmern warfen sie sich in Deckung. In dem Augenblick, als sie in der Deckung untertauchten, blaffte eine haushohe Benzinflamme aus dem Innern des Panzers heraus.

Major Markowski sah den Fahrer an.

„Ja, Keitler, das haben wir noch eben geschafft."

Aufstöhnend hielt er sich die Seite, als ihn jäher, bohrender Schmerz durchzuckte.

„Sie sind verwundet, Herr Major?"

„Lassen Sie! Sehen Sie erst nach Berger!"

„Berger ist tot, Herr Major."

Major Markowski ließ es jetzt zu, daß die Besatzung nach seiner Verwundung sah. Sie verbanden den Abteilungskommandeur, und während einer bei ihm blieb, schlichen die beiden übrigen Besatzungsmitglieder in Richtung auf die feindliche Pak vor. Sie schleppten ein paar Sprengbüchsen mit sich, die sie immer im Panzer bereit liegen hatten, wenn sie ihn sprengen mußten, um ihn nicht in Feindeshand fallen zu lassen.

Als drei Minuten später aus der Pakstellung eine harte Detonation durch den Nachmittag grollte, wandte sich Major Markowski an seinen Ladeschützen:

„Sie haben sie, Lottes." Der Ladeschütze nickte. „Und wir sind in Hottot, Herr Major."

Die deutschen Panzer hatten das Dorf Hottot erreicht.

Oberleutnant Krohne sah, wie neben ihm Storch, Ente und Kröte vorrollten.

„Weiter, Rainer. Genau auf die Hauptstraße zu."

Der Panzer rollte wieder an. Ebenso wie die anderen rollte er jetzt in schneller Fahrt der Straße entgegen. Nacheinander blieben sie stehen und feuerten auf die Widerstandsnester. Dann hatten sie die ersten Häuser erreicht. Die nachfolgenden Panzergrenadiere säuberten die Widerstandsnester. Sie kämpften Haus um Haus nieder. Handgranaten bellten, MG feuerten in rasender Schußfolge, Sprengladungen detonierten; und immer wieder hämmerten die Panzergranaten gegen die Pak- und MG-Stellungen des Gegners an.

„Verdammt! Das kommt vom Ende der Straße. Aus dem Keller!"

Im letzten Augenblick erkannte Joachim Krohne den Gegner, der die „Kröte" mit einem Schuß des Panzersprengers aus einem Kellerloch lahmgeschossen hatte. Die Sprenggranate hämmerte einen Viertelmeter über dem Kellerloch in die Wand. Die nächste riß ein Riesenloch in die Wand. Das Feindfeuer verstummte.

In einem letzten Anlauf rollten die Panzer durch Hottot. Ein paar Feindpanzer stellten sich ihnen noch einmal entgegen. Erneut entbrannte das Panzerduell. Aber die Tiger mit ihren Achtacht und die Panther mit den Siebenfünf-lang ließen sich jetzt nicht mehr aufhalten. Mit ihrer enormen Geschwindigkeit von über 50 km/h rasten die Panther vor. Ihre drei eingebauten MG feuerten auf jeden sich zeigenden Gegner. Vermöge ihrer Schnelligkeit schlossen sie den Gegner ein.

Feindpanzer um Feindpanzer wurde niedergekämpft. Vorrollend und feuernd erreichten die Tiger den Nordrand von Hottot, wo die Panther sperrten und den Gegner hielten. In einem wuchtigen Feuerschlag vernichteten sie den Gegner. Das Feindfeuer wurde schwächer; verstummte dann ganz. Hottot war wieder in deutscher Hand. Der Gegner war nach einem harten, mit großer Erbitterung geführten Duell geworfen worden. Major Markowski hatte seinen Auftrag erfüllt.

Zwei Stunden später wurden alle verfügbaren Panzer aus Hottot und von den beiden Flanken abgezogen und nach Tilly geworfen. Die 49. und die 50. britische Division waren mit Unterstützung der 2. britischen Panzerdivision abermals zum Angriff angetreten.

Als die Panzer in Richtung auf Tilly rollten, begann die alliierte Flotte mit einem bis dahin nicht erlebten Vernichtungsfeuer auf den Abschnitt Tilly, der den Männern in den Panzern das Blut in den Adern gefrieren ließ.

Die Einschläge der feindlichen schweren Schiffsartillerie ließen die Erde wanken. In den Panzern hörten die Männer diese Einschläge. Sie sahen die Riesenpilze der Detonationen vor sich aufspringen und sahen, wie die getroffenen Panzer in einem einzigen wilden Stahlwirbel untergingen. Dennoch fuhren sie weiter. Sie hatten einen Befehl erhalten, und diesen Befehl führten sie aus.

Oberleutnant Krohne hatte den Befehl über die Panzerabteilung übernommen. Er dirigierte sie in Richtung Tilly.

„Da kommen wir nie durch, Herr Oberleutnant", rief Rainer, als er vor sich die haushohe Wand aus Feuer und Dreck aufspringen, wieder in sich zusammenfallen und abermals aufspringen sah.

„Los, vorwärts!"

Der Tiger rollte weiter. Der Luftdruck einer nahebei niedergehenden Granate schien ihn einfach wegfegen zu wollen. Splitter krachten gegen die Panzerung. Doch die größten Sprengstücke flogen über den Tiger hinweg.

Rainer sah einen riesigen Trichter von 15 Meter Durchmesser vor sich gähnen. Er rollte zur Seite, geriet mit der rechten Kette auf abbröckelndes Erdreich und rutschte halb in den Trichter hinunter.

Im gleichen Augenblick heulte einer der schweren Koffer unmittelbar über den Trichter hinweg und schlug vierzig Meter dahinter ein. Erde platschte auf den Panzer nieder. Langsam kroch er wieder aus dem Trichter heraus, gewann die Horizontallage und rollte weiter. Sie überholten einen völlig zerschmetterten Panzer, umkurvten eine Gruppe Verwundeter, die sich in die Trichter retteten, und hatten gleich darauf diese fürchterliche Zone des Todes durchquert und waren in Sicherheit.

„Kommandant an alle: Melden!"

Einer nach dem anderen meldeten sich die Panzerkommandanten. Sieben Panzer der Abteilung aber meldeten sich nicht mehr. Sie waren in dem fürchterlichen Stahlgewitter untergegangen.

Tilly wurde gehalten. Die Panzer-Lehr-Division hielt diesen Streifen Erde unter hohen Verlusten. Sie hielt das Land, auf das die alliierte Kriegsmaschinerie niederschmetterte, um mit ihm einen Schlüssel zu Caen zu gewinnen.

Der Divisions-Gefechtsstand der 12. SS-Panzer-Division, 25 Kilometer südwestlich Caen, wurde getroffen und ging in Trümmer. Die Mehrzahl der Stabsoffiziere hatte sich jedoch in die Splittergräben flüchten können und kam mit dem Leben davon.

Die Panzer sammelten sich. Hinter Tilly waren es die Reste der Panzer-Lehr-Division. Weiter nach Westen, im Raume Caen, schlossen sich die 12. SS-Panzer-Division und die 21. Panzer-Division an. Mit 228 Panzern und Sturmgeschützen standen die 12. und 21. Panzerdivision im Halbkreis um Caen bereit, um den anrennenden Gegner abzufangen, falls es ihm gelingen sollte, Tilly zu erobern und auf Caen einzudrehen.

Hinter den in Deckung gegangenen Panzern war eine Sperre von Infanteriegeschützen, von Pak und Achtacht-Flak aufgebaut. Die 7. Werferbrigade mit den Regimentern 83 und 84 war noch eben rechtzeitig eingetroffen, um in den Kampf gegen die alliierten Sturmtruppen eingesetzt zu werden.

20 Divisionen standen General Montgomery jetzt schon zur Verfügung. Und mit jedem Tage würden es mehr werden. Dennoch schöpften die deutschen Panzermänner neue Hoffnung. Noch hatten sie Tilly in Besitz, noch waren sie nicht ausgeblutet; auch wenn die Panzer-Lehr-Division hohe Verluste erlitten hatte.

Und die eine Meldung, die sie am Abend des 16. Juni hörten, nährte noch ihre Hoffnung auf einen guten Ausgang dieses Kampfes. Die erste deutsche Geheimwaffe war in den Morgenstunden des 16. Juni eingesetzt worden. 244 Geschosse der V-1 waren in diesem ersten Einsatz auf England abgeschossen worden. Das Flakregiment 155 — Wachtel — war in Aktion getreten. London sollte verheert worden sein; Churchill sollte tot sein. Diese Gerüchte gingen um.

Panzerfahrer und Grenadiere schöpften neuen Mut. Die Hoffnung, daß doch nicht alles umsonst gewesen sein möchte, überkam sie. Sie wollten hoffen. Der Tod so vieler Kameraden sollte doch nicht umsonst gewesen sein. Er durfte einfach nicht umsonst gewesen sein. Wie könnten sie es sonst weiter durchhalten, wenn alles vergebens gewesen sein sollte?

Sie hatten jahrelang die härtesten Entbehrungen auf sich genommen. Sie hatten die Freude vergessen und den Frieden. Sie waren irgendwo in die Welt hinausgeworfen worden und töteten einander. Und wenn am Ende dieses fürchterlichen Ringens alles nutzlos gewesen sein sollte — die Verteidigung der Heimat und des eigenen Lebensraumes, für den sie sich opferten —, dann zerbrach damit doch alles, was sie vor ihre Herzen gestellt hatten, damit sie durchhielten.

Ihr Kampf galt der Heimat, dem Schutz der Frauen und Kinder. Sie hatten nichts mit all dem anderen zu tun, von dem man sich heimlich zumunkelte. Wehe aber, wenn sie mißbraucht worden waren, wenn ihr Opfermut und ihre Liebe zur Heimat für ein schlechtes Ziel, für Besitzgier und Verbrechen, ausgebeutet worden waren.

X.

„Komm, Kleiner, trink einen Schluck!"

Paul reichte den Kochgeschirrdeckel zu Siegfried hinüber. Sie hatten sich unter der Wanne des Panzers eine flache Grube ausgehoben und lagen hier dicht nebeneinander. Nur der Kommandant saß im Augenblick seine Wache im Panzer ab.

In einem weiten Halbkreis lagen sie hier in der Runde um Tilly. In den Ruinen der Stadt lagen die Panzergrenadiere. Sie waren ausgepumpt, am Rande ihrer Kraft, aber trotzdem hielten sie dem übermächtigen Druck des VIII. Korps stand. Oberst Georg Scholze, einer der härtesten Kommandeure der Division, lag mitten unter seinen Männern in der vordersten Linie. Sein Beispiel riß sie alle mit. Sein Einsatz machte, daß die jungen Grenadiere weiterkämpften, daß sie dem zermürbenden Druck des Gegners standhielten.

„Hast du noch ein Stäbchen für mich, Rainer?"

Rainer Bocker drehte sich auf die Seite und angelte die Zigaretten aus seiner Rocktasche.

„Hier! Aber laß mir eine drin, du alter Schnorrer."

Josef Heiermann schnickte am Rad seines aus einer Patronenhülse gebastelten Feuerzeuges.

„Kerl, mach deine Feldschmiede aus, sonst denken sie drüben bei der anderen Feldpostnummer, hier brennt es", frozzelte Paul den Kameraden. Doch Josef ließ sich nicht stören. Er rauchte die Zigarette an und warf das Päckchen wieder zu Rainer zurück.

„Danke, alter Knabe. Darfst auch morgen wieder mitfahren."

Rainer grinste schwach.

„Wenn ich wollte, dann läget ihr morgen hier 'rum und wüßtet nicht, wie ihr an den Gegner 'rankommen solltet."

„Nur nicht! Wir wären äußerst betrübt", warf Paule ein. „He, Siegfried, alter Recke, reich doch mal deine Feldflasche 'rüber. Ich habe vielleicht einen Durst auf Calvados", sagte er dann. Wortlos hakte Siegfried den Karabinerhaken los.

„Hier, alte Saufgurgel!"

Das Hämmern eines Schraubenschlüssels gegen die Wanne ließ sie alle gleichzeitig hochfahren.

„Ach du liebes Bißchen! Der Alte sitzt schon zehn Minuten zu lange auf Wache. Los, Siegfried, sieh zu, wie du ihn wieder besänftigen kannst. Du bist dran!"

Siegfried Schnier machte sich wortlos fertig und kroch unter dem Panzer hervor.

„Wird Zeit, daß Sie auch mal antanzen, Schnier", empfing ihn Oberleutnant Krohne.

„Entschuldigung, Herr Oberleutnant. Hab's tatsächlich verschwitzt. Soll nicht mehr vorkommen."

„Nicht soviel an die Süße denken, Schnier! So was macht doch nur unnötige Kopfschmerzen. Denken Sie an nichts anderes als an die Verpflegung, die gleich kommen muß; das ist wenigstens nahrhaft und gesund."

Oberleutnant Krohne schlug dem Ladeschützen auf die Schulter, und während er hinter dem Panzer verschwand, kletterte Siegfried ins Luk und ließ sich auf den noch warmen Platz des Kommandanten fallen.

In der Nacht vor ihm rumorte es. Dumpf dröhnten seitlich von ihnen, aus dem Raum Caen, die Bombendetonationen der Fliegenden Festungen. Aus dem Radio unter dem Panzer, das Oberleutnant Krohne bei irgendeinem Stab hatte mitgehen heißen, klang — undeutlich zwar, aber dennoch erkennbar — eine Melodie zu Siegfried herauf. Er hatte diese Melodie schon oft gehört. Sie war einfach und sentimental, und vom Eismeer bis zum Schwarzen Meer hörten sie die Landser allabendlich. Er wußte, daß sie blöd war. Dennoch aber konnte er sich dem Zauber dieses Liedes nicht entziehen, dessen letzter Vers zu ihm in den Panzer drang:

„An der Kaserne, vor dem großen Tor
Stand eine Laterne und steht sie noch davor.
Wenn wir uns einst wiedersehn
Bei der Laterne woll'n wir stehn,
Wie einst, Lili Marleen.
Wie einst, Lili Marleen."

Sie hatten also nur noch den Schluß des Liedes erwischt, als sie den Kasten anstellten.

Was Belle jetzt wohl machen würde? Wahrscheinlich lag sie schon im Bett. Der gleiche Mond, der auch hier die Trümmer, die Hecken und Apfelgärten mit grünlichem Silber überschüttete, leuchtete vielleicht auch in ihr Fenster.

Für eine Sekunde schloß er die Augen und versuchte, sich Belle vorzustellen. Aber immer wenn er glaubte, ihr Bild jetzt genau zu sehen, verschwand es wieder.

Die Unmöglichkeit, sie so zu sehen, wie sie in seinen Gedanken war, ließ ihn die Zähne aufeinanderbeißen.

Fern am Horizont blitzte grellrote Lohe auf. Wieder begann das Trommeln aus 650 Schiffsgeschützen. Die Erde weit vor ihm wurde aufgerissen. Weiter nach rechts hinüber flammten Brände auf, stießen Gluteruptionen in den Himmel hinauf und erloschen wieder. Dann schwenkte das Feuer ein und legte sich genau auf Caen.

Was sie wohl zu Hause machten? Die Wintergerste würde schon hoch auf dem Halm stehen. Es sollte schönes Wetter sein, hatte der Vater geschrieben. Und er hatte auch geschrieben, daß die englischen Bomber jede Nacht kämen.

Der Tod wurde jetzt auch in die Heimat getragen. Niemand war mehr sicher. Weder Frauen, noch Kinder, noch Greise. Sie, die sie durch fast alle Länder Europas gehetzt worden waren, konnten ihre Angehörigen zu Hause nicht mehr schützen. Sie lagen hier, um zu sterben.

Jetzt, in der Stille der Nacht, wo er nicht in den Dienst der fürchterlichen Waffen eingespannt war, welche die Panzer darstellten, wußte er es. Jetzt, wo er Zeit zum Nachdenken hatte, glaubte er auch nicht mehr daran, daß es ihnen noch gelingen könnte, den Gegner wieder ins Meer zu werfen.

Der Gegner hatte sich in den Boden der Calvadosküste gekrallt. Täglich kamen mehr Soldaten und Waffen über den Kanal, und mit jedem Panzer, mit jedem Geschütz, das jetzt herüberkam, wurden ihre Chancen geringer.

Ihre stolze Division war zerschlagen. Die beiden Nachbardivisionen würden ebenso an die Reihe kommen. Und während der Gegner laufend Nachschub erhielt, bekamen sie nichts.

„Na, Kleiner, wird Zeit, daß du 'rauskommst. Die Verpflegung ist da."

Siegfried hatte die Essenträger wohl gesehen, aber er hatte keinen Hunger. Seine Gedanken kreisten um Belle, die nicht weit von ihm war und die er doch niemals erreichen würde.

„Hab' keinen Hunger, Paul!"

„Quatsch! Mach, daß du deinen warmen Löffel in den Bauch bekommst."

Steifbeinig kletterte Siegfried aus dem Panzer und setzte sich neben die Kameraden, die hinter dem Panzer hockten und zu löffeln begonnen hatten.

Als er den ersten Bissen hinunterschluckte, spürte er plötzlich, wie hungrig er war. Er löffelte schnell und füllte sich nach, als er das Kochgeschirr geleert hatte.

Träge floß das Gespräch. Sie waren müde. Der Krieg, der irgendwo vor ihnen tobte, galt nicht ihnen. Sie schickten Heiermann — der an der Reihe war — zum Bachgrund hinunter, die Kochgeschirre und Feldeßbestecke abwaschen. Dann glitten sie wieder unter den Panzer. Sie brauchten die Ruhe. Sie waren müde. Ein paar Minuten später waren sie alle bis auf Joachim Krohne eingeschlafen.

Joachim Krohne ging nach rechts hinüber, und als ihn der Beobachter des nächsten Panzers anrief, gab er ihm als Antwort die Parole.

„Wie steht es, Klausmeier?" fragte er den Feldwebel, der den „Storch" gefahren hatte und jetzt schon in seinem Ersatzpanzer hockte. „Was machen Munitionierung und Spritversorgung?"

„Alles klar, Herr Oberleutnant! 140 Schuß Panzergranaten, 40 Schuß Sprenggranaten. Sprit haben wir vorhin bis unter die Halskrause vom Spritwagen bekommen."

„In Ordnung, Klausmeier."

„Wie geht es Herrn Major Markowski, Herr Oberleutnant?" fragte der Fahrer des Panzers, der gleich Markowski aus Gladbeck stammte.

„Nicht so schlimm, wie es erst aussah. Er wird, wie ich ihn kenne, in ein paar Stunden wieder bei seinem Haufen sein."

„Hoffentlich, Herr Oberleutnant."

Zu jedem Panzer seiner Kompanie ging Joachim Krohne. Er sprach mit seinen Kameraden. Und überall dort, wo er war, blieb Zuversicht zurück.

Dies war ihr Kompaniechef. In vielen Einsätzen hatte er zusammen mit ihnen gefochten, war er an der Spitze gefahren; hatte er die schwierigsten Einsätze allein gefahren.

Auf ihn hörten sie. Er war *ihr* Mann, weil er nichts befahl, was er nicht selber zuerst ausführte.

„Meine Herren, der Tag der Vernichtung unserer Panzerwaffe läßt sich ausrechnen. Die feindliche Schiffsartillerie und die rollenden Luftangriffe zermürben unsere Einheiten."

Generalleutnant Bayerlein sah seine Kommandeure der Reihe nach an. Diese Männer hier: Bataillonskommandeur Hauptmann Philipps, der Verteidiger von Tilly; Oberst Scholze, der Führer der 901er, und Oberstleutnant Gutmann, Kommandeur von 902, hatten sich in der Nacht zum 18. Juni im Divisionsgefechtsstand versammelt.

„Wenn ich nur wüßte, wo unsere Luftwaffe bleibt. Die haben doch was von 5000 Jägern gequasselt. Wo sind sie? Und anstatt mit der V-1 London zu beschießen, hätten sie die Schiffsansammlungen vor der Küste aufs Korn nehmen sollen. Das hätte genützt! Die Dickschiffe wären bestimmt zurückgezogen worden."

„Generalleutnant Heinemann, dem die V-1-Waffe unterstellt ist, hat versucht, beim OKW mit der gleichen Auffassung durchzudringen. Dort hat man ihm gesagt, daß die V-1 laut Führerbefehl allein auf London niedergehen soll, um die englische Bevölkerung und die britische Führung zur Kapitulation reifzubomben."

„Und wir gehen hier inzwischen vor die Hunde!"

„Und die Luftwaffe, Herr General?"

Generalleutnant Bayerlein wußte um die Lage der Luftwaffe. Er hatte am Nachmittag dieses 17. Juni einen Bericht erhalten, der in dürren Worten die absolute Luftüberlegenheit des Gegners aufzeigte. Er blickte auf die Unterlagen, die ihm über Oberstleutnant Queißner, den Ia der Luftflotte 3, zugegangen waren. Als er den Kopf hob, sahen die Männer, daß sich sein Gesicht verhärtet hatte.

„Wir sind auf uns allein gestellt!

Der Gegner hat die Bodenorganisation der gesamten Luftflotte 3 von Generalfeldmarschall Sperrle zerschlagen. Alle Drahtnachrichtenmittel sind außer Gefecht gesetzt. Das Verhältnis der deutschen zu den alliierten Fliegerkräften ist 40:1. Der Gegner hat in den ersten Tagen allein 29 Feldflugplätze für seine Jabos im Landekopf eingebaut. Von diesen Flugplätzen steigen die Jabos ständig auf.

Das Jagdgeschwader 2 kommt nicht an den Landekopf heran. Ständig liegen Abfangjäger der Alliierten auf der Lauer, die sich auf die wenigen deutschen Maschinen stürzen und sie zur Umkehr zwingen oder vernichten."

„Glauben Sie, Herr General, daß der Gegner morgen früh wieder angreifen wird?"

Der Divisionskommandeur gab seinem Ia einen Wink. Oberstleutnant Kaufmann erhob sich und ging zur Karte hinüber.

„Nach Gefangenenaussagen ist das VIII. britische Korps durch neu gelandete Panzerbrigaden verstärkt worden. Neben den Cromwell-Panzern werden wir ab morgen auch in diesem Landeabschnitt mit amerikanischen Sherman-Panzern zu rechnen haben. Besonders gefährdet ist Christot; hier, fünf Kilometer ostwärts Tilly. Die 11. britische Panzerdivision unter ihrem Kommandeur Generalmajor G. P. B. Roberts ist fast vollständig im Landekopf eingetroffen und wird mit antreten. Hinzu kommen die kanadischen Panzerverbände und die 2. Panzerdivision. Sie werden versuchen, ostwärts an Tilly vorbei über Fontenay in Richtung auf Evrecy vorzustoßen, um über die Höhe 112 und über die Orne hinweg in den Rücken Caens einzudrehen."

„Dort steht die 12. Panzerdivision. Witt wird sie schon empfangen."

„Soll Witt nicht die Division abgeben?"

„Dann wird sie Panzer-Meyer bekommen, der Kommandeur des Panzerregimentes 25."

„Und wer hält den Stoß auf, wenn der Gegner gleichzeitig auch frontal auf Caen stürmt?"

Wieder begann der Ia die Lage an der Karte aufzuzeigen.

„Hier im Nordosten der Stadt, nördlich des Odon-Flusses, steht die 16. Luftwaffen-Felddivision. In der Stadt selbst befinden sich die Panzergrenadiere der 21. Panzerdivision, deren Panzerregimenter auf der Ostflanke der Stadt in Bereitschaft stehen."

„Also, meine Herren! Damit wäre alles klar. Bei Feindeinbrüchen sofort Meldung an den Divisionsgefechtsstand. — — — Markowski, wer soll Sie vertreten?"

Major Markowski, fest in Verbände gepackt, grinste verkniffen.

„Niemand, Herr General! Ich fahre selber, was da zu fahren ist."

„Danke!" Generalleutnant Bayerlein wandte sich abrupt zur Seite, um seine Bewegung zu verbergen. „Lassen Sie alle verfügbaren Panzer in die Bereitstellung vorrollen. Besondere Sicherungen zwischen Tilly und Christot. Eine Auffanglinie nördlich Vendes."

Die Besprechung der Panzer-Lehr-Division war zu Ende.

Die Offiziere verließen den Divisionsgefechtsstand, um sich zu ihren Einheiten zurückzubegeben und alles zum Empfang des Gegners vorzubereiten.

Als der letzte seiner Unterführer den Raum verlassen hatte, wandte sich Generalleutnant Bayerlein seinem Ia zu:

„Wir werden hier das Ende der Panzer-Lehr-Division erleben, Kaufmann."

„Aber es sollen doch schon Entsatzverbände unterwegs sein, Herr General", wandte der Ia ein.

„Es sind Divisionen, die in Polen und Rußland in den schweren Abwehrkämpfen gestanden haben, Kaufmann. Diese Divisionen sind erschöpft, nur unvollständig aufgefüllt und mangelhaft mit Panzern ausgerüstet. Der Gegner aber bekommt von Tag zu Tag mehr Nachschub über seinen künstlichen Hafen ans Festland hinüber. Mit jedem Tag, der vergeht, werden wir schwächer und der Gegner stärker."

„Aber unsere ganze Hoffnung liegt bei den neuen Panzerdivisionen. Unsere Division und die beiden anderen Divisionen des Korps können es nicht mehr schaffen."

„Auch ich hoffe, daß sie die entscheidende Wendung bringen, Kaufmann. Aber als Kommandeur muß man alles nüchterner sehen als die Phantasten, die sich davon die Seligkeit versprechen. Und als Kommandeur sehe ich, daß unsere Division bald zerschlagen sein wird."

„Wenn es uns wenigstens noch einmal gelänge, aus der Abwehr in die Offensive überzugehen."

„Die Zeiten sind vorbei, Kaufmann! Das Schwergewicht der Kräfte hat sich verlagert. Das amerikanische Kriegspotential, das in Rußland den Ausschlag gegeben hat, wird auch hier stärker in die Waagschale fallen als alle Tapferkeit der Truppe. So frivol und zynisch es auch klingen mag, so hat das Wort von dem Gott, der immer auf der Seite der stärkeren Bataillone steht, doch seine Berechtigung. Für unsere Männer wäre es am besten, wenn sie bald hier herausgelöst und aufgefrischt würden. Aber wir können keinen Panzer, wir können keinen einzigen Mann entbehren. So werden eben alle den Weg in die Vernichtung antreten."

Generalleutnant Bayerlein wandte sich ab und ging zur Karte hinüber. Aber wenn auch seine Augen die bunten Fähnchen sahen, wenn auch sein Blick diesen Kampfabschnitt an der Calvadosküste umfing, sah er dennoch nichts.

XI.

„Jetzt fangen sie auch schon mitten in der Nacht an!"

Als die ersten Lagen der britischen Artillerie in der Nähe der Panzerbereitstellungen einschlugen, rappelten sich die Männer der 2. Panzerkompanie auf. Sie horchten nach vorn, wo irgendwo der Gegner liegen mußte und auf den Beginn zum Angriff wartete.

„Nichts Besonderes. Nur der übliche Morgensegen, Kinder."

Paul Ahrens ließ sich wieder zurücksinken. Doch ein paar Sekunden später fuhren sie alle gleichzeitig empor. Der Motorenlärm eines Krads brandete auf und brach dann mitten in ihrer Stellung ab. Oberleutnant Krohne kroch unter dem Panzer hervor und ging zu dem Melder hinüber, der eben beim Posten nach ihm fragte.

„Was ist denn los?"

„Alarmbereitschaft, Herr Oberleutnant!"

Noch ehe ihm Oberleutnant Krohne antworten konnte, hatte ihm der Melder den Befehl des Abteilungskommandeurs in die Hand gedrückt und war wieder losgebraust; zur Nachbarkompanie von Hauptmann Zettmer hinüber.

„Auf, Jungs! 'raustreten zum Frühsport!"

In der Bereitstellung wurde es lebendig. Die Panzermänner krochen unter den Panzern hervor. Stimmengewirr zerriß die Stille. Befehle wurden gerufen. Geräte und Waffen klirrten.

Drei Minuten nach dem Alarm stiegen weit vor ihnen ein paar Leuchtkugeln in den noch immer nächtlich-düsteren Himmel auf. Sekunden später verstärkte sich das gelegentliche Feuer des Gegners zu einem dauernden, wüsten, gellenden und kreischenden Inferno.

„Trommelfeuer! Dann werden sie auch gleich antreten."

Die Luft dröhnte vom Donner der Geschütze. Abschüsse und Einschläge verschmolzen ineinander zu einem einzigen rollenden Donner. Flammen spritzten in die Höhe. Brände stiegen mit grellen, zuckenden Flammen zum Himmel empor.

„Genau auf Tilly, Herr Oberleutnant."

„Die Panzer werden ebenfalls mit dieser Stoßrichtung kommen, Kinder."

„Achtung! An erste und zwote Kompanie von Abteilungskommandeur: Panzer vorziehen bis zur Höhe 61 und dort warten."

Nacheinander kamen die Bestätigungen der Kompanieführer. Joachim Krohne legte sich das Kehlkopfmikrophon an. Dann kam sein Kommando:

„Panzer maaarsch!"

Die Tiger der Kompanie setzten sich in Bewegung. Gleich ihnen rasselten auch die Kampfwagen der gesamten Abteilung auf die vor ihnen aufragende Höhe zu, von wo aus sie dann in den Skat geworfen werden würden, wenn sie gebraucht wurden.

Rainer steuerte den Koloß im Schrittempo durch die Senke. Prasselnd brach Gesträuch unter den Ketten des Panzers nieder und wurde als Untergrund in den Boden gewalzt.

Sie rollten über einen Knüppeldamm, der wippend unter dem Gewicht des Panzers nachgab und wieder zurückfederte. Jäh heulte der Motor auf, als Rainer einen niedrigen Hügel nahm. Noch war das Luk geöffnet. Die kühle Morgenluft machte Joachim Krohne frösteln. Tau lag auf den Büschen, fiel auf ihn nieder, wenn die Ketten die Büsche oder ihre Wurzeln streiften.

Kurz gab er seine Befehle. Rainer schlug ein, wie der Kommandant es befahl, er drehte nach rechts und links. Langsam gewannen sie Boden. Sie verständigten sich durch kurze Meldungen.

„Hoffentlich sind wir wieder frisch aufgefüllt und haben alle Panzer beisammen."

Paul wandte sich an Siegfried, der aus seinen Überlegungen auffuhr.

„Gib dich nur keinen übertriebenen Hoffnungen hin, Paule! Panzer gibt es heutzutage nur noch auf ärztliches Rezept. Genauso, wie es die vielen Flakgeschütze nur in der Wochenschau gibt."

„So ein Hundeleben! Nichts steht im Weg, keine Kneipe; kein zuckriges Mädchen", fluchte Paul.

„Möchtest du, daß ich dir ein paar Flaschen Dortmunder Bier in den Kühlschrank lege?" feixte Heiermann von seinem Bug-MG aus.

„Wie lange sollen wir eigentlich noch in diesem Scheißland bleiben? Daß die Alliierten überhaupt 'rübergekommen sind, ist ein Wunder. Auf jeden Fall habe ich die Schnauze voll. Immer diese Rumpelei in dem Kasten, und Rainer, dieser blöde Taxifahrer, sucht sich auch noch die schlechteste Strecke aus."

„Du hast dich doch freiwillig zur Panzertruppe gemeldet, Paule."

„Ja, das stimmt. Damals wußte ich auch noch nicht, was für ein belämmerter Verein das war."

„Wer nie sein Brot im Bette aß, der weiß auch nicht, wie Krümel picken", zitierte Heiermann wieder.

Sie lachten. Das Donnern der Einschläge schien sie überhaupt nichts anzugehen. Diese Einschläge galten nicht ihnen, und sie würden nicht eher darauf achten, bis sie selber aufs Korn genommen wurden.

Jäh zog der Tiger eine Anhöhe empor, und dann standen sie auf der mit Kusseln bestandenen Fläche eines kleinen Hochplateaus.

„Seht euch das an!"

Unwillkürlich hatte Joachim Krohne es ausgestoßen. Im Norden, dort, wo der alliierte Aufmarschraum war, hinter dem sich langsam vom

Boden lösenden Nebel, schien auf der ganzen Breite des Sichtkreises ein fürchterliches Gewitter zu wüten. Zuckenden Schlangen gleich brach das Mündungsfeuer der Abschüsse durch den schwefelgelben und dunkelgrauen Dunst hindurch.

Glühende Lohe schien mit zuckenden Flammenfingern nach dem Himmel zu greifen und die vor dem leichten, vom Meer kommenden Wind dahersegelnden Wolkenballen durchbohren zu wollen.

Joachim Krohne bewegte die Lippen. Er wollte etwas sagen, aber er bekam kein Wort heraus. Das Feuer hatte sich mit einem Schlage verzehnfacht. Um Tilly und im Raum Christot ging glühender Stahl in dichten Wellen nieder, zertrommelte die letzten Häuser, fiel auf die Unterstände der dort liegenden Panzergrenadiere und schlug alles zusammen, was im Wege war. Detonationen brandeten auf.

Pausenlos hämmerten Hunderte von alliierten Geschützen auf die deutschen Stellungen ein. Dann verlegte ein Teil dieser Feuerwalze weiter zurück.

Das jaulende Heulen über den Panzern steigerte sich zu einem tosenden Inferno. Krachend barsten dicht vor ihnen die einschlagenden Granaten auseinander.

Mit einem Ruck schlug Oberleutnant Krohne das Luk zu und tauchte im Panzer unter.

„Abteilungskommandeur an alle!" meldete sich Major Markowski. „Alle Panzer rollen in den Hinterhang zurück!"

Sie rollten vor der niedergehenden Stahllawine zurück. Im Rückwärtsgang arbeiteten sie sich zum Hinterhang hinunter. Einer der Panzer wurde durch einen Volltreffer zur Seite geworfen und blieb liegen. Die Besatzung büchste aus, noch ehe das auslaufende Benzin Feuer fing, und rettete sich in einen Trichter.

In dreißig Grad Schräglage stand der Befehlspanzer der 2. Kompanie am Hang. Die Granaten heulten dicht über den Panzer hinweg und schlugen weit hinter ihnen in den Grund.

„Wie spät ist es?" fragte Paul Ahrens.

„Gleich vier Uhr!"

„Dann werden sie bald antreten, Kinder."

Zwei Minuten später verlegte die Feuerwalze noch weiter zurück, und gleichzeitig wußten sie, daß jetzt das VIII. britische Korps weit vor ihnen zum Sturm auf Tilly angetreten war.

Sie zogen wieder auf die Höhe vor. Dann rollten sie hangabwärts, und mit jedem Meter, den sie dem Kampffeld näher kamen, hörten sie deutlicher das Getöse der Werfer, der MG und der Schnellfeuerkanonen. Dazwischen wummerten die Abschüsse der auf den Flanken der deutschen Verteidigungsfront eingebauten 8,8-cm-Flakgeschütze, welche auf die gegen Tilly vorrollenden britischen Panzer feuerten. Die Pak-Kanoniere ließen die Feindpanzer bis auf 200 Meter herankommen. Erst dann feuerten sie. So wurde jeder Schuß ein Treffer.

Die erste Walze der Feindpanzer — es waren auch amerikanische Sherman-Panzer darunter — blieb im Vorfeld von Tilly liegen.

Eine halbe Stunde später setzten sich die deutschen Panzer in Bewegung. Der Befehl zum Gegenstoß war durchgekommen, und nun rollten die stählernen Giganten einander entgegen. Das Duell Panzer gegen Panzer konnte beginnen.

„Flieger! — — — Achtung, an alle: Flieger!" gellte die Stimme aus dem schnellen Befehlspanzer in alle Kopfhörer hinein. Joachim Krohne versuchte, etwas von den anfliegenden Maschinen zu erkennen. Noch sah er nichts, obgleich der Tag inzwischen heraufgezogen war. Dann aber hörte auch er das Dröhnen der Flugzeugmotoren, das zu einem wüsten Getöse anschwoll und jedes andere Geräusch erstickte.

Die Jabos strichen tief über das Gelände hinweg. Mit einer Höllenfahrt huschten sie über die Hügel. Sie sahen alles, sie feuerten auf jede Bewegung. Dann fielen die ersten Bomben.

Mit einem Ruck riß Rainer den Panzer herum und rollte in einen Graben hinein. Nur der Turm des Tigers sah noch über dem Grabenrand hinaus.

Vor ihnen aber, dort, wo einmal Tilly gestanden hatte, ging in diesem Augenblick ein Bombenteppich aus vierhundert Fliegenden Festungen nieder und wühlte die Erde um.

Eine der Thunderbolts, die über die Panzer hinwegrasten, wurde von der Flak getroffen. In senkrechtem Fall stürzte sie auf einen Panther nieder, bohrte sich zehn Meter vor ihm mit der

Nase in den Boden und barst in einer grellen Flammenrosette auseinander. Als sich der Rauch verzog, sah Rainer durch seinen Fahrerschlitz, daß dem Panther beide Ketten zerschmettert worden waren.

Ein Schützenpanther brannte mit fettem Qualm und gelben Flammen auf einer Wiese vor ihnen.

Die zweite Jabo-Welle flog an. Wieder bellten die Bordwaffen, heulten die Bomben der Erde entgegen, fielen die Flakgeschütze mit pausenlosem Stakkato in diese Untergangsmelodie ein. MG ratterten. Die Feuerschnüre flitzten den Jabos entgegen, doch sie vermochten es nicht, die Panzerung zu durchschlagen. Nur wenn sie die Motoren trafen, gelang es ihnen, einen Jabo herunterzuholen.

„Die werden uns vielleicht zur Sau machen!" schrie Paul, um das Getöse zu übertönen. Dann war der Feuerorkan über sie hinweggegangen und hatte sie abermals verschont.

„Panzer maaarsch!"

Mit drei Anläufen schaffte Rainer es, den schweren Koloß aus dem tiefen Graben herauszuziehen. Joachim Krohne rief die Panzer seiner Kompanie und befahl ihnen, aufzuschließen. Alle meldeten sich. Keiner von ihnen war ausgefallen. Dann stellte er die Verbindung mit der Nachbarkompanie her. Ein paar Sekunden später meldete sich wieder der Abteilungskommandeur, der inzwischen vom Regiment seine Befehle erhalten hatte:

„Die Abteilung rollt bis zur Straße Tilly-Balleroy vor. Feindliche Panzerspitzen stehen nördlich der Straße bei Verrieres. Sie sind aufzuhalten und zu vernichten."

Die Panzer rollten vor. Als noch einmal Jabos anflogen, preschten sie in ein Wäldchen hinein. Die Jabos kreisten darüber, warfen blindlings ihre Raketenbomben, die heulend niedersausten, im Walde detonierten und die Stämme knickten. Der Wald begann zu brennen. Einer der Panzer flog getroffen in die Luft. Ein zweiter begann mit großer Rauchentwicklung zu glosen.

Weiter von rechts hörten sie das fürchterliche Brüllen der deutschen 7. Werferbrigade, deren Raketenschwärme — lange Feuerschweife hinter sich herziehend — feindwärts orgelten, um vor Tilly in die feindlichen Sturmgruppen hinunterzustoßen und alles Leben auszulöschen.

Als sie aus dem Wäldchen hinausstießen, standen ihnen plötzlich die vorgeprellten britischen Panzerspitzen gegenüber.

„Zwölf Uhr. Entfernung 1200, Panzergranate!"

Der Rückstoß des Geschützes erschütterte den Panzer. Der Sherman-Panzer drehte gerade rechtzeitig, und die ihm zugedachte Granate flitzte hinter seinem Heck vorbei in den Morgen.

Der Turm des Sherman aber schwenkte auf den deutschen Panzer ein. Fast gleichzeitig feuerten beide Kanonen, und während die Granate des Sherman unmittelbar am Turm des Tigers vorbeistrich, schlug die Granate der Schnecke unterhalb des Luks für den MG-Schützen beim Sherman ein und zerschmetterte den gewölbten Schild des MG. Das Geschoß durchschlug auch den Panzer, und eine Sekunde später barst eine Detonation im Innern des Sherman auf, schnellten Flammen aus dem Luk in die Höhe.

Fast gleichzeitig fielen die Kanonen aller anderen Panzer in das Feuer ein. Der Gegner antwortete. Die trockenen Schläge der Kanonen und die berstenden Treffer hallten über das Kampffeld.

Vorrollend und feuernd drückte die Schwere Panzerabteilung 501 den Gegner zurück, und während aus Tilly der Feuerschlag der Artillerie und dann das Gebelfer der Infanteriewaffen zu ihnen herübergellte, kämpften sie — Panzer gegen Panzer — den Gegner nieder.

„Da kommen wieder die Bomber!"

Die schmetternden Bombendetonationen weit voraus ließen sie in diesem Augenblick ahnen, wie es ihren Kameraden mitten in diesem Teppich zumute sein mußte. Tilly konnte jetzt ja nichts anderes mehr sein als ein Trümmerhaufen.

Der Teppich breitete sich mehr und mehr aus. Die Einschläge kamen von Sekunde zu Sekunde näher. Überall vor ihnen heulten die Bomben der Erde entgegen. Hochbrisanter Sprengstoff zerriß den Stahl, dessen Fragmente fetzend und reißend in Häuser, Bäume und Gebüsch einhauten.

Als die niederheulenden Bomben sich den Panzern näherten, drehten sie auf einen Befehl des Abteilungskommandeurs nach Westen ab, bis ihnen aus einer Hecke die Granaten des Gegners entgegenflitzten.

„Achtung, Schnecke an alle: Feindgeschütze vernichten!"

Die Rohre der fünf Tiger-Geschütze richteten sich auf die Stellen, an denen es in dem Heckengewirr aufblitzte. Einer der Panzer aber wurde — noch ehe er einen Schuß hinausfeuern konnte — von einem Volltreffer getroffen und blieb brennend stehen. Der zweite Schuß riß den Turm aus dem Drehkranz. Jetzt erst büchste die Besatzung aus, nachdem der Funker gemeldet hatte, daß sie den Tiger verlassen mußten.

Paul Ahrens stellte die Rohr-Erhöhung etwas nach. Er drückte den Abfeuerknopf, und die dritte Granate heulte der Hecke entgegen.

„Treffer!" berichtete Joachim Krohne, als er durch seine Optik erkannte, wie das Pak-Geschütz zur Seite geschleudert wurde.

Ein paar Kanadier liefen an der Hecke entlang zu einer Senke hinüber. Aber noch ehe sie sie erreichten, begann das Bug-MG zu schnattern. Mitten im Sprung erfaßte der Feuerstoß den Gegner und ließ ihn zu Boden gehen. Ein Schnellfeuergeschütz hämmerte ihnen seine kleinkalibrigen Granaten entgegen. Wie Hagel prasselten sie auf die Panzerung, die mühelos widerstand.

„Halb elf. Entfernung 800. Sprengranate."

Siegfried setzte die Sprenggranate ein. Der Verschluß schnappte, und die Granate flitzte dem Gegner entgegen. Sie detonierte in der Krone des Apfelbaumes, unter dem das Schnellfeuergeschütz noch immer schoß.

„Zwanzig weniger!"

Die zweite Sprenggranate ließ das Geschütz jäh verstummen.

„Achtung, Erste an Zwote: Feindpanzer voraus. Richtung Höhe 49."

Zehn Sekunden nachdem Hauptmann Zettmer seine Wahrnehmung an Oberleutnant Krohne weitergegeben hatte, sah Joachim drei Sherman-Panzer über den Buckel rollen und dann in einer Senke verschwinden. Dann folgten wieder zwei, und zum Schluß noch einer.

„Zwote an Erste: Wir greifen von links an!"

„Gut, dann kommen wir von der rechten Flanke."

Joachims Befehl ließ die übriggebliebenen drei Tiger seiner Kompanie nach links hinüberrollen. Als die Shermans am diesseitigen Rand der Senke auftauchten, begann das Panzerduell.

Granaten hämmerten auf Stahl. Splitter surrten. Unter dem Anprall der Granaten bebten die Panzer, rissen die Stahlplatten auseinander, wurde die Panzerung von ausgezackten Löchern zerrissen.

Die erste Feindgranate ließ den Befehlspanzer Krohnes erzittern. Dann hatte die Schnecke ebenfalls das Ziel aufgefaßt. Schmetternd schlug der Verschluß zu. Die Granate verließ das Rohr. Scheppernd landete die leere Kartusche, vom Auffänger abprallend, im Hülsensack.

In fieberhafter Eile schuftete Siegfried. Er spürte

nicht, daß ihm der Schweiß brennend über das Gesicht rann. Die Pulvergase, die den engen Panzer erfüllten, drangen ihm mit jedem Atemzug in die Lungen. Er hustete und spuckte. Die Abschüsse kläfften in seinen Ohren. Geschoßhülsen klirrten. Treffer klingelten auf der Panzerung. Dann rollte die Schnecke ein paar Schritte weiter. Wieder feuerte Paul. Und unter dem Rückstoß federte der ganze Unterbau nach.

Ein harter Detonationsschlag keine dreißig Meter neben ihrem Panzer ließ die Besatzung der Schnecke zusammenfahren.

„Storch ist getroffen!" berichtete Joachim seinen Kameraden.

Was der Kommandant aber sonst noch sah, das berichtete er nicht. Genau schräg vor ihm, so, daß er alles durch seine Optik genau beobachten konnte, sah er den Storch, der zu brennen begann. Er sah, wie die Kameraden, die sie alle aus vielen Tagen gemeinsamen Kampfes und gemeinsamer Freuden kannten, auszusteigen versuchten. Doch in dem Augenblick, als die ersten beiden herausgekommen waren, begann wieder ein Schnellfeuergeschütz zu bellen. Die auftreffenden Granaten ließen die Körper der beiden Kameraden wie leichte Stoffpuppen über den Unterbau des Panzers fliegen und vier, fünf Meter weiter zurück zu Boden stürzen. Diesen Fall aber spürten die beiden Kameraden schon nicht mehr. Ihre Körper waren von den Geschossen der Schnellfeuerkanone zersiebt.

Eben als der dritte aus dem Luk auftauchte, sprang eine zehn Meter hohe Stichflamme aus dem Innern des Tigers heraus und deckte ihn mit ihrem roten Tuch zu.

Joachim Krohne preßte die Lippen zu einem schmalen Strich zusammen. Er erkannte den Panzertod in seiner fürchterlichsten Gestalt. Drüben im Storch verbrannten drei Kameraden. Sie wurden in der glutenden Enge des Stahlkastens einfach eingeäschert.

„Rechts einschlagen!" brüllte er, als er merkte, daß einer der Shermans sie aufgefaßt hatte.

Die erste Granate des Sherman zischte dicht vor ihrem Bug vorüber. Der Tiger rumpelte zur Seite und rollte ein paar Meter weiter. Dann hielt er jäh, und das Langrohr des Geschützes spuckte mit dem Feuerstrahl einen Stahlkern aus, der zu dem Sherman hinüberflog und seine vordere rechte Lenkrolle zerschmetterte.

Der nächste Schuß traf das schnatternde MG, und noch ehe der Turm des Sherman nach dem zweiten Schuß, der unmittelbar vor der Schnecke den Boden aufgerissen hatte, die Korrekturdrehung ausgeführt hatte, wurde er durch den dritten Schuß aus der Achtacht blockiert.

Joachim und Rainer sahen, wie die Besatzung ausstieg und zur Seite rannte. Im gleichen Augenblick aber, als sie hinter einer Bodenwelle in Deckung gingen, rollte ein deutscher Panzer darauf zu und walzte das, was unter seiner Spur lag, in den Boden.

In der Runde hämmerten die Geschütze. Ketten klirrten, Geräte schepperten. Rochierend und traversierend rollten die Panzer aufeinander zu. Zwei, drei Tiger standen brennend im Vorfeld. Sherman-Panzer brannten mit grellen Flammen.

Der Abteilungskommandeur ließ die am Gegner vorbeigeprellten Panzer eindrehen, und nun rollten die deutschen Panzer in einem weiten Halbkreis um die Sherman-Panzer und feuerten in das Zentrum dieses Halbkreises hinein.

Als Hauptmann Zettmer sah, daß die Zwote in arger Bedrängnis war, stieß er mit seinen Panzern vor. Er erkannte, wie sich drei Sherman an den Befehlspanzer seines Freundes heranschoben. Als der vorderste dieser Sherman zu feuern begann, gab auch Hauptmann Zettmer den Feuerbefehl. Seine Granate traf den Gegner in die Flanke. Sie riß die Panzerung auf. Brennend blieb der Sherman liegen.

Eindrehend versuchte Hauptmann Zettmer, an den zweiten Shermann heranzukommen, ohne den Kameradenpanzer zu gefährden, der jetzt das Feuer der Gegner erwiderte.

„Erste an Zwote: Drehe ein und komme von rechts."

„Danke, Richard. — — — Hauptmann Zettmer haut uns 'raus", berichtete Joachim seinen Kameraden. „Er hat einen der Shermans vernichtet und kommt von der Flanke."

Paul Ahrens hatte einen der Gegner im Visier. Er richtete nach und feuerte das Geschütz ab.

„Treffer, Ahrens. Noch einmal das gleiche!"

Wieder rauschte die Granate hinaus, und diesmal traf sie den Sherman an der empfindlichsten Nahtstelle zwischen Turm und Unterbau. Eine Flamme sprang aus dem zurückknallenden Luk, dann detonierte die Munition im Innern des Gegners.

Fast gleichzeitig mit den Detonationen beim zweiten Sherman hatte der dritte auf den herumrollenden und ihm für Sekunden die Breitseite zeigenden Befehlspanzer von Hauptmann Zettmer gefeuert. Seine Granate traf den Motor des Tigers und ließ ihn in Sekundenschnelle aufbrennen.

„Rechts einschlagen. — — — Rechts, Bocker!"

Der Panzer schor jäh herum. Der dritte Sherman, der eben seinen zweiten Schuß auf Zettmers Panzer abgefeuert hatte, kam ins Visier.

Paul sah ihn genau durch die Zielvorrichtung. Er führte noch eine winzige Korrektur aus. Die Granate flitzte dem Gegner entgegen und schlug achtern im Unterbau ein. Sie durchschlug die Panzerung und tötete die Besatzung.

„Erste an Zwote: Danke! Wir müssen ausbüchsen. Achim, übernimm du die Führung der Kompanie."

Mit dem Bug-MG hielten sie die ausgebüchsten britischen Besatzungen nieder, damit die Kameraden ungefährdet aussteigen konnten. Dann rief Joachim Krohne die Panzer der ersten Kompanie.

Die letzten Sherman-Panzer drehten. Sie versuchten, nach Norden zu entkommen.

„Abteilungskommandeur an alle: Nachstoßen. Richtung Westrand Tilly!"

Die Panzer rumpelten durch die Senken. Sie rollten durch Wiesen und walzten Hecken zusammen. Der aus Tilly herüberbrandende Gefechtslärm wurde von Sekunde zu Sekunde lauter. Jetzt, da ihr eigenes Feuer verstummt war, hörten sie das Geschnatter der Maschinengewehre und die Einschläge der feindlichen überschweren Werfer-Geschosse.

Abermals vernahmen sie die fürchterliche Kakophonie der deutschen Werferbrigade. Die feuergeschwärzten Raketen rauschten zum Gegner hinüber, der in breiter Front zum Angriff auf Tilly angetreten war.

„Da geht es vielleicht schaurig rund", sagte Paul zu Siegfried, als der seine Reservegranaten aus der Munitionslast nach vorn gemannt hatte.

„Wieviel haben wir noch, Schnier?"

„Sechzig Panzergranaten und zwanzig Sprenggranaten, Herr Oberleutnant."

„Das reicht noch bis zum Abend."

Der Qualm in den Panzern verzog sich langsam. Die Männer konnten wieder freier atmen. Noch immer lag die Anspannung dieses Gefechtes wie eine drückende Faust auf ihnen. Und jeden Augenblick konnte der Gegner abermals auftauchen. Ein Bachlauf tauchte vor ihnen aus dem Grund auf.

„Vorsichtig, Bocker! Langsam durch! Die anderen erst folgen, wenn wir durch sind. Sonst sitzen wir auf einmal alle miteinander fest."

Der Panzer glitt ins Wasser und rollte über den Kies weiter. Am jenseitigen Ufer kroch er die flache Böschung empor.

„Alles folgen!" befahl Joachim durch das Kehlkopfmikrophon. „Gleich haben wir es geschafft."

Joachim sah die ersten Häuser — oder besser das, was von diesen Häusern übriggeblieben war — halbrechts voraus auftauchen. Qualm und Feuer stand in einer breiten Front, soweit er nach Osten und Norden sehen konnte, über dieser Stätte des Kampfes.

„Erste und zwote Kompanie marschiert Richtung Westrand Tilly. Gegner eingebrochen. Deutsche Stellung durch Doppelschuß Rot kenntlich gemacht."

Die elf Panzer der beiden Kompanien folgten dem Befehlspanzer. Als sie am Rande der Ortschaft waren, sah Joachim den Doppelschuß Rot in flacher Bahn über die Grabenanlagen flitzen. Er ließ ein wenig nach links einschlagen und rollte der Stelle entgegen, wo das Feuer des Gegners aufflammte. Eine feindliche Pak begann zu feuern. Sie wurde von einem der Geschütze aufgefaßt und mit zwei Schüssen zum Schweigen gebracht.

Als sie die Trichter erreichten, in denen der Gegner lag, sahen sie die Infanteristen aufspringen und zurücklaufen. Die MG feuerten.

Josef Heiermann sah vor sich eine Gruppe zurückrasen. Er feuerte auf jede Bewegung. Als sie ein wenig zu weit nach rechts kamen, flammten unmittelbar vor ihnen abermals zwei rote Leuchtkugeln auf.

„Achtung, nicht weiter nach rechts rollen. Dort liegen welche von uns!" brüllte Joachim über Funk den Kameradenpanzern zu.

Sie schwenkten noch ein paar Grad weiter nach links ein. Durch die flachen Gräben rollten sie vor. Einer der Tiger wurde von einer Panzerfaust des Gegners getroffen und blieb brennend liegen.

Fünfzig Meter vor sich sah Joachim ebenfalls ein paar Gestalten mit solchen Panzersprengern auftauchen.

„Bug-MG feuern!"

Der Feuerstoß warf den Gegner in die Deckung eines Grabens. Der Tiger jagte mit Höchstfahrt nach vorn und überrollte diesen Graben. Was unter seine Ketten geriet, war verloren.

Auf der Breite, in der die beiden Panzerkompanien vorrollten, sprang der eingedrungene Gegner auf und setzte sich rückwärts ab. Kurze Befehle ließen die Tiger auf die Widerstandsnester und die bereits vorgezogenen feindlichen Werferstellungen und Pakstellungen einschwenken. Im Duell Panzer gegen Panzer wurde der Widerstand niedergekämpft.

„Herr Feldwebel, da kommen unsere Panzer!"

Stabsgefreiter Gerhard Kunze deutete nach Südwesten, wo er die ersten Tiger auftauchen sah. Mit einem einzigen gellenden Jubelschrei begrüßten die Panzergrenadiere die deutschen Panzer.

Seit dem Morgengrauen hatten sie hier in ihren Löchern gelegen und das Feuer der Artillerie und der Schiffsgeschütze, das fürchterliche Feuer der Jabos und die Teppiche der Fliegenden Festungen über sich ergehen lassen.

Dreimal waren die Sturmgruppen des Gegners zum Angriff auf Tilly angetreten. Immer wieder waren sie vor den Ruinen der Stadt aufgefangen und gehalten worden. Doch Teile der einzelnen Gruppen hatten sich ebenfalls in diesem Trümmerfeld festgesetzt.

„Die drehen auf uns ein, Herr Feldwebel!"

„Verdammt noch mal! Die werden uns zur Minna machen!"

„Los, Niehüser, schießen Sie noch einmal Doppelschuß Rot! Aber nicht zu hoch, sonst sehen sie das nicht."

Max Niehüser feuerte den Doppelschuß flach vor den anrollenden Panzern her.

„Sie drehen weg; haben verstanden!" schrie Säuberlich befreit auf und deutete zur Seite, wo die Panzer schwenkten.

Mit brennenden, vom Pulverdampf tränenden Augen sahen die Panzergrenadiere in ihren Löchern, wie die Panzer vorrollten, wie sie die eingedrungene englische und kanadische Infanterie auffaßten und zurückdrückten; wie sie die Feindgeschütze mit wenigen Schüssen vernichteten.

Wie unbeteiligte Zuschauer erlebten sie jetzt die zermalmende Wucht eines Panzer-Gegenstoßes.

„Die machen alles zur Sau, was vor ihnen ist!"

Gerhard Kunze, dem diese Worte galten, nickte. Er sah, wie die Panzer die feindlichen Dekkungslöcher überrollten. Es war ihm, als würge ihn eine Faust an der Kehle.

Dieses fürchterliche Schauspiel, das sie so oft über sich selber hatten ergehen lassen müssen, übte jetzt — da er es gewissermaßen vom Platz des Beobachters sah — eine ungeheure Wirkung auf ihn aus.

„Da, einer fliegt in die Luft!"

Gleich nach der Vernichtung dieses ersten Tigers blieb auch der zweite stehen und begann mit roter Flamme zu brennen. Sie sahen ein paar Gestalten aussteigen und zur Seite rasen. Einer der Abgesprungenen fiel im Feuer des Gegners, die anderen aber kamen durch.

Dann hatten die Panzer das Vorfeld gesäubert und rollten wieder in ihre Ausgangsstellungen zurück.

Aber noch waren sie nicht weit gekommen, als Motorengedröhn aufklang.

„Jabos!" schrie Säuberlich, der Schütze II, und deutete nach vorn. In höchstens sechshundert Meter Höhe flitzte ein großer Pulk Jagdbomber heran. Sie stießen auf die Panzer nieder. Raketenbomben heulten in die Tiefe. Der erste Tiger wurde getroffen. Eine Sekunde später detonierte der zweite in einem Volltreffer. Das Rattern der Bordwaffen, das Krachen der detonierenden Raketenbomben und der Motorendonner verdichteten sich noch. Alle anderen Geräusche gingen in diesem Orkan unter.

Die Thunderbolts zogen über die Panzer hinweg, stießen nieder, feuerten aus ihren Kanonen, warfen ihre Bomben und zogen wieder in den Himmel empor.

Die ersten Flakgeschütze in den Trümmern von Tilly begann er zu feuern. Graue Detonationswolken standen plötzlich vor den Maschinen. Eine Thunderbolt flog mitten in die Feuerschnüre eines 3,7-cm-Vierlings hinein. Die rechte Tragfläche montierte ab. Die Maschine stürzte trudelnd in die Tiefe, und noch hatte sie den Boden nicht erreicht, als eine grellweiße Benzinexplosion sie auseinanderplatzen ließ.

Noch einen Panzer traf es. Die Raketenbombe schlug genau vor dem Turm auf den Bug und riß dem Tiger den Turm ab. Der schwere Eisenklotz wurde ein paar Meter nach hinten geschleudert und krachte dann auf den Boden. Es war den Männern wie ein Wunder, daß aus dem turmlosen Panzer noch ein Mann herauskletterte und sich taumelnd in Sicherheit zu bringen versuchte.

Gerhard Kunze sah, wie der Panzerfahrer ein paar Schritte lief und dann zusammenbrach. Die Bordwaffen eines Jabos rissen unmittelbar neben dem Panzermann eine Dreckfontäne auf.

„Los, Klaus, wir holen ihn!"

Sie schnellten hoch und rasten mitten durch das Chaos der einschlagenden Bomben und der niederprasselnden MG-Geschosse. Ein gellendes Heulen ließ Gerhard blitzschnell zu Boden gehen.

Zehn Meter vor ihm stieg eine Wand aus Dreck und Rauch aus dem Boden. Er spürte einen heftigen Schlag gegen seinen Stahlhelm. Dann sprang er wieder auf. Fast gleichzeitig erreichten sie den Verwundeten und beugten sich über ihn.

„Helft mir!"

Das Gesicht des Panzermannes war eine einzige blutige Masse, über der die Augen unnatürlich groß leuchteten.

„Keine Angst, wir bringen dich hier 'raus!"

Gerhard packte den Verwundeten unter den Armen", während Klaus Säuberlich beide Beine umklammerte. Sie liefen zu ihrem Graben zurück. Ein Feuerstoß zwang sie wieder in den Dreck. Als der Verwundete auf den Boden fiel, schrie er gellend auf. Der Schrei durchdrang sie bis ins Innerste. Er übergellte das Gehämmer der Waffen, stieg zum Himmel empor, um irgendwo in der Weite des Schachtfeldes zu Boden zu fallen und zu verstummen.

Dann hatten sie den Graben erreicht. Hilfreiche Hände griffen nach ihnen und nahmen Gerhard und Klaus den Verwundeten ab. Sie legten den Panzermann auf die Grabensohle. Feldwebel Prade wandte entsetzt seinen Blick zur Seite, als er die riesige Wunde sah, wo sonst der Unterkiefer hätte sein müssen. Gerhard nahm sein Verbandpäckchen und begann, das Gesicht des Mannes zu umwickeln.

„Los, ruf den Sani!" schrie er Klaus zu, als er sah, daß der Verwundete bewußtlos geworden war.

Drei Minuten später kam der Sanitäter mit dem Unterarzt aus dem befehlsmäßigen Operationsraum, den sie im Keller eines zerbombten Hauses eingerichtet hatten. Sie legten den Verwundeten auf die Bahre und trugen ihn fort.

„Wird er durchkommen?" fragte Gerhard den Unterarzt. Der Unterarzt schüttelte den Kopf.

Die Jabos waren verschwunden. Wie ein Spuk waren sie gekommen, und ebenso verschwanden sie auch wieder. Doch die brennenden und glosenden Panzerwracks im Vorfeld zeigten an, daß dieser Angriff der Jabos stattgefunden hatte, daß er Wirklichkeit gewesen war.

„Feindliche Panzer!"

Feldwebel Prade ließ das Glas sinken und wandte sich dem Fernsprecher zu.

„MG-Zug Prade: Feindliche Panzer gesichtet!"

Der Obergefreite, der den Feldfernsprecher bediente, hatte es durchgemeldet, noch ehe Feldwebel Prade ihm einen Befehl gegeben hatte.

„Gut, daß wir unsere Tiger hier haben. Die werden schon mit ihnen aufräumen."

„Haltet aber zur Vorsicht noch eure Panzerfäuste bereit. Sicher ist sicher."

Aus dem Dunst voraus tauchten die Panzer auf. Gleich Riesenschildkröten krochen sie über die Buckel, verschwanden sie in Senken und tauchten wieder auf.

„Unsere Panzer rollen ihnen entgegen!"

Die Tiger, die sich in die Bereitstellungen zurückgezogen hatten, rollten an. Die beiden Panzerverbände trafen aufeinander. Aus 1500 Meter Entfernung begannen die Tiger zu feuern. Schulmäßig rollten sie weiter. Weit auseinandergezogen, damit sie kein zu dicht gedrängtes Ziel boten, rollten sie nach vorn, um die Gewalt des feindlichen Panzerangriffes zu brechen und dem Gegner, der hinter den Panzern vorging, die Gelegenheit zu nehmen, Tilly zu erreichen.

Atemlos verfolgten die Männer in den Schützenlöchern und MG-Ständen dieses Duell. Sie sahen die Blitze des Mündungsfeuers, sie erkannten die Treffer an den aufblasenden Flammen. Das Getöse des Panzerkampfes brandete zu ihnen herüber. Es war ihnen, als seien sie in eine längst vergangene Zeitperiode der Erde zurückversetzt und sähen die damaligen Bewohner dieser Erde im erbitterten Kampf um Sein oder Nichtsein.

Dann wurde ihre Aufmerksamkeit nach rechts gelenkt, wo feindliche Schützenpanzer im Schutz der Panzerbrigaden vorgeprellt waren und jetzt die Sturmkompanien ausspien, die nach vorn rasten.

„Feuer frei!"

Die MG-42 begannen mit unheimlicher Feuergeschwindigkeit zu feuern. Ihre Flammenschnüre zersägten das Niemandsland vor ihnen in viele kleine Schnittmuster. Granatwerfer begannen zu ploppen, und die niederfallenden Granaten rissen mit ihren flachen Sprengbahnen die anrennenden Gegner zu Boden. Doch dann tauchten auch hier Cromwell-Panzer auf. Sie rollten vor, feuerten mit Sprenggranaten in die Richtung, aus der die MG-Salven kamen und in die Reihen ihrer Infanteristen schlugen.

Am äußersten Flügel des MG-Zuges Prade wurde ein MG durch einen Volltreffer in die Luft geschleudert. Die Besatzung war sofort tot. Ein anderes wurde auf die gleiche Weise ausgeschaltet.

„Panzerfäuste vor!"

Für den Bruchteil einer Sekunde dachte Max Niehüser an seinen Kameraden Heinz Pfeiffer. In genau der gleichen Situation hatte es ihn getroffen. Und nun sollte e r die Panzerfaust heben, sollte e r sich aus seiner sicheren Deckung herauswagen, um den anrollenden Gegner anzuvisieren und abzuschießen.

Er hörte das Rasseln der Ketten, hörte die ratternden Salven der Feuerstöße aus den MG der Panzer und die klackernden Abschüsse der Schnellfeuergewehre. Dazwischen klangen die berstenden Schläge der Panzerkanonen. Er krallte seine Fäuste in die Erde.

Wie durch einen dicken Nebel hörte er die Stimme eines Kameraden, der mit der Panzerfaust schießen wollte. Seine Fäuste griffen wie unter einem geheimen Zwang zur Panzerfaust. Er hörte neben sich den Knall und das Rauschen der Rückstoßflamme. Mit einem Male tauchte auch er über der Deckung auf.

„Schieße mit Panzerfaust!"

Sein Ruf gellte durch das Getöse des erbitterten Kampfes. Er nahm die Waffe nach vorn, sah die plumpe Silhouette des zunächst rollenden Sherman. Da zog er den Abzug durch. Der Sprengtopf sirrte in flachem Bogen auf den Gegner zu.

„Viel zu hoch!" sagte er zu sich selber.

Doch plötzlich senkte sich der Sprengtopf genau auf die Frontpanzerung zwischen den beiden Luks der MG-Schützen. Eine Sekunde nach dem Aufprall sah es so aus, als würde die Panzerfaust nicht durchschlagen. Dann brannte eine grelle Schweißflamme auf, und gleich darauf puffte eine Flamme aus dem Innern des Panzers in die Höhe. Der dicht hinter dem ersten Panzer vorrollende Cromwell rannte gegen das Heck des getroffenen Panzers. Er glitt im Rückwärtsgang zurück, und als seine Flanke sichtbar wurde, schoß Feldwebel Prade seine Panzerfaust ab. Auch bei diesem Cromwell flammte das Feuer eines Treffers auf.

Die ersten Feindpanzer hatten die deutschen Stellungen erreicht. Sie rollten hindurch und walzten mit ihren Ketten die Grabenbesatzungen in den Dreck.

Doch in eben diesem Augenblick schwenkten drei, vier Tiger gleichzeitig auf die eingedrungene Panzergruppe zu.

„Achtung, Erste und Zwote: Folgen!"

Joachim hatte den Befehl erhalten, den feindlichen Panzerangriff auf der rechten Flanke abzuriegeln und die Feindpanzer zu vernichten. Dementsprechend gab er jetzt seine Befehle.

Rainer Bocker schlug die Steuerung rechts ein. Der Befehlspanzer rollte in einen Trichter. Die Männer klammerten sich fest, um nicht gegen Geräte und Geschützblock geschleudert zu werden. Ein paar Granaten flitzten über den Turm der Schnecke hinweg. Dann tauchten sie wieder aus dem Trichter auf. Das Geschützrohr drehte sich in die von Joachim Krohne befohlene Richtung. Der Schuß verließ das Rohr und schlug dem zunächst rollenden Gegner die Kette entzwei. Der zweite Schuß ließ den Cromwell aufbrennen.

Die ganze Abteilung hatte jetzt eingeschwenkt. Visier gegen Visier gerichtet, kämpften die Panzer mit letztem Einsatz. Sekunden entschieden über ihr Schicksal. Die Männer schufteten. Siegfried Schnier ergriff die Granaten, setzte sie ein und schlug den Verschluß zu. Seine Hände bluteten. Eine der Granaten hatte ihm den Daumen gequetscht. Er achtete nicht darauf. Er hörte, wie auftreffende Granaten den Panzer erschütterten.

Der Aufschlagwirbel der Geschosse zerhämmerte ihnen das Trommelfell. Sie schrien sich die einzelnen Befehle zu. Rainer kurvte und drehte. Er rollte vor, blieb stehen, rollte wieder zurück. Er beschrieb Kurven und traversierte das Gelände. Er rollte in einen tiefen Trichter, um dem Feuer der Gegner zu entgehen, und stieß überraschend wieder aus der Tiefe empor, um sofort nach dem

Auftauchen zu stoppen und Paul Gelegenheit zu geben, den Turm einzuschwenken und zu feuern.

Immer mußten sie die Schnelleren sein, wenn sie siegen — und das hieß überleben — wollten.

Joachim Krohne erschien dieses wüste Inferno wie ein Traum. Es war ihm so, als beobachte er einen völlig Fremden, der irgendwoher aus ihm gekommen war und hier die Befehlsgewalt über zwei Panzerkompanien ausübte.

Mit einem Seitenblick sah er den dritten Panzer der eigenen Kompanie getroffen liegenbleiben. Andere Panzer brannten aus. Der Gegner aber verharrte im Vorwärtsschwung. Die feindlichen Panzer rollten auseinander. Sie wurden von der Infanterie mit Panzerfäusten und Sprengmitteln angegangen. Die in ihren Stellungen gedeckt stehenden Feldgeschütze und die vier Achtacht-Geschütze, die in den Verteidigungsriegel eingebaut waren, feuerten auf jeden Panzer, der in ihrer Reichweite stand.

Brennende Panzerwracks säumten das Feld. Aber der Gegner hatte Reserven, während sie keinen Ersatz erhielten. Die Panzer der Abteilungen brannten einer nach dem anderen. Ihre Zahl verringerte sich von Angriff zu Angriff. Ebenso erging es den anderen Panzern des Regiments, die sich nach Osten hin anschlossen und auch in ihren Abschnitten in heftigstem Abwehrkampf standen.

Der Gegner prellte immer wieder mit neuen Panzern gegen den deutschen Verteidigungsriegel vor. Er wollte durchbrechen. Er wollte es diesmal zwingen.

„Rechts einschlagen!"

Als die Schnecke zur Drehung ansetzte, krachte es am Turm. Der Treffer warf den Tiger aus der Spur. Mit hartem Ruck drehte Rainer ein. Der Tiger kam wieder herum. Mitten in der Drehung aber schmetterten zwei Treffer gleichzeitig in die Ketten, und ein paar Augenblicke später hämmerte einer hinten in den Motor hinein.

Benzingeruch übertönte plötzlich den im Panzer wabernden Pulverdampf.

„Wir müssen 'raus, Herr Oberleutnant! 'raus, ehe die Kiste zu brennen anfängt."

Joachim Krohne nickte. Er wußte, daß es zu spät war, wenn es erst brannte. Dennoch zögerte er eine Sekunde lang. Dann überwand er sich und warf mit einem Ruck das Luk zurück und enterte ins Freie. Flammenschnüre feindlicher MG zischten ihm entgegen. Er warf sich hinter den Turm und begann zu feuern. Wenn er das MG nicht zum Schweigen brachte, würde es seine Besatzung einzeln abschießen, wie sie im Luk erschien.

Durch seine Kleidung spürte er die Brandwunden, die er erlitt, als er sich auf die an dieser Stelle glühende Panzerung warf. Er wollte sich zur Seite rollen, wollte sich vom Panzer fallen lassen, um diesem fürchterlichen Schmerz zu entgehen. Aber dann konnte er das MG nicht mehr erreichen.

Er sah eine Gruppe Engländer hinter dem Panzer auftauchen und feuerte abermals einen Feuerstoß hinaus. Dann schwenkte er auf das MG ein. Mitten in die auf ihn zurasende Flammenschnur hielt er hinein. Das MG verstummte.

„Aussteigen!" schrie er und sah, wie Heiermann herausschnellte, dicht gefolgt von Siegfried und Paul. Als letzter kam Rainer.

Sie sprangen vom Panzer hinunter in Dekkung. Joachim schob noch ein neues Magazin ein und feuerte erneut auf ein MG, das ein paar Meter seitlich vom alten, verstummten, zu feuern begann.

„Herr Oberleutnant!" schrie Rainer, als er sah, wie aus dem Luk eine Flamme hinausblaffte. Gleich darauf taumelte Joachim Krohne nach hinten und stürzte rücklings vom Panzer.

Mit schnellen Bewegungen robbten Rainer und Siegfried zu dem Gestürzten hinüber.

„Volle Deckung, Schnier!" keuchte Joachim, als eine Salve über sie hinwegflitzte. Doch der junge Westfale riß mitten im feindlichen Feuer seinen Kompaniechef hoch. Er huckte ihn auf und schleppte ihn durch das mit aller Macht einsetzende MG-Feuer in den nächsten Trichter, während Rainer versuchte, den Gegner mit der MPi niederzuhalten.

Kopfüber warf sich Siegfried in den Trichter hinein, als er den heißen Atem der Geschoßbahnen an sich vorbeiflitzen spürte. Er schlug hart auf den Grund des Trichters auf und rappelte sich wieder hoch. Paul und Heiermann hatten den Kompaniechef aufgefangen. Keuchend langte Rainer ebenfalls wohlbehalten im Trichter an.

„Los, untersuch ihn, Rainer!"

„Ist es schlimm, Rainer?" fragte Siegfried. Rainer hatte die Panzerjacke des Kommandanten geöffnet. Er sah den Einschuß und sah auch das hellrote Blut, das dem Kommandanten mit jedem Atemzug aus dem Mund drang. Als er ihn anfaßte, um ihn bequemer zu legen, stöhnte Oberleutnant Krohne.

„Verbrannt! Auf dem Panzer", stieß er kaum hörbar hervor.

Mit geschickten Bewegungen schnitt Rainer dem Kommandanten die Hose auf. Als sie die riesigen Brandwunden sahen, zuckten sie erschrocken zurück. Sie starrten Rainer entsetzt an.

„Brandsalbe! — Los, Siegfried, lauf 'rüber zur Infanterie; dort wird irgendwo ein Sanitätsstand sein. Hole Brandsalbe, soviel du bekommen kannst; und Morphium. Sag, daß ein Arzt dabei sei, sonst geben sie dir nichts."

XII.

Siegfried Schnier schnellte sich aus dem Trichter hoch und raste den Infanteriestellungen entgegen. Er hörte die zischenden Feuerschnüre der MG-Salven, aber er warf sich nicht in Deckung. Mit keuchenden Lungen raste er, Haken um Haken schlagend, weiter.

Erst als eine Wurfgranate auf ihn niederheulte, schnellte er sich mit einem weiten Verzweiflungssatz in einen Trichter hinein. Als er sich wieder hochrappelte, sah er für einen Sekundenbruchteil jemanden winken. Er änderte die Richtung und lief auf diese Stelle zu.

Drei Meter bevor er den Graben erreichte, heulte es abermals heran. Er stolperte und schlug der Länge nach hin. Mit zwei tierhaft schnellen Bewegungen rettete er sich in den Graben. Viele Hände zogen ihn in Deckung.

„Gratuliere, Weltrekord", hörte Siegfried eine tiefe Stimme. Er drehte sich auf den Rücken und versuchte zu sprechen.

„Sachte, sachte!" beschwichtigte die gleiche Stimme wieder.

Siegfried spürte — noch immer mit geschlossenen Augen nach Luft ringend —, daß ihm jemand den Gewindehals einer Feldflasche zwischen die Lippen steckte. Er schluckte, schluckte, schluckte.

„Halt, Kerl! Der hat bestimmt unten ein Loch, aus dem alles wieder 'rausläuft", hörte er die tiefe Stimme zum drittenmal.

„Brandsalbe!" keuchte er. „Brandsalbe. — — Unser Kommandant ..."

„Schon gut, schon gut!" Feldwebel Prade drückte den Erregten nieder. „Nun mal der Reihe nach!"

„Unser Kommandant ist schwer verwundet. Wir brauchen viel Brandsalbe."

„Los, Kunze, socke 'rüber!"

„Morphium mitbringen!" krächzte Siegfried heiser.

„Was war denn bei euch los, Langer?" fragte Max Niehüser.

„Unser Kommandant hat uns mit der MPi Feuerschutz gegeben, damit wir ausbüchsen konnten. Er lag genau auf der Motorplatte, anders hätte er das Feind-MG nicht erwischt."

„Na, das wird schon wieder hinkommen. So leicht stirbt sich's nicht. — — Komm, trink noch einmal! — Habt ordentlich mit euren Langrohren 'reingehauen. Ohne euch säßen wir jetzt schon beim Tommy; oder wir sähen uns die Radieschen von unten an."

Klaus Säuberlich sagte es gewollt schnodderig, um die Furcht zu übertönen, die sich in ihn eingenistet hatte. Siegfried trank noch einen Schluck.

Als neben ihm ein MG zu feuern begann, zuckte er unwillkürlich zusammen. Er wollte sich hochstemmen, um über den Grabenrand spähen zu können. Doch Martin Schwab, der Schütze III, zog ihn mit einem Ruck zurück.

„Halt ja den Rüssel 'runter! Ist zuviel Eisen in der Luft."

Einer der Männer lachte. Als unmittelbar vor ihnen ein Werfergeschoß einhaute, drückte sich Siegfried an die Grabenwand. Feuerstöße flitzten über den Graben hinweg. Drei, vier, fünf MG begannen gleichzeitig zu feuern. Weiter nach links hinüber hörte er die Abschüsse von ein paar Achtacht und dann die trockenen Schläge von Panzerkanonen. Dann flaute das Feuer wieder ab.

Eine Minute später kam Gerhard Kunze zurück. Er kam durch den Quergraben. Ein Sanitäts-Feldwebel folgte ihm.

„Wo ist er denn?" fragte der Feldwebel.

„Ich bring' Sie hin!"

Siegfrieds Müdigkeit war plötzlich wie weggeblasen. Er schnellte sich nach vorn. Die Schritte des Feldwebels hörte er schon nicht mehr. Drei Minuten später hatten sie den Trichter erreicht.

„Wie geht es ihm?" fragte Siegfried.

Als Joachim die Stimme des Ladeschützen hörte, öffnete er die Augen und versuchte zu grinsen.

„Ganz gut, Kleiner! Nur die Bollen brennen ein bißchen."

„Das werden wir gleich haben", sagte der Sanitäts-Feldwebel und beugte sich über den Verwundeten. Unbewegt sah er die riesigen Brandwunden. Er begann, die Brandsalbe aufzustreichen, nachdem er dem Schwerverwundeten eine Morphium-Spritze gegeben hatte.

Joachim Krohne war es, als schlüge Feuer aus seinen Schenkeln heraus. Er biß sich auf die Lippen, um nicht aufzuschreien. Die Kameraden starrten ihn an. Er versuchte zu lächeln. Doch seine gequälte Grimasse trieb Rainer Bocker die Tränen in die Augen.

„Nicht weich werden, Jungs! Alles halb so schlimm!"

Joachim spürte, wie die Spritze zu wirken begann. Er hustete. Rötlicher Schaum trat auf seine Lippen. Der Verband, den die Zurückgebliebenen angelegt hatten, färbte sich auf der rechten Brustseite rot.

„Sie dürfen jetzt nicht sprechen, Herr Oberleutnant", warnte der Sanitäts-Feldwebel. Als eine Lage Granaten heranorgelte, duckten sie sich in dem Trichter zusammen und warteten, bis es wieder ruhiger geworden war.

Der Feldwebel arbeitete schnell und geschickt. Als er fertig war und sich aufrichtete, gab er Rainer Bocker einen Wink. Sie kletterten am Trichterrand in die Höhe und robbten zum nächsten Trichter hinüber.

Während der sechs Meter, die sie kriechend zurücklegten, sah Rainer ihren Panzer. Dicker schwarzer Qualm stieg aus der Luke und vom Heck empor. Diesen Panzer, der da zerschossen im Niemandsland stand, würde er nie wieder fahren. Dieser Panzer war ebenso erledigt, wie alle anderen Tiger, die in der Runde qualmten.

Zerschossene Ketten lagen umher. Benzinkanister und Geräte, Laufrollen und Kettenglieder.

Dazwischen aber standen die Cromwells und Shermans. Wie ein riesiger Panzerfriedhof sah das zerwühlte Gelände aus.

„Wie steht es mit ihm, Herr Feldwebel? Wird er durchkommen?"

„Er muß schnellstens ins Lazarett. Wenn er sofort operiert wird, kann er Schwein haben."

„Und wie kriegen wir ihn fort? Habt ihr einen Sanka in der Nähe?"

Der Sanitäts-Feldwebel nickte.

„Einen Sanka schon; aber keinen Fahrer. Ist von den Jabos erschossen worden."

„Wir fahren selber."

„Das Lazarett ist in Falaise. Wenn ihr ihn dorthin bekommt, wird sich was machen lassen. Aber die Jabos!"

„Das müssen wir schaffen! Los, gehen wir."

Sie kletterten in den Trichter zurück.

„Ich hole einen Sanka und fahre außen herum bis zu der Ferme dort drüben vor. Ihr bringt den Oberleutnant inzwischen dorthin zurück."

Noch ehe sie antworten konnten, war Rainer Bocker verschwunden.

„Herr Oberleutnant, können Sie sich festhalten?"

Joachim Krohne nickte benommen. Sie setzten ihn auf einen Karabiner, den Siegfried und Paul trugen. Joachim Krohne schlang seine Arme um die Schultern der beiden Kameraden, während

Heiermann vorauslief, um den besten Weg zu erkunden.

Als eine Pause im Beschuß eintrat, liefen sie los.

Nach zehn Metern mußten sie in Deckung gehen. Nach der Detonation der einhauenden Werfergeschosse liefen sie weiter.

Heiermann, der sich im Laufen zu ihnen umdrehte und ihnen zuwinkte, wurde von einer einschlagenden Granate emporgeworfen. Für Sekunden sahen sie ihn auf dem Detonationskegel scheinbar schwerelos in der Luft schweben. Dann krachte er zu Boden.

Dicht neben ihm gingen sie in Deckung.

Siegfried kroch zu ihm hinüber. Ein Blick sagte ihm, daß Josef Heiermann tot war.

Er nahm ihm die Brieftasche und die Erkennungsmarke ab und kroch wieder zu Paul zurück.

„Ist er . . .?"

Siegfried nickte schwer.

„Los, gleich haben wir es geschafft!"

Noch einmal rafften sie sich auf. MG-Feuer strich über das Feld. Granaten schlugen weiter rückwärts ein. Sie achteten nicht darauf. Dann hatten sie die zerschossene Ferme erreicht.

„Los, auf die Bahre und 'rein in den Sanka!" Mit laufendem Motor wartete der Sanka schon.

„Gleich sind Sie im Lazarett, Herr Oberleutnant. Der Feldwebel hat gesagt, daß Sie es schaffen werden."

„Unkraut vergeht nicht, Bocker."

Joachim Krohne spürte trotz der Spritze den Schmerz bei jedem Atemzug. Es war ihm, als dürfe er nicht atmen, als rissen die Wunden bei jedem Atemzug weiter auf.

Sie schoben die Bahre in den Sanka.

„Einer fährt mit. Paul, du bleibst hier und versuchst, zum Regimentsgefechtsstand durchzukommen. Los, Siegfried, 'rein in den Kasten. Paß auf, daß alles klargeht!"

Die Tür schlug hinter Siegfried zu. Er hörte, wie der Verschluß einrastete. Dann fuhr der Sanka an.

„Wie geht es, Herr Oberleutnant?" brach Siegfried nach einer Weile das Schweigen, das nur von den unregelmäßigen Atemzügen des Verwundeten durchbrochen wurde.

„So lala, Schnier! Die Brandwunden schmerzen nicht mehr."

„Gleich werden Sie versorgt werden."

„Unsere Panzer. Unsere Kameraden."

„Sie haben es geschafft, Herr Oberleutnant. Die Engländer werden nicht noch einmal angreifen." Oberleutnant Krohne schüttelte den Kopf.

„Sie werden immer wieder angreifen, Schnier! Sie haben Reserven; sie haben Panzer und Flugzeuge. Wir aber stehen auf verlorenem Posten."

Oberleutnant Krohne machte eine Pause. Er hustete.

„Nicht mehr sprechen, Herr Oberleutnant", bat Siegfried.

„Es müßte — — — Schluß gemacht — — — werden. Wir gehen hier — — — vor die — — — Hunde. Bleibt beisammen, Schnier! Laßt euch nicht — — — auseinanderreißen. Ihr müßt einer für den — — — anderen dasein. In diesem Krieg ist — — — der einzelne nichts. Wird der einzelne einfach — überrannt."

Als Siegfried in das eingefallene Gesicht des Kommandanten sah, erkannte er die Tränen in den Augen seines Kompaniechefs. Er hatte bei Joachim Krohne nie vorher eine solche Regung gesehen, und darum trafen ihn diese gleich kristallenen Kugeln an seinen Wimpern hängenden Tränen mit doppelter Gewalt.

„Es ist bestimmt nichts Schlimmes, Herr Oberleutnant", mißdeutete Siegfried diese Tränen.

„Meine Kompanie", sagte Joachim Krohne, „meine arme Kompanie!"

Der Sanka jagte durch eine Kurve, und Siegfried hielt die Bahre in ihrer Raste und stemmte sich dagegen, damit der Körper des Schwerverwundeten nicht herunterfiel.

Plötzlich verließ der Sanka die Straße und stoppte. Siegfried riß die Tür auf und sah, daß Rainer herausgesprungen war und eine Rot-Kreuz-Fahne schwenkte.

Aus Norden brausten Jabos heran. Sie feuerten auf die Lkw, die sich auf der Piste befanden. Näher und näher kamen die Bomben-Einschläge. Die Einschläge der Bordwaffen perforierten die

Piste. Sie kamen näher. Dann setzte das Feuer plötzlich aus.

Mit einem Male verschwand die sinnlose Wut, die sich in Siegfried aufgestaut hatte. Wie oft hatte er diese Jabos verflucht, die auf sie niederstießen und ihnen das Leben schwer machten.

In diesem Augenblick aber, als er erkannte, daß auch in diesen Maschinen Menschen saßen, welche die internationalen Regeln achteten, überkam ihn mit einem Male ein Gefühl der Brüderlichkeit zu jenen Piloten; das so völlig sinnlos war und sich dennoch in ihm ausbreitete.

Mußten nicht auch sie, gleich ihnen, hier gegen den Tod fliegen? Hatten sie nicht die gleichen Gefahren zu bestehen, wie sie in ihren Panzern?

Da stürzte eine der Maschinen — einen langen Feuerschweif hinter sich herziehend — von der Flak getroffen in die Tiefe und zerschellte am Boden.

„'rein! Wir müssen weiter, ehe die nächsten kommen."

Die Tür schlug eben hinter ihm zu, als der Sanka auch schon anlief und wieder auf die Straße zurückrollte. Sie rasten links an den Kolonnen vorbei. Die Hupe ertönte. Einmal mußten sie von der völlig verstopften und mit brennenden Fahrzeugwracks verkeilten Straße herunter. Vorsichtig rollte Rainer durch einen Graben, fuhr ein Stück über freies Feld und drehte dann wieder auf die Straße ein.

Dann hatten sie Falaise erreicht. Sie fragten sich zum Lazarett durch. Als sie vor dem Eingang hielten, sprangen zwei Sanitäter hinzu und holten die Bahre heraus.

Sie gingen mit in die Aufnahme; sahen Bahren mit Verwundeten, hörten Stöhnen. Ein Stabsarzt kam ihnen entgegen.

„Er muß sofort operiert werden, Herr Stabsarzt", wandte sich Rainer ihm zu.

„Ruhig, Unteroffizier! Es wird alles getan werden."

Der Stabsarzt gab den Sanitätern einen Wink. Die zwischen den beiden Männern schwankende Bahre verschwand hinter einer Tür.

Als sich die Tür nach ein paar Minuten öffnete, sprangen sie beide gleichzeitig auf.

„Was ist mit unserem Oberleutnant?"

„Mensch, Alter, das hat noch Zeit. Kommt mal in ein paar Stunden wieder, dann kann ich euch was sagen. Laßt euch aber erst mal einen Schlag Essen geben. Ihr seht mir aus, als könntet ihr einen warmen Löffel in den Bauch vertragen."

„Wie spät ist es eigentlich?" fragte Rainer.

„Gleich 16 Uhr."

„Und wo können wir was kriegen?"

„Hier um das Lazarett herum. Im Hof steht die Feldküche. Sie wird euch schon einen Schlag abgeben."

Wie betäubt verließen die beiden Panzerfahrer den Raum und taumelten ins Freie. Aus der Ferne hörten sie das Gewummer der Schlacht.

Das Rumpeln des Artilleriefeuers hatte wieder begonnen. Der Gegner — mehrfach zurückgeschlagen — trommelte abermals auf die Trümmer, um den letzten deutschen Widerstand zu brechen.

Bis zum Abend des 18. Juni griffen die Einheiten des VIII. britischen Korps immer wieder an. Schiffsartillerie und Schwere Feldartillerie, Luftwaffe und Panzerverbände kämpften in rollendem Einsatz.

Die 12. SS-Panzer-Division war in die Schlacht geworfen worden, um ostwärts von Tilly den Durchbruch der feindlichen Panzerkräfte aufzuhalten. Es gelang ihr, den Gegner zum Stehen zu bringen. Im Duell Panzer gegen Panzer schossen die deutschen Panther und Tiger den Gegner zusammen. Aber die eigenen Verluste überstiegen das Maß des Erträglichen.

Die Panzergrenadiere kämpften um jeden Meter dieses blutgetränkten Bodens. Mit der Wucht der riesigen Material-Überlegenheit aber schaffte das VIII. britische Korps einen Teilerfolg. Christot, vier Kilometer ostwärts Tilly, fiel zuerst in die Hand des Gegners. Die Panzergrenadiere, die Christot verteidigt hatten, lagen unter den Trümmern begraben, als der Gegner zum Sturm antrat. Reserven standen nicht zur Verfügung.

Eine Stunde später — es war 19.45 Uhr — drangen die Alliierten auch in Tilly ein.

Noch einmal flackerte letzter verzweifelter Widerstand auf. Dann wurden die zerschlagenen Reste der Panzergrenadierregimenter 901 und 902 zurückgenommen.

Hinter Tilly wurde eine Auffanglinie errichtet. Männer aus Stäben und Trossen, rückwärtige Dienste, wurden in diese Auffanglinie geworfen, und so schaffte die Panzer-Lehr-Division es noch einmal.

Die Stoßkraft des Gegners erlahmte. Er hielt zwar Tilly besetzt; jedoch gelang es ihm nicht, diese neue deutsche Auffanglinie zu durchstoßen.

Eines jedoch hatte dieser Großkampftag um Tilly mit aller Deutlichkeit gezeigt: daß die Tage der Panzer-Lehr-Division und der 12. SS-Panzer-Division gezählt waren.

XIII.

„Hier, Siegfried! Du wirst hungrig sein, mon Petit."

Belle ging zu dem am Fenster stehenden Mann hinüber. Sie lehnte sich an ihn. Ihre Arme griffen zu seinen Schultern empor.

Aus seinem Nachdenken aufschreckend, wandte sich Siegfried ihr zu.

„Danke, Belle! Du bist so lieb zu mir!"

„Ich kann doch nichts anderes, als lieb zu dir sein, Cherie. Du hast mich da 'rausgeholt."

Sie gingen zum Tisch hinüber, der im Winkel des Raumes vor der Eckbank stand.

„Ich freue mich, daß du gekommen bist", sagte Belle, als sie sich gesetzt hatten.

„Wenn ich schon mal in Falaise bin, will ich doch wenigstens auch bei dir sein."

„Eurem Kommandanten geht es besser?"

„So kurz nach der Operation kann der Arzt noch nicht viel sagen. Aber er hat Rainer gesagt, daß Oberleutnant Krohne durchkommen wird."

„Ich freue mich so, daß du noch hiergeblieben bist. Dein Kamerad war böse darüber."

„Hm", machte Siegfried. „Rainer wollte eben nicht allein zurückfahren. Aber ich kann ja morgen früh . . . "

Sie verschloß ihm mit der Hand den Mund und deutete auf den Tisch.

Der Duft des Kaffees stieg aus der Porzellankanne empor. Die frisch gebackenen Kuchen dufteten.

Siegfried trank den starken Kaffee. Immer, wenn er aufblickte, sah er Belles Augen voll auf sich gerichtet. Brauchte er den Zucker, reichte sie ihn ihm. Sie verfolgte jede seiner Bewegungen mit brennenden Augen. Sie trank sein Bild in sich ein, als wüßte sie, daß sie ihn jetzt zum letztenmal sehen würde. Aber immer, wenn er den Blick hob, lächelte sie.

„So müßte es immer sein, Belle. — Warte, nach dem Krieg! Wenn du mich dann noch willst . . . “

„Als ob ich dabei eine Wahl hätte!“ sagte sie. „Ob ich dich will?“

„Du bist schön, Belle“, sagte er töricht. „Du kannst viele Männer haben.“

„Mein Herz hat gewählt, Cherie. Jede Stunde ist angefüllt von dir. Ich muß dich immer lieben.“

Als hätte er gerade erst entdeckt, wie schön Belles Gesicht war, so sah er sie an. Ihre Augen glänzten. Er griff zu ihrer Hand hinüber, die lokker auf dem Tisch lag. Wie weich diese Hand war! Das Blond ihres Haares glänzte. Es war wie der Glanz des reifen Weizens vor dem Schnitt.

Als sie aufstand und in die Küche ging, um neuen Kaffee zu holen, faszinierte ihn ihr schwingender Gang. Wieder wurde er an eine Tigerin erinnert; wie damals im Chateau-du-Loir.

Das war schon so lange her! Und er hätte nicht gedacht, daß es so mit ihnen kommen würde. Nun aber saß er hier, und das Mädchen das nur noch für ihn da war, war die gleiche wie im Chateau. Und doch auch wieder nicht mehr die gleiche. Sie erschien ihm in der heimeligen Atmosphäre der Wohnung ganz neu.

Als sie zurückkam und ihm einschenkte, hielt er sie am Arm fest.

„Liebst du mich, Belle? — — — Ich bin ein Deutscher, und du liebst mich?"

Sie beugte sich zu ihm nieder. Wieder spürte er den Druck ihrer Hand auf seiner Schulter. Er drehte ihr den Kopf zu, sie preßte ihre Lippen wild auf seinen Mund.

„Ich Närrin liebe dich! Ganz gleich, wer du bist und woher du kommst."

Sie stand einen Augenblick zitternd neben ihm.

„Du willst meine Frau werden, wenn dies alles vorbei ist?"

„Wenn dies vorbei ist", wiederholte sie. „Die Menschheit steht vor dem Selbstmord, Cherie! Sie wollen nicht glauben, daß es noch andere Möglichkeiten gibt, dem Vaterland zu dienen, als sich gegenseitig umzubringen. Aber ich glaube daran, daß es auch einmal wieder hell kommt. Wenn ich das nicht glauben könnte ... "

„Der Krieg wird einmal vorbei sein, Belle. Dann werden wir beide für immer beisammen sein."

„Wenn er uns ausläßt, Cherie. Wir sind in seine Mahltrichter geworfen worden von Mächten, die über Leben und Tod befehlen. Was aus uns wird, das wissen wir nicht."

„Aber wir werden herauskommen, Belle! Wir müssen herauskommen! Jetzt, wo wir uns gefunden haben, dürfen wir an nichts anderes mehr glauben, als daß wir später einmal in Ruhe miteinander leben können. Nicht nur wir zwei, nein! Auch unsere Völker."

Belle spürte plötzlich unendliches Mitleid mit diesem großen tapferen Menschen, der aus der Hölle der Schlacht gekommen war und wieder in diese Schlacht hineingehen mußte; und der dennoch glaubte, daß ausgerechnet er verschont würde.

Mit einer leichten wehenden Gebärde fuhr sie ihm durch das Haar. Ihre Lippen glitten über seine Wange.

„Wir wollen es uns ganz fest wünschen, mon Petit."

Wie unter einem Zwang stand Siegfried auf.

Wie leicht sie ist! dachte er, als er sie aufhob und sie wie ein Kind an sich preßte, daß sie stöhnte.

„Ich liebe dich!" rief er mit erstickter Stimme. Sie spürte seine Wärme an ihrem Körper. „Ich habe immer von dir geträumt, seit ich dich zum erstenmal gesehen habe. Ohne dich möchte ich keinen Tag mehr sein. Ich habe alle die Tage daran gedacht, wie du dich anfühlst."

Ihre Hand glitt unter sein Hemd und lag kühl auf seinem Rücken. Sie umschlangen sich, und alles andere versank. Der Donner der Schlacht, der dumpf zu ihnen herübergetragen wurde, versank im brausenden Lied des Blutes und in der Verzückung der Liebe.

Sie schliefen ein, und als er erwachte, fühlte er sie neben sich. Wieder wandten sie sich einander zu.

Und in jeder ihrer Umarmungen lag der Hauch des Unvergänglichen, der in dieser Zeit allen Sterbens doppelt wertvoll erschien.

Belle machte Licht, um ihren Geliebten besser sehen zu können. Dann machte sie es wieder finster, um die Konturen seines Körpers mit den Fingern ertasten zu können. Die Liebe hatte ihr Leben vereinfacht. Sie wußten nichts davon, daß sie Feinde waren. Sie wußten nichts vom Krieg. Sie liebten einander. Und wie der Kranke alles nur auf seine Krankheit bezieht, so bezogen sie alles auf ihre Liebe.

Tausend Zärtlichkeiten flüsterte Belles Mund. Tausend Zärtlichkeiten sagten ihre Hände und Lippen. Die seidene Glätte ihres Körpers, der Ruf ihrer Augen, machten ihn hungrig. Die brennende Gier, das Leben zu leben; dort, wo es am hellsten brannte, schlug über ihnen zusammen.

„Dis moi", flüsterte sie, „dis moi que tu m'aimes!"

„Je t'aime! Je t'aime, Belle!"

Später aßen sie das Abendbrot, das die Tante zubereitet hatte, ehe sie aus dem Hause gegangen war. Siegfried aß das Weißbrot mit dem kalten Fleisch und Käse. Er trank dazu Fine de Charente. Leise, selbstverständlich, legte sie ihm vor, und er bewunderte das Spiel ihrer Hände, das ihn bezauberte. Als er sie an sich ziehen wollte, wehrte sie ab. Sie deutete auf die Uhr und nickte ihm bedeutungsvoll zu.

„Die Tante wird gleich zurückkommen, sie wird uns hören."

Aber er ließ sie nicht los. Er küßte sie.

Als vorn eine Tür schlug, ließen sie voneinander. Gleich darauf hörten sie Schritte. Es klopfte an ihre Tür, und nach der Aufforderung Belles schaute das Gesicht der Tante durch einen Spalt herein.

„Gutten Abend", radebrechte sie, zu Siegfried gewandt. Dann drehte sie sich ihrer Nichte zu. „Hier ist ein Päckchen für dich! Es wurde mir am Marktplatz übergeben."

„Wer hat es dir gegeben?" fragte Belle und drehte das längliche Päckchen in der Hand, als sei es eine verkappte Höllenmaschine. Siegfried sah, daß sie schneeweiß geworden war.

„Ein Junge. Ich wollte noch fragen, wer ihn geschickt habe, aber er lief zu schnell wieder fort."

Die Tante nickte Siegfried zu. Dann schlug die Tür hinter ihr ins Schloß.

„Kein Absender!" Belle drehte das Päckchen untersuchend herum. „Das beste ist, ich werfe es fort. Wer weiß ..."

„Sieh lieber erst nach, Belle. Vielleicht ist es etwas Wichtiges? Vielleicht etwas aus dem Chateau-du-Loir?"

Sie sah ihn ängstlich an und streckte ihm das Päckchen entgegen.

„Hier, willst du es öffnen?"

Lachend griff Siegfried danach. Er schnitt die Schnur durch und wickelte das Packpapier ab. Eine Pappschachtel kam zum Vorschein. Mit vorsichtiger Bewegung hob Siegfried den Deckel ab. Er sah ein kleines längliches Kistchen.

„Nanu", wunderte er sich. „Das sieht ja beinahe wie ein Sarg aus." Er sah überrascht von diesem seltsamen Gegenstand auf und sah Belles Gesicht in der fürchterlichen Grimasse der Todesnot verzerrt. Mit ausgestreckten Armen wich sie bis zur Wand zurück. Irres Entsetzen stand auch in ihren Augen. Sie preßte die Fäuste auf den Mund, um den Schrei zu unterdrücken, der in ihr aufsteigen wollte.

„Was soll denn dieser Quatsch bedeuten? Was ist dir, Belle? Du wirst dich doch nicht davon erschrecken lassen?"

Belle ging auf Siegfried zu und nahm ihm den kleinen Miniatursarg aus der Hand und warf ihn in den Abfallkorb.

„Was ist denn nur passiert, Belle? Sag doch, was los ist!"

„La Resistance. Es ist der dritte, Cherie."

„Was? Zwei Stück hast du schon davon bekommen? Was soll denn dieser Unsinn? Warum eigentlich . . . ?"

Plötzlich begriff Siegfried, und ihm war mit einem Male, als würde ihm eine Eisschicht um das Herz gezogen. Er nahm sie in den Arm und führte sie zur Couch.

„Komm", sagte er und zog sie auf seine Knie. „Komm, sag mir jetzt alles; damit ich überlegen kann, was zu tun ist."

Wie ein Sturzbach brach es aus Belle heraus. Sie war eine Französin, die mit einem Feind des Landes zusammen lebte. Den ersten Sarg hatte man ihr als Warnung geschickt, als sie es ausgeschlagen hatte, für die Maquisards zu arbeiten. Sie hatten ihr drei Tage Bedenkzeit gegeben. Und diese drei Tage waren heute vormittag herum gewesen.

Ihr Kopf lag auf seiner Schulter, als sie geendet hatte. Er spürte am Beben ihrer Schulter, daß sie weinte.

„Es ist meine Schuld!" sagte er. „Es ist allein meine Schuld." Doch da sah sie zu ihm auf. Wild schüttelte sie den Kopf.

„Nein, i c h habe dich gebeten, mich von dort wegzubringen."

„Nein, nein!" wehrte er wild ab. „Du warst es nicht. I c h war's! Und ich muß jetzt einen Ausweg finden."

„Du sollst dir keine Gedanken mehr darüber machen. Ich hätte es dir nicht sagen sollen. Aber es tat so gut, dies einmal loszuwerden. Du mußt es jetzt vergessen. Sie haben ja nur gedroht. Sie werden es nicht ausführen. Sie werden Angst davor haben."

Der Eisring um Siegfrieds Herz wurde dicker und härter. Es war ihm, als sei Belle schon tot und er ihr Mörder.

„Hör zu, Belle! Du hast doch von deinem Bruder gesprochen. Wo lebt er eigentlich? Besteht die Möglichkeit, daß sie dich bei ihm nicht finden werden?"

„Er wohnt in Rambouillet, westlich von Paris. Das ist weit, Liebster, und du mußt morgen früh zurückfahren. Nein, das geht nicht! Sie würden dich einsperren."

„Hör doch", redete er verzweifelt auf sie ein. „Du mußt hier 'raus! Das allein ist wichtig. Ich werde sofort den Wagen besorgen, und dann fahren wir."

Sie machte eine gequälte, verzweifelte Gebärde und wollte aufstehen. Doch Siegfried riß sie zu sich zurück.

„Du wirst doch niemals durchkommen, Liebster. Und wenn sie dich erwischen, werden sie dich töten."

„Hast du danach gefragt, als du es mit mir anfingst? Fragst du jetzt danach?"

Der Eisring um sein Herz war zu einem festen Eisblock geworden. Und mitten in diesem Eisblock konnte er sein Herz hören, das wie ein schwerer Schmiedehammer ging.

„Woher willst du denn den Wagen bekommen?"

„Ich nehme den Sanka, mit dem ich morgen früh zurückfahren soll. Ich werde ihnen einfach sagen, daß man den Sanka dringend draußen benötigt. Und man wird uns darin unterwegs nicht aufhalten."

Als sie antworten wollte, verschloß er ihr mit seinen Lippen den Mund, und weil sie spürte, daß es ihm Ernst damit war; weil sie darüber hinaus spürte, daß es für sie die Rettung war, schwieg sie. Sie spürte plötzlich wieder neue Hoffnung. Eine Hoffnung, die ihr Herz weit machte. Sie spürte diese unermeßliche, alles andere überflutende Liebe, die sie umfing.

Ihre Liebe hatte ihr einen Ausblick in das Furchtbare geöffnet; aber sie entschädigte sie für diese Augenblicke tödlicher Bedrohung, indem sie ihr jetzt das Unvermutete und Große zeigte: die Gegenliebe dieses Mannes, der sie durch sein bloßes Dasein zur Liebe aufgerufen hatte. Zu jener Liebe, die „ein Leben lang" hieß.

Durch das Fenster des Gartenhauses fiel das Mondlicht in den Raum und überzog alle Gegenstände mit Silberglanz. Belle spürte, wie Siegfrieds Atem aus und ein ging. Sie hielt ihn umschlungen, als wollte sie sich seiner versichern, daß er nicht — wenn sie schliefe — davonginge. Sie schlief nicht. Und er schlief auch nicht.

„Wenn dich nur niemand gesehen hat", flüsterte sie, als das Schweigen drückend wurde und es sie nach dem Laut seiner Stimme verlangte.

„Es hat mich niemand gesehen, und wenn dein Bruder schweigt, ist alles in Ordnung. Man wird denken, ich sei in Paris untergetaucht, und höchstens dort suchen."

„Das hast du gut und — schlecht gemacht, Siegfried. Ich freue mich, daß du zurückgekommen bist. Aber ich habe auch Angst, daß man dich hier finden kann."

Einen Augenblick dachte auch Siegfried an diese Möglichkeit. Wenn er gestern abend — nachdem er Belle in Rambouillet abgeliefert hatte — nach Tilly zurückgefahren wäre, hätte er mit einem Verweis davonkommen können. Vielleicht wäre es nicht einmal aufgefallen. Aber anstatt nach Tilly zurückzufahren, war er von Rambouillet über le Perray nach Versailles gefahren, hatte den Sanka an der Straße nach Paris in einem Gehölz abgestellt und war dann in der Nacht zu Belle zurückgekehrt. Hier, nach Rambouillet.

Belles Bruder Gaston hatte ihm versprochen, auf seine Schwester aufzupassen. Aber er konnte sie einfach nicht mehr allein lassen. Er mußte bei ihr bleiben. Sie war durch ihn in Gefahr geraten. Hatte er da nicht die verdammte Pflicht und Schuldigkeit, sie zu schützen?

Und noch etwas anderes war da, was seinen Entschluß beeinflußt hatte. Er gestand es sich selbst nicht ein. Dennoch aber war es da und bestimmte sein Tun. Er begehrte sie. Er konnte keine Minute mehr ohne sie sein. Darum war er — von einem plötzlichen Entschluß getrieben — zu ihr zurückgekehrt. Sie hatte ihm aufgemacht, und jetzt war er hier. Er hatte den Schritt getan, der ihn auf den Gipfel führte, oder — in den Abgrund.

Der kurze wilde Triumph ihres Beisammenseins würde nun nie mehr zu Ende gehen. Sie würden sich nun nie mehr zu trennen brauchen. Er brauchte nicht mehr gegen die Stahlungeheuer feindlicher Panzer zu rollen. Vielleicht war ihr Panzer schon beim nächsten Angriff an der Reihe?

Die Kameraden fielen ihm ein. Er sah Paul Ahrens, den spöttisch-heiteren Berliner. Und Rainer; und Heiermann. Aber Heiermann würde nicht mehr schlecht von ihm denken. Heiermann war tot. Ob sie es Oberleutnant Krohne sagen würden?

Siegfried zog Belles Kopf auf seine Brust, um ihre Gegenwart stärker zu fühlen und diese Gedanken verschwinden zu lassen. Belle spürte instinktiv, was in ihm vorging. Es war so, als sähe sie sein Innerstes.

„Du kannst noch immer zurück, Cherie. Ich möchte nicht, daß du dir später Vorwürfe machst. Ich möchte, daß du glücklich bist. Wenn du willst, rufe ich Gaston. Er wird dich mit seinem Wagen so weit bringen, wie er kann. Sie werden dir nichts tun, wenn du sagst, daß ..."

„Ich will bei dir sein, Belle. Im Panzer habe ich Angst. Wenn die Granaten auf den Stahl schlagen und die Kameraden neben einem im Nachbarpanzer verbrennen, dann habe ich Angst, daß mir einmal das gleiche passieren kann. Es ist furchtbar, Belle, daran zu denken, daß ich dich dann nie ..."

Jäh und unvermittelt setzte Belles Herzschlag aus. Sie drehte sich zur Seite und zog seinen Kopf in ihren Schoß, als wollte sie ihn vor dieser Welt verbergen, die den Tod von ihm forderte, noch ehe er richtig gelebt hatte. Sie spürte instinktiv, daß dieser Junge, dessen harten Herzschlag sie hörte, sich in diesem Krieg hundertmal überwunden hatte. Daß er hundertmal die gleiche Furcht in sich überwunden hatte und dennoch seinen Platz nicht verlassen hatte.

Und jetzt, da sie es wußte, wollte sie ihn auch nicht mehr weglassen. Er sollte diesen Kampf nicht mehr zu kämpfen brauchen. Sie wollte ihn davor beschützen. Sie wollte, daß er lebte, daß er wußte, wie schön das Leben war.

Belle warf sich über ihn. In diesem Sturmwind der Liebe versank für ihn alles. Ihre Liebe ließ ihn alles andere vergessen, was nicht sie beide war.

XIV.

„Meine Herren, die britische 2. Panzerdivision ist in den Brückenkopf nachgezogen worden, den die 11. britische Panzerdivision ostwärts Evrecy — über die Odon vorprellend — nordwestlich der Höhe 112 gebildet hat. Damit ist die Gefahr des Durchbruchs des Gegners auf die Höhe 112 groß."

Der Kommandierende General des 2. SS-Panzerkorps, Obergruppenführer Hausser, war vor einer halben Stunde im Divisions-Gefechtsstand der 12. SS-Panzer-Division in Verson eingetroffen.

Gestern waren hier, unmittelbar vor dem Gefechtsstand von Generalmajor Kurt Meyer, die vordersten Panzer der 11. britischen Panzerdivision zum Stehen gebracht worden.

„Ich stehe mit der Spitze meiner Ersten Division ostwärts der Höhe 112. Die Division ist mit Panthern aufgefüllt worden. Wenn ich sofort nachstoße, kann ich mich noch rechtzeitig vor diese Höhe legen."

Bridageführer Wisch, der Kommandeur der 1. SS-Panzer-Division, hatte sich erhoben und deutete mit dem Zeigestock auf der Karte die Bewegung seiner Division an.

„Wir dürfen nichts übereilen, Wisch. Der morgige Tag erst wird uns endgültig zeigen, was zu tun ist."

„Ich schlage vor, daß wir Wünsche mit seinem Panzerregiment 12 auf die Höhe vorziehen lassen", warf der Brigadeführer — und damit im Generalmajorsrang stehende neue Divisionskommandeur — Kurt Meyer ein.

„Gut! — — — Wünsche", wandte sich General Hausser an den Regimentskommandeur, „Sie besetzen die Höhe 112 und verhindern den Durchbruch des Gegners zur Orne und damit zu den Ornebrücken. Wie wichtig diese Aufgabe ist, brauche ich Ihnen ja nicht zu sagen. Hat der Gegner erst die Ornebrücken, dann ist es ihm möglich, Caen zu umgehen und einzuschließen."

Standartenführer Wünsche machte sich ein paar Notizen.

„Ich würde weiterhin vorschlagen, daß die beiden Werfer-Regimenter 83 und 84 Sperrfeuer vor die Höhe 112 legen, falls der Gegner einen Angriff versuchen sollte."

General Hausser gab seinem Ia einen Wink. Der Oberstleutnant notierte sich diesen wichtigen Vorschlag.

„Könnten wir nicht auch von der Panzer-Lehr-Division eine Tigerabteilung für den Gegenstoß in Richtung Brückenkopf erhalten? Mit diesem Zuwachs müßte es uns möglich sein, den Gegner wieder aus dem Brückenkopf zu werfen und über die Odon zurückzudrücken. Damit wäre die Bedrohung der Höhe 112 ausgeräumt."

„Ich will es versuchen. Doch ich fürchte, daß sich da nichts machen läßt. Es sei denn, die 9. SS-

Panzer-Division übernähme die Stellungen der Panzer-Lehr-Division."

„Aber die Panzer-Lehr-Division war doch die bestausgerüstete Panzerdivision, Herr General. Es müßte doch möglich sein ..."

General Hausser machte eine ungeduldige Handbewegung zu seinem Ia hin.

„Becker, tragen Sie bitte die jetzige Stärke der Panzer-Lehr-Division vor. Sie haben doch die gestrige Stärkemeldung dabei?"

Der Ia nickte, entnahm der Aktentasche ein Schriftstück und begann vorzulesen:

„In der zehntätigen Schlacht um Tilly, die im wesentlichen von der Panzer-Lehr-Division geschlagen wurde, hat die Division mit einem Kampfgeist gefochten, der selbst dem Gegner volle Hochachtung abrang. Bis zum 25. Juni hat die Division 160 Offiziere und 5400 Mann verloren. Von den 190 Panzern der Typen Tiger und Panther sind noch 65 einsatzbereit.

Wenn auch Tilly selbst von der Panzer-Lehr-Division aufgegeben werden mußte, so hat die Division dennoch die Angriffskraft des Gegners so entscheidend geschwächt, daß er nicht mehr über die Kraft verfügt, die neue deutsche HKL, die südlich Tilly in einem Bogen von Hottot nach Vendes und von dort wieder empor nach Fontenay führt, zu durchstoßen."

Eine halbe Minute war es vollkommen still im Gefechtsstand, daß die Männer den Donner der Geschütze vernehmen konnten, der vom Wind zu ihnen herübergeweht wurde. Dann räusperte sich Generalmajor Wisch.

„Wann wird der Gegner voraussichtlich angreifen?"

„Nicht vor dem 30. Juni", fiel der Ia ein. „Die 2. britische Panzerdivision wird nicht eher klar stehen, und ohne diese Division wird die 11. britische Panzerdivision keinen Angriff wagen."

„Dann bereiten Sie alles zur Besetzung der Höhe 112 vor. Von dort aus werden wir dann zum Gegenstoß antreten."

General Hausser erhob sich. Die anwesenden Befehlshaber sprangen auf, grüßten und verließen hinter dem General den Gefechtsstand. Kraftfahrzeugmotoren sprangen an, die Kavalkade setzte sich in Richtung auf den Gefechtsstand der 21. Panzerdivision zu in Bewegung.

Am anderen Morgen, in der Frühe des 29. Juni, hämmerten alle verfügbaren alliierten Schiffsgeschütze von See her auf Caen ein. Zum siebentenmal orgelten die überschweren Koffer auf die umgepflügte Stadt nieder, um die herum sich die 12. SS-Panzer-Division und die 21. Panzer-Division gruppiert hatten, um dem Gegner diesen glosenden und rauchenden Trümmerhaufen zu verwehren.

Eine mächtige Geschützsperre war in den vergangenen Tagen von den Verteidigern Caens aufgebaut worden. Infanteriegeschütze, Pak und die universelle und vom Gegner gefürchtete Achtacht hatten einen dichten Abwehrring um Caen geschlossen.

Die Stadt, die am Tage X plus 1 — also schon am 7. Juni — in alliierter Hand sein sollte, rüstete sich, den Gegner zu empfangen, ihn aufzuhalten und ihm eine vernichtende Niederlage beizubringen.

Am 27. Juni hatte das VII. amerikanische Korps Cherbourg an der Nordküste der Halbinsel Cotentin erobert. Zwei Tage später, am gleichen Morgen, an dem das Feuer der alliierten Schiffsgeschütze und der Artillerie sich abermals auf Caen legte und die Höhe 112 in das Todesgebiet einschloß, schlug Feldmarschall Rommel in Berchtesgaden vor, die 7. Armee solle kämpfend bis an die Seine zurückgehen; die noch immer in Südfrankreich Gewehr bei Fuß stehenden und eine weitere alliierte Landung erwartenden Divisionen sollten zur Bildung einer neuen Front — die Seine entlang und hinüber bis zur Schweizer Grenze — mit herangezogen werden.

Wenn die Wehrmacht sich nicht sofort aus der Normandie zurückziehe, so argumentierte Feldmarschall Rommel, würde die 7. Armee aufgerieben werden und die allein auf sich gestellte 15. Armee gegen eine zweite Landung der Alliierten machtlos sein.

Dieser Vorschlag wurde kategorisch abgelehnt. Vielmehr sagte Hitler, daß der Gegner durch Aufbau einer Abschließungsfront im Brükkenkopf festgehalten werden müsse. Anschließend müsse er durch Einsatz aller Mittel „im Kleinkampf“ zermürbt und eingeengt werden.

Die Engländer aber dachten nicht daran, sich einschließen zu lassen. Im Gegenteil! Sie wollten nicht hinter ihren amerikanischen Verbündeten zurückstehen, die Cherbourg genommen hatten und nun nach Süden vorstießen, um den Ring der deutschen Truppen am Fuß der Halbinsel zu durchbrechen und auf Paris einzudrehen. Sie wollten Caen nehmen.

Dementsprechend trommelten sie in den Morgenstunden des 29. Juni aus allen verfügbaren Rohren auf die Stadt und die Höhe 112.

Unter der Feuerglocke dieser Kanonade und unter dem Schutz rollender Fliegerangriffe arbeitete sich die 2. britische Panzerdivision, welche die ganze Nacht zum 29. hindurch in die Bereitstellungsräume vorgeprellt war, der Höhe 112 entgegen, die unter dem Einschlag Hunderter Granaten aller Kaliber erzitterte.

Auf der Höhe öffnete sich die Erde; sie platzte wie eine reife Frucht auseinander. Geräte und Geschütze wurden zermalmt, Stellungen mit einem Schlage vernichtet. Mit einem Male verlegte das Feuer zurück, und Minuten später waren die Spitzenpanzer der 2. britischen Panzerdivision auf der Kuppe und walzten die Verteidiger in die Gräben und Deckungslöcher ein.

Auf die in den Bereitstellungsräumen wartenden deutschen Panzer — vor allem auf die Panzer des Panzerregimentes 12 — ging ein fürchterliches Stahlgewitter nieder. Sie konnten nicht mehr in den Kampf um die Höhe eingreifen. Die Höhe 112 wechselte ihren Besitzer, der Gegner schien am Ziel seiner Wünsche.

Doch schon am kommenden Morgen, noch ehe der Gegner sich auf der Höhe festsetzen konnte, begann der Feuerschlag der beiden deutschen Werfer-Regimenter 83 und 84. Aus dreihundert Rohren feuerten die beiden Regimenter mit einem Schlage in der Frühe des 30. Juni auf die Höhe.

Mit fürchterlichem Getöse heulten die Raketengeschosse der Höhe entgegen. Wo sie einschlugen, da zerschmetterten sie alles im weiten Umkreis. Der Lärm machte die auf der Höhe sitzenden Briten wahnsinnig. Er trommelte ihnen den Mut aus den Knochen.

Pausenlos feuerten die Batterien. Genau aufeinander abgestimmt, hämmerten sie den Gegner auf der Höhe in den Boden hinein.

Nach zwei Stunden dieser vernichtenden Feuervorbereitung trat das Panzerregiment 12 zum Gegenstoß an. Standartenführer Wünsche rollte in seinem Panther an der Spitze. Er dirigierte den Angriff, er befahl, er riß seine Kameraden mit.

Die Panther rollten die Kuppe hinan. Unaufhaltsam rollten sie weiter, erreichten die Höhe, kämpften die Feindpanzer nieder, rollten über die Widerstandsnester und vernichteten die auf die Höhe geschafften Pakgeschütze.

Drei Stunden dauerte das Duell der Panzer auf der Höhe. Dann wandten sich die Panzer der

2. Panzerdivision zur Flucht. Die britische Infanterie folgte ihnen, verfolgt von den hinter den Panzern die Höhe hinanstürmenden Panzergrenadieren. Das MG-Feuer der Briten verstummte, die letzten Widerstandsnester ergaben sich den Deutschen, die das Unmögliche doch noch geschafft hatten. Die Höhe 112 war wieder fest in deutscher Hand.

Die deutsche Front war nicht durchbrochen worden. Die Verteidiger hatten sie gegen eine Übermacht gehalten. Sie hatten dem Gegner darüber hinaus hohe blutige Verluste beigebracht.

26 britische Panzer glosten am Abend des 30. Juni auf der Höhe 112. Es gab keinen Meter Boden auf der Kuppe, der nicht von Granaten und Werfer-Geschossen umgewühlt worden wäre.

Im Abendlicht liefen die Sanitäter über die Höhe und schleppten die Verwundeten — Freund und Feind gleicherweise und ohne Unterschiede zu machen — in die Sammelstellen.

Die Höhe hatte ihren Blutzoll gefordert. Aber Caen war noch einmal gerettet.

XV.

„Den wievielten haben wir eigentlich, Rainer?"

„Den 1. Juli, Paule."

„Scheint ja wieder dickste Luft zu werden, was?"

„Die 2. britische Panzerdivision will wahrscheinlich diesmal hier bei Vendes angreifen, um hier durchzustoßen, nachdem sie sich an der Höhe 112 die Birnen gestoßen haben."

„Und die 49. und 50. britische I. D. ebenfalls. Aber sie sollen sich geschnitten haben."

Leutnant Mühlmann, der nach der Verwundung von Oberleutnant Joachim Krohne die 2. Kompanie übernommen hatte, rieb sich die Nase, was er immer tat, wenn er nachdachte. Dann wandte er sich Rainer zu.

„Wie steht es mit dem Sprit, Bocker?"

„Alles klar, Herr Leutnant. Wir sind vollgelutscht bis unter die Halskrause."

„Daß der Alte noch keinen Gefechtsalarm gegeben hat", wunderte sich Paul. Er zog an seiner Zigarette und sah nach Osten, wo fahles Grün den Himmel überzog.

„Komm, hilf mir mal, meine Bonbons in den Laderaum zu schaffen", wandte sich Klarholz, der neue Ladeschütze, an Paul.

„Mensch, hab dich nicht so! Die paar Granaten wirst du wohl noch allein 'reinmannen können. Wenn ich da an Siegfried denke . . . "

„Denken Sie lieber nicht an Schnier, Ahrens. Schließlich ist Fahnenflucht kein Kavaliersdelikt", warf Leutnant Mühlmann ein. „Wenn Hauptmann Krohne das wüßte, würde er sich noch im Krankenbett umdrehen."

„Hauptmann Krohne?" fragte Rainer überrascht.

„Hab' es vor ein paar Minuten gehört, Kinder. Hat es ja auch verdient, ebenso wie die Schwerter."

„Um auf Schnier zurückzukommen, Herr Leutnant: Das mit der Fahnenflucht sind doch bis jetzt nur Vermutungen. Wer weiß, was ihm passiert ist. Vielleicht haben die Flieger ihn irgendwo erwischt — oder die Maquis", warf Rainer wieder ein.

„Ich glaube es auch nicht von Siegfried. Der nicht!"

Paul sah zum Panzer hinüber. Es war die neue Schnecke. Siegfried hatte noch nicht drin gesessen, denn er war an dem Morgen, an dem er den Sanka hier wieder abliefern sollte, nicht gekommen. Seitdem fehlte jede Spur von ihm. Zuletzt war er im Lazarett gesehen worden, wo er noch in der Nacht den Sanka geholt hatte. Und daß er dort von einem Anruf gefaselt hatte, das war das einzige Verdächtige gewesen.

Niemand wußte, was mit Siegfried geschehen sein konnte. Nur Rainer hatte eine Ahnung, was sich in Falaise abgespielt hatte; aber er schwieg.

Wenn es ihn auch kränkte, daß Siegfried sie hatte verlassen können, verstehen konnte er ihn trotzdem. Der Schock hatte ihn einfach umgeworfen. Belle war hinzugekommen. So war er hineingeschlittert.

Rainer hatte an dem Morgen in einer ersten Regung zu Leutnant Mühlmann gehen wollen, um ihm alles zu melden. Dann aber hatte er an Siegfrieds Gesicht gedacht und versucht, sich das Lächeln des Kameraden in die Erinnerung zurückzurufen, das auf seinem Gesicht erschienen war, als er ihm den Vorschlag gemacht hatte, noch eine Nacht dranzuhängen und ihnen dann am kommenden Morgen über den Chef Bericht zu erstatten.

Wenn Hauptmann Krohne dagewesen wäre, wäre er vielleicht zu ihm gegangen. Sie hätten vielleicht einen Ausweg gefunden... Joachim Krohne hätte bestimmt einen Ausweg gewußt. Aber so schwieg er eben. Was hatte er davon, wenn die Feldgendarmerie Siegfried aufspürte und er erschossen würde? Verschaffte es ihm irgendeine Befriedigung? Dieser große Junge war schon jetzt, ohne daß er gefallen war, ein Opfer des Krieges geworden.

„He, Rainer, träumst du immer so stark?"

Rainer fuhr aus seinen Überlegungen auf. Schuldbewußt sah er Paul an.

„Was ist denn, Paul?"

„Glaubst du, daß der Alte bald wieder auf dem Damm sein wird?"

„Er wird bestimmt ganz hinkommen. Aber ich hoffe, daß der Krieg dann für ihn zu Ende ist."

„Es ist noch lange bis zum Sieg!" fiel Leutnant Mühlmann ein.

„Bis zum Sieg ja", sagte Paul müde und resigniert.

„Was meinen Sie denn damit, Ahrens? Sie zweifeln doch nicht etwa am Endsieg?"

„Wo werde ich, Herr Leutnant!" gab Paul zurück, und als er breit grinste, atmete Rainer erleichtert auf, weil er den alten Paule Ahrens wiedererkannte. „Wenn nur bald die Geheimwaffen kämen."

„Kommt alles, Ahrens. Darauf können Sie Gift nehmen!"

„Lieber nicht, Herr Leutnant! — — — Ich meine, ich glaube auch ohne Gift daran."

Ein Kradmelder kam in toller Fahrt angebraust. Sie sprangen von ihren provisorischen Sitzgelegenheiten auf und gingen zu den Panzern hinüber, die hier in Bereitstellung lagen.

Das Donnern der Geschütze hatte sich verstärkt. Unter diesem Donnern hörten sie plötzlich — noch weit fort — das Grollen von Panzermotoren.

„Meldung vom Divisions-Gefechtsstand Monts: Feindlicher Panzerangriff zwischen Vendes und Fontenay, mit Stoßrichtung auf Nordostteil von Vendes. Abteilung 501 rollt durch Vendes und fängt den Stoß des Gegners auf."

Der Melder verschwand zur Nachbarkompanie, die wieder von Hauptmann Zettmer übernommen worden war, obgleich seine Verwundung noch nicht ausgeheilt war.

„Gefechtsalarm!"

Die Männer kletterten in ihren Panzer hinein. Leutnant Mühlmann stülpte sich den Kopfhörer über und prüfte den Sitz des Kehlkopfmikrophons. Die Stimme des Abteilungskommandeurs knallte durch den Kopfhörer:

„Achtung! Abteilung maaarsch! Stoßrichtung Vendes."

Nacheinander rumpelten die Tiger der Schweren Panzerabteilung 501 durch den frühen Morgen des 1. Juli. Leutnant Mühlmann rief die drei anderen Tiger der Kompanie, dann meldete er dem Abteilungskommandeur. Dazwischen hörte er die Stimme von Hauptmann Zettmer, der ihn rief und ihm sagte, daß er an seiner rechten Flanke rolle.

„Auf in den Kampf, Torero", summte Paul. Als er den Blick des Ladeschützen fühlte, sah er zu Klarholz hinüber. „Mulmig, Herbert?"

Der Ladeschütze nickte. Er saß erst seit ein paar Tagen in einem Panzer, der ins Gefecht rollte. Vorher hatte er in der Vermittlung des Divisionsstabes gesessen. Aber alle Stellen waren nach ausgebildeten Panzermännern durchgesiebt worden, um den notwendigen Ersatz zu haben.

Das Feindfeuer wurde von Sekunde zu Sekunde stärker. Jetzt unterschieden sie schon die einzelnen Kaliber. Dann hörten sie plötzlich wieder das Brummen, das sie fürchteten.

„Gefechtsbereitschaft!" schrie Leutnant Mühlmann. Er rief es so laut, als müsse er es zu allen Panzern hinüberrufen.

„Luken dicht!"

„Beide Waffen geladen und gesichert."

Das Dröhnen der Flugzeugmotoren wurde zu einem tosenden Inferno. Dann knallten die Bordwaffen, fielen die Raketenbomben, zogen die Maschinen mit heulenden Motoren wieder hoch und ließen zwei brennende Panzer unter sich zurück.

„Rechts anziehen!"

Der Tiger rollte in eine Schonung hinein. Er walzte die kaum armstarken Birkenstämme nieder, rammte Hecken und Kusseln und arbeitete sich in Richtung auf Vendes vor. Als die Jabos zurückkamen, rollte die ganze Abteilung schon mitten im Walde südwestlich der Stadt. Wieder heulten Raketenbomben in die Tiefe. Doch diesmal hatten sie Glück.

Das Feuer hatte sich zu einem Orkan verstärkt. Die harten, trockenen Schläge der Flakgeschütze mischten sich mit dem Gerassel der 3,7-cm-Vierlinge, die den Jabos die Vierfachnähte ihrer Geschosse entgegenschickten und zwei vom Himmel herunterholten.

Dann hörten sie — noch weit auf dem rechten Flügel — das Knallen einer Panzerkanone. Gleich darauf knallten weitere Schüsse.

„Jetzt geht's los, Kinder!"

Als Leutnant Mühlmann den ersten Feindpanzer in der Optik sah, zuckte er zusammen. Dann aber konzentrierte er sich ganz auf den Gegner, der aus Vendes herausrollte und, eben als Mühlmann ihn aufgefaßt hatte, stehenblieb und in eines der Häuser hineinfeuerte.

„Entfernung 1500, Panzergranate. 12 Uhr. — Feuer!"

Die erste Granate verließ das Rohr. Sie ging dicht über den Cromwell hinweg und schlug in ein Haus ein.

„Fünfzig weniger!"

Die zweite Granate saß genau in der Frontpanzerung.

„Treffer!" rief Leutnant Mühlmann aufgeregt.

Herbert Klarholz arbeitete verbissen. Er hörte die kurzen Anweisungen, die Paul ihm durch das Getöse zuschrie, und handelte genau danach.

„Es sind nur ein paar Feindpanzer durchgebrochen", klang die Stimme von Hauptmann Zettmer zu ihnen herüber. „Los, Mühlmann, rollen Sie am westlichen Stadtrand hoch, so schnell Sie können! Klingner kommt von Osten, und ich drücke die eingedrungenen Panzer frontal durch die Stadt zurück. Am Nordrand drehen Sie nach Osten, und Klingner dreht nach Westen ein. Ende."

Ohne daß Leutnant Mühlmann einen Befehl gegeben hätte, schlug Rainer das Steuer ein. Der Tiger drehte und rollte auf den westlichen Stadtrand zu. Die Panzer der Kompanie folgten. Das Feuer der Panzerkanonen entfernte sich zur Stadtmitte hinüber. Von rechts, aus dem Brückenkopf südlich von Odon, klang Gefechtslärm zu ihnen hinüber. Irgendwo gingen Granaten großer Kaliber nieder. Die Erde vibrierte unter ihrem Panzer.

Mit 35 Kilometer Geschwindigkeit rollte der Befehlspanzer am Stadtrand entlang nach Norden. Einmal sahen sie eine Gruppe deutscher Landser auftauchen und wieder hinter den Trümmern von Vendes verschwinden.

Noch bevor sie den Nordrand der Stadt erreicht hatten, sahen sie durch eine Trümmerlücke ein paar Feindpanzer zurückrollen und dann mit einem Male auf sie eindrehen.

„Vierzehn Uhr. Achthundert. — — — Feuer!"

Es schien fast so, als stutzten die Panzer der 2. britischen Panzerdivision, als sie plötzlich auch von hier aus Feuer erhielten.

„Links einschlagen!" befahl Leutnant Mühlmann, und Rainer riß den Stahlkoloß herum. Der nachrollende Panzer hatte so seine Chance, ebenfalls zum Schuß zu kommen. Auch er drehte nach fünfzig Metern ein, und eine Minute später waren alle vier Tiger in Schußposition gekommen.

Fast gleichzeitig hallten ihre Abschüsse. Ein Sherman blieb liegen, aber er feuerte noch. Ein zweiter Treffer ließ ihn aufbrennen. In weitem Bogen kamen die Tiger herum, und plötzlich erkannten die Shermans und Cromwells der 2. Panzerdivision, daß sie eingekesselt werden sollten.

Feuernd und weiterrollend versuchten sie, durch eine Lücke zu entkommen. Doch jetzt hämmerten die Geschütze der Panther und Tiger von drei Seiten gleichzeitig auf sie ein. Treffer krachten, Flammen lohten. Geschrei wurde laut.

„Aufpassen, Busse!"

Als der Tiger herumruckte, sah auch Busse hinter dem Bug-MG die britischen Pioniere, die auf einem der Feindpanzer aufgesessen waren und nun absprangen und in Deckung gingen, um mit ihren Panzerbobbys zum Schuß zu kommen.

Das MG tackte, und fast gleichzeitig fielen drei, vier andere Tiger in das MG-Feuer ein. Die britischen Infanteristen, die vorgeprellt waren, gingen hinter den Trümmern am Stadtrand in Deckung. Einer ihrer Panzerbobbys detonierte an einem Panther und riß ihm die Kette herunter. Die Besatzung büchste aus, ehe ein zweiter Treffer den Panther aufbrennen ließ.

Das Getöse wurde unerträglich. Panzerkanonen knallten. Treffer hämmerten auf Stahl. Munition detonierte in harten Schlägen. Die Stahlfragmente der Sprenggranaten heulten um die Panzer und warfen die noch immer aufgesessenen Infanteristen herunter.

„Feuern!"

Der sechshundert Meter vor ihnen stehende Sherman ruckte unter dem auftreffenden Geschoß zurück. Die zweite Granate riß ihm das kleine Geschütz weg, und die dritte schlug durch und tötete die Besatzung. Rauch stieg aus seinem Innern auf. Dann krachten die Detonationen der platzenden Munition.

Rainer sah, wie die Panzergeschosse auf ihn zugeflitzt kamen. Er schlug rechts ein und drehte fast gleichzeitig wieder auf Mitte. Hart ruckte der Tiger herum. Rainer gab Gas, und sie rollten mit

Höchstfahrt dem Gegner entgegen, dessen Granaten sie durch diese Manöver verfehlt hatten.

„Vierhundert, zwölf Uhr!"

Der Treffer riß dem Gegner glatt den Turm aus dem Drehkranz. Die Besatzung stieg aus. Sie kümmerten sich nicht darum. In diesem Augenblick galt für sie nur eines: die ausbrechenden Feindpanzer zu vernichten und aufzupassen, daß sie nicht von ihnen zusammengeschossen wurden.

Die Stimme des Abteilungskommandeurs drang zu ihnen durch. Gleich darauf hörte Mühlmann den Regimentskommandeur von 31, der ihnen den Befehl zur Verfolgung des Gegners in Richtung Fontenay gab.

Sie rollten weiter. Die Feindpanzer, die sich nicht rechtzeitig aus ihrer Umklammerung hatten lösen können, standen als rauchende Wracks auf der Plaine. Die Panzergrenadiere kämmten die Stadt nach Versprengten und ausgestiegenen Besatzungen durch. Die deutsche Panzerarmada aber rollte weiter nach Nordnordosten.

Durch eine Senke rollten sie mit Höchstfahrt. Heruntergeschaltet durchquerten sie eine Wiese und krochen dann im Schritt einen Hang empor. Der Zaun einer Koppel wurde mühelos überwunden.

„Panzer haaalt!"

„Was ist denn? Geht's nicht mehr weiter? Alle Luft aus der Kette?"

„Feindpanzer in Regimentsstärke nördlich Fontenay gesichtet. Marschrichtung Süd. — — —

Alle Panzer richten sich auf dieser Linie zur Verteidigung ein."

„Da 'rüber, Herr Leutnant!" Rainer deutete auf eine niedrige Hecke, vor der ein paar Bäume standen, die sie vor Feindeinsicht — auch aus der Luft — verbargen.

„Gut, rollen Sie bis zur Hecke vor!"

Der Tiger rollte die vierzig Meter nach vorn. Gleich ihnen suchten auch die anderen Panzer die besten Verteidigungsmöglichkeiten aus. Sie verbargen sich in Trichtern, hinter Senken, Hecken und Kusseln. Sie suchten sich das beste Schußfeld nach vorn, um den Gegner, der gleich kommen mußte, hier zu halten, ihn zu überfallen und dann im Gegenzug vorzuprellen und ihn zu vernichten.

„Na, ich muß mal für kleine Mädchen!"

Leutnant Mühlmann schlug das Luk zurück und traf Anstalten, hinauszuklettern.

„Hier, Herr Leutnant, nehmen Sie ruhig die Mitternachtsvase. Das ist sicherer. Die ballern so wild durch die Gegend; man kann nie wissen." Grinsend reichte Paul dem Kommandanten eine Kartusche.

„Sie sind wohl vom wilden Affen gebissen, was?"

Leutnant Mühlmann schwang sich hinaus und ging auf den Apfelbaum am Ende der Hecke zu.

„Muß seinen Baum haben! Ohnedem geht es einfach nicht bei ihm. Kennt die Gepflogenheiten der Panzerfahrer noch nicht."

„Laß ihn doch! Schämt sich vor uns, das Bübchen. Wir ... "

Es heulte aus der Richtung nördlich Fontenay heran.

„Herr Leutnant!" schrie Busse, der den Platz des Kommandanten eingenommen hatte. Leutnant Mühlmann winkte, ohne sich umzudrehen, zu ihnen zurück. Hundert Meter vor ihm schlugen ein paar Werfergeschosse in den Boden und streuten ihre Splitter aus.

„Volle Deckung, Herr Leutnant!"

Leutnant Mühlmann schrie lachend etwas zu ihnen zurück und knöpfte sich die Hose zu. In diesem Augenblick heulte es abermals heran. Drei Geschosse schlugen gleichzeitig in den Grund. Das erste zehn Meter vor dem Apfelbaum, und die beiden anderen unmittelbar neben Leutnant Mühlmann.

Rainer preßte für einen Sekundenbruchteil die Augen zusammen. Als er sie wieder öffnete, sah er nur noch die drei flachen Trichter. Von Leutnant Mühlmann aber war nichts zu sehen.

„Da!" keuchte Busse, und seine Hand, die die Richtung wies, zitterte heftig. „Da, Rainer! Er ist ... "

Rainers Blick glitt nach oben, und da sah er den Leutnant in der untersten Astgabel des Apfelbaumes. Seine Augen weiteten sich vor Entsetzen. Er drückte sich an Busse vorbei aus dem Panzer und mußte sich übergeben.

Der Feuerüberfall war vorüber. Das Feuer setzte weiter nach rechts wieder ein. Auch weit hinter ihnen schlugen Werfergeschosse in den Grund.

Rainer rannte zu dem Apfelbaum hinüber und versuchte, den Leutnant aus der Astgabel zu befreien. Endlich gelang es ihm. Leutnant Mühlmann fiel neben ihm auf die Wiese. Von Splittern zersiebt; ohne Kopf.

„Los, Rainer!" schrie es vom Panzer aus zu ihm herüber. Er stand vor dem Toten, der seit ein paar Tagen ihr Kompanieführer war und der heute seinen ersten wirklichen Angriff gefahren hatte. Dieser Mann hatte an den Sieg geglaubt. Er hatte gekämpft. Und jetzt war er tot. Er würde das Ende nicht mehr erleben, in das eine mißbrauchte deutsche Armee hineingehen mußte. Für Leutnant Mühlmann waren alle Probleme gelöst.

Erst das Feuern auf dem rechten Flügel brachte Rainer wieder zu sich. Er lief zum Panzer zurück. Als er ihn erreicht hatte, sah er weit draußen auf der Flanke die anrollenden Feindpanzer. Er sah sie aus einem Kastenwald herauskommen. Erst ein paar. Dann immer mehr. Er sah, wie sie auseinanderrollten und in breiter Formation näher kamen.

„Komm 'rein. Was machen wir nun?"

„Busse fährt; ich übernehme das Kommando!"

„Gut, Rainer!"

Busse verschwand auf den Fahrersitz. Rainer stülpte sich den Kopfhörer über und befestigte das Mikrophon. Er glaubte, noch die Wärme von Leutnant Mühlmann an den Geräten zu spüren. Dann hauchte er gegen die Membrane.

„Feldwebel Bocker an Abteilungskommandeur: Kompanieführer gefallen. Ich übernehme Führung der Kompanie."

„Danke, Bocker. Ende."

Rainer sah durch das Glas der Optik. Er stellte etwas nach und erkannte die Panzer, die mit mittlerer Geschwindigkeit näher kamen.

„Sechzehnhundert. Panzergranate. Turm zwölf Uhr!"

Hier stand er nun an der Stelle des Kompanieführers. Hier — auf diesem Platz, wenn auch in einem anderen Panzer — hatte Joachim Krohne gestanden, der Kamerad und der Kämpfer, dem sie sich anvertraut hatten. Und jetzt stand er hier. Er hatte nun die Verantwortung für diese Kameraden. Was er jetzt befahl, das mußte er alles darauf ausrichten, ob es für die Kameraden gut war.

„Regimentskommandeur an alle: Feuereröffnung nach eigener Maßgabe. Entfernung nicht über 1800. Ende."

„Wie ist es, Alter?" Paul hatte das Geschütz gerichtet. Die Hand auf dem Abfeuerknopf, wartete er auf den Befehl des Kameraden.

„Wie auf dem Hochsitz", sagte Klarholz.

„Nur daß die Hirsche, die w i r schießen wollen, zurückschießen können, Kleiner", fiel Paul ein.

Einen Augenblick grinsten sie sich an. Klarholz zog die Kiste mit den Panzergranaten näher zu sich heran, um sie griffbereit zu haben.

Auf beiden Flügeln begannen die Geschütze zu bellen. Rainer sah den Sherman anrollen, auf den er das Geschütz hatte einrichten lassen. Noch wußte dieser Gegner nichts von der Gefahr, in der er sich befand.

Jetzt war er ins Visier gekommen.

„Feuer!" befahl Rainer.

Die Granate heulte zum Gegner hinüber und warf unmittelbar vor ihm die Erde auf. Der Sherman blieb stehen, und sein Rohr drehte sich ihnen zu.

„Zwanzig mehr!"

Noch ehe der Sherman gefeuert hatte, schmetterte die zweite Granate in seinen Unterwagen hinein und tötete die Besatzung.

Auf einer Breite von 2500 Metern war das Feuer der Panzerkanonen aufgeflammt. Die ersten Feindpanzer brannten auf der Plaine. Die anderen aber rollten weiter. Sie vertrauten auf ihre Masse.

Immer mehr Panzer lösten sich aus der bergenden Deckung des Waldes. Sie schwärmten aus und rollten an. Das Panzerduell begann.

Paul Ahrens richtete nach und feuerte. Er hörte die Befehle, die Rainer ihm zuschrie, und handelte danach.

„Treffer!" berichtete der Kommandant ihnen, und sie hörten die Detonationen. Sie spürten die Schläge, die gegen den Panzer prallten. Sie sahen durch die winzigen Gefechtsluken, wie die Apfelbäume zerfetzt wurden. Ein armstarker Ast wurde auf ihr Luk geworfen und blieb darauf liegen.

Aus vierzig Panzerkanonen brandete dem Angreifer eine Woge aus Stahl entgegen. Als die englischen Panzerspitzen bis auf 800 Meter herangekommen waren, hatte sich ihre dichte Formation schon gelichtet. Bewegungsunfähig geschossene Panzer lagen auf der Plaine und feuerten aus ihren Kanonen auf die gedeckt stehenden deutschen Panzer.

„An alle: Angriff auf Feindpanzer!"

Gleichzeitig brachen die deutschen Tiger und Panther aus ihren Verstecken hervor. Sie rollten dem Gegner entgegen, dessen Spitzen ins Stokken gerieten. Die Panzer feuerten aufeinander. Treffer ließen die Stahlkolosse erzittern. Brände flackerten auf, Stahl dröhnte und kreischte. Das Inferno der Panzerschlacht fraß Menschen und Panzer.

Rainer sah drei Sherman genau auf sich zukommen. Den ersten konnten sie mit einem einzigen Schuß zum Halten zwingen. Der zweite aber traf ihre rechte Kette. Der Tiger war lahmgeschossen. Aber er feuerte noch. Zwei weitere Panzer drehten auf den waidwunden Tiger ein.

Plötzlich war es den vier Männern im Innern dieses Stahlkolosses, als befänden sie sich im Zentrum eines Gewitters. Sie hörten die Treffer der schräg auftreffenden Granaten, die heulend wieder zur Seite flitzten. Dann erschütterte ein schwerer Schlag den Tiger.

„Fünfhundert, 12 Uhr."

Die Granate flitzte aus dem Rohr. Es war die letzte Granate, die dieser Tiger abfeuerte, denn Sekunden später schmetterte ein Volltreffer zwischen Turm und Unterwagen.

Rainer spürte einen harten Schlag, der ihn vor die Brust traf. Er versuchte, sich an der Optik festzuhalten; doch seine Hände hatten keine Kraft mehr. Er fiel und fiel und fiel. Ein glühendroter Sonnenball kam genau auf ihn zu, wurde größer und größer, und dann ging alles in seiner höllischen Glut unter.

„Rainer!“ schrie Paul, als er den Kameraden vieler Kämpfe fallen sah. Er wollte den Körper des Kameraden auffangen. Doch in diesem Augenblick krachten zwei Treffer gleichzeitig. Die eine Granate durchschlug die hintere Panzerung. Benzingeruch ließ Paul jäh hochschnellen.

„'raus!“ gellte seine Stimme.

Sie schnellten sich dem Luk entgegen. Doch die aufspringende Benzinflamme war schneller als sie. Sie sprang sie mit ihrer ganzen feurigen Lohe an und löschte in wenigen Sekunden die Leben der in diesem Panzer befindlichen Männer aus.

„Zwote Kompanie von Abteilungskommandeur: Einschwenken auf Zentrum!“

Die beiden übriggebliebenen Tiger schwenkten ein; aber die Schnecke II, und damit der Kompanieführer, hörte diesen Befehl nicht mehr.

Auch dieser Angriff der 2. Panzerdivision wurde gestoppt. Die in Fontenay eingedrungenen Panzerspitzen wurden von den Panzergrenadieren mit Panzerfäusten niedergekämpft. Als der

Abend des 1. Juli einfiel, waren sowohl Vendes als auch Fontenay feindfrei.

Aber neben den 40 alliierten Panzern lagen 19 deutsche Tiger und Panther auf der Plaine und verkündeten von der Härte dieses Panzerkampfes.

Noch immer war es dem Gegner nicht gelungen, den Schlüssel zur Eroberung Caens in die Hände zu bekommen. Dennoch hatten sie eines erreicht: Sie hatten die stärkste deutsche Panzerdivision, die Panzer-Lehr-Division, dezimiert. Sie hatten diese kampfstarke Division zu einem Torso zusammengeschlagen, der keine entscheidende Kampfkraft mehr hatte, wenn er nicht aufgefüllt wurde.

Am kommenden Tage, es war der 2. Juli — am gleichen Tage wurde Generalfeldmarschall von Rundstedt, der Oberfehlshaber West, und der wieder von seiner Verwundung durch Tieffliegerbeschuß genesene Führer der Panzergruppe West, General Geyr von Schweppenburg, abgelöst und durch Generalfeldmarschall von Kluge und Generalleutnant Sepp Dietrich ersetzt —, erhielt die Panzer-Lehr-Division völlig überraschend ihren Ablösungsbefehl.

Er lautete so, daß die Division ihren Verteidigungsraum, in dem sie den Gegner den Juni über unter schweren Verlusten gehalten hatten, einer Infanteriedivision übergeben sollte. Der Infanteriedivision war neben dem Kriegsschauplatz auch noch ein Teil der Panzer, der Artillerie und der Pak, zu übergeben.

Der Rest der Division sollte in den amerikanischen Sektor des Kampfes, in den Raum St. Lô-Torigny, verlegt werden, wo der Gegner nach der Eroberung von Cherbourg Anstalten traf, nach Süden und Südosten durchzubrechen.

Mitten in die zum Abmarsch vorgerollten Fahrzeugkolonnen hinein platzte in den späten Abendstunden des 2. Juli ein vernichtender Feuerüberfall.

Den Jabos, die überall am Himmel der Normandie hingen, waren diese Vorbereitungen nicht verborgen geblieben. Sie lenkten das Feuer der alliierten Artillerie, das zwei Stunden lang mit einer selten erlebten Dichte auf die Panzer-Lehr-Division niederging.

Fast alle Drahtverbindungen wurden durch diesen Feuerüberfall unterbrochen. Ein in dieser Phase des Kampfes kräftig geführter Gegenstoß der 49. und 50. Division und der 2. Panzerdivision hätte die Front hier zum Einsturz gebracht. Doch der Gegner erkannte seine Chance nicht; er griff nicht an. So gelang es den unermüdlichen Offizieren, die Division in den Nachtstunden wieder zu sammeln.

Das, was von der ruhmreichen Panzer-Lehr-Division übrigblieb, erreichte nach einem 26 Stunden dauernden Marsch durch das Inferno der Tieffliegerangriffe den Raum von St. Lô. Sie waren der Hölle von Tilly entronnen. Sie hatten sich nach wochenlangen Kämpfen gegen die feindlichen Panzerverbände und nach harten Schlägen durch die Schiffsartillerie und die Feldartillerie, nach rollenden Angriffen der Jabos und nach den Teppichen der Fliegenden Festungen, aus diesem Vernichtungswirbel gelöst.

Doch alle Männer der Division ahnten, daß ein anderer Wirbelsturm sie in sein Zentrum ziehen würde und daß dann auch der Rest der Division im Feuer des Gegners, im Tosen der Materialschlacht, vernichtet werden würde.

XVI.

„Es kommt jemand, Siegfried. Du mußt hineingehen!"

Belle hatte die Schritte auf dem Kies des Gartenweges gehört. Sie drängte den Geliebten ins Haus.

Siegfried ging schnell hinein und schlug die Tür hinter sich zu.

Er hatte von Gaston von der alliierten Großoffensive gehört, die einen Tag nach dem Abzug der Panzer-Lehr-Division aus dem Raum Tilly angelaufen war.

Die Luftwaffen-Felddivision 16, unter Generalleutnant Sievers, sollte schon vom Gegner aufgerieben worden sein. Jeden Augenblick konnten die alliierten Truppen in Caen einmarschieren. — — — Und er saß hier.

Dem Rausch der vergangenen Tage war wie ein Schock das Erwachen gefolgt. Als er sich in dem schmalen Verschlag, den sie vom Wohnzimmer des Gartenhauses abgetrennt und gut getarnt hatten, auf die Couch warf, kam ihm der Gedanke, daß er ein Verlorener war.

Er hatte gestern mit Gaston darüber gesprochen. Wenn der Krieg verloren war — und es bestand kein Zweifel mehr daran, daß er verlorengehen mußte —, dann würde die Jagd nach den deutschen Soldaten beginnen. Fand man ihn hier, würde es Belle schlecht ergehen. Dann erlitt sie das Schicksal, dem er sie hatte entreißen wollen.

Jetzt wußte er es mit aller Deutlichkeit, daß es so sein würde.

Die Fahnenflucht fraß langsam seinen Willen auf. Wenn Belle nicht wäre, würde er zurückgehen und sich stellen.

Er spürte es jetzt, daß er ihr mit seinem Bleiben etwas Schreckliches angetan hatte. Auch wenn sie ihn gebeten hatte; sie wußte nicht, was daraus folgen würde. Sie dachte nur an das Heute ihres Beieinanderseins. Aber er mußte auch an das Morgen denken.

Wo seine Kameraden wohl sein mochten? Rainer und Paul und der Kommandant? Er hatte schon einmal mit Belle darüber gesprochen, daß er in Zivilkleidern zum Lazarett gehen wollte, um zu hören, wie es dem Kommandanten gehe. Aber dann hatte er sich von ihr überzeugen lassen, daß sie ihn gleich erkennen würden, und war geblieben.

Als die Tür schlug, zuckte er zusammen. Jedesmal ertappte er sich bei diesem Geräusch, daß er Furcht hatte; eine Furcht, die ihn aus der Tiefe seines Seins ansprang. Eine Furcht, die genauso stark war wie die, die er im Panzer empfunden hatte.

Als er Belles leichten Schritt auf den Fliesen des Flurs hörte, richtete er sich auf. Sie kam zu ihm in den Verschlag, warf sich neben ihn auf die Couch und überfiel ihn mit ihren Küssen. Er zog sie an sich.

„Die 12. SS-Panzer-Division räumt die Stadtteile Caens, die westlich und nördlich der Orne liegen", sagte sie.

Siegfried ließ sich zurückfallen, als sei alle Kraft aus ihm gewichen.

„Sie räumen?" fragte er tonlos.

„Ja, Gaston brachte die Nachricht."

Siegfried hatte von dem Führerbefehl gehört, daß Caen bis zum letzten Mann verteidigt werden sollte. Die Räumung traf ihn trotzdem nicht überraschend. Schließlich hatten die Truppen des britischen Oberbefehlshabers Montgomery für die 12 Kilometer lange Strecke vom Strand bis nach Caen 34 Tage gebraucht. Am 7. Juni — dem zweiten Tag der Invasion — wollten die Engländer die Stadt in Besitz nehmen. Die Verluste, mit denen sie die Eroberung von Caen geschafft hatten, waren schwer gewesen. Über zweihundertfünfzig deutsche Panzer waren in dem erbitterten Duell der Giganten vernichtet worden. Drei deutsche Panzerdivisionen waren fast vollkommen ausgeblutet.

Belle beugte sich über ihn. Ihr junges Gesicht war plötzlich hart und gesammelt. Sie ahnte seine Verlassenheit, und sie wollte sie ihm nehmen. Ihre Augen glänzten, als sei sie betrunken.

„Ich will, daß du glücklich bist, Siegfried!"

Sie sprach leise, doch er konnte jedes Wort verstehen. Er konnte die Dinge nicht nennen, die von ihr ausstrahlten und in ihn eindrangen. Er spürte ihre Liebe, wie man einen wärmenden Sonnenstrahl spürt. Er sah den Honigglanz ihres Haares.

Und auch jetzt noch, da die Wahrheit von seiner und ihrer Verlorenheit sich ihm mit unwiderstehlicher Gewalt aufdrängte, vermochte ihre Liebe es, ihn für sich zu retten.

Die schreckliche Morgenröte seines Herzens, das die Liebe suchte und gleichzeitig auch der Treue zu seinen Kameraden und zum gesprochenen Fahneneid nicht entraten konnte, wurde durch Belle vertrieben. Sie hob ihn aus der Hölle heraus, in die dieser Zwiespalt ihn hinuntergestoßen hatte.

Wie ein Ertrinkender preßte er sie an sich. Ihre Hand glitt leicht über seinen Nacken aufwärts. Was die Welt vor seine Liebe gestellt hatte, was der Krieg ihm zu nehmen drohte, versank. Nichts war mehr, als das Blut, das in seinen Adern rollte und nach ihr rief.

„Lieber Gott", betete er nachher, „laß es nicht zu, daß dieser Strom von Zärtlichkeit, daß dieses einzige Glück, das ich in dieser zerschmetterten Welt gefunden habe, jemals verschwindet. Weder aus mir, noch aus Belle."

Alles, was ihm die Zukunft bringen mochte, würde er durch diese Liebe überwinden. Alles, was groß und schön war im Leben, war sie, Belle!

Ja, er hatte seine Kameraden verraten. Aber war nicht der Verrat dadurch aufgewogen, daß er drei Jahre seines Lebens in der Hölle zugebracht hatte, daß er in über tausend Tagen keinmal in Freiheit vor der Furcht geatmet hatte? Wenn es eine Verzeihung gab, dann mußte man ihm verzeihen.

Er wollte ja nichts anderes, als leben. Er wollte nichts anderes, als spüren, daß das Leben auch für ihn etwas bewahrt hatte, nach dem er sich so lange gesehnt hatte; um es dann hier zu finden und es dem Schein zu entreißen für seine Wirklichkeit.

Sie saßen beim Frühstück, Belle legte ihm vor, und Siegfried beobachtete die Bewegungen ihrer Hände, wie sie den toten Dingen Gutes taten. Sie waren allein. Sie waren hier immer allein. Gaston kam nicht in das Gartenhaus; das war eine Vorsichtsmaßregel, die Siegfried ihm geraten hatte.

Von Gaston, den er gestern abend im Garten getroffen hatte, hatte Siegfried gehört, daß die 3. britische, die 3. kanadische und die 59. britische Division in der Nacht zum 8. Juli Caen genommen hatten. In der diesem Sturm voraufgehenden Nacht hatten die Alliierten aus 467 Lancaster- und Halifax-Bombern auf die Nordvorstadt, wo sich die Verteidigung versteift hatte, 2560 Tonnen Bomben geworfen.

Der Stadtkern von Caen war schon am Abend des 8. Juli in alliierter Hand. Nur der Vorort Vaucelles war von der 12. SS-Panzer-Division gehalten worden. Sie sperrten damit noch immer die Straße, die Montgomery zu seinem Marsch auf Paris brauchte.

Heute war der 20. Juli. Vor einer Stunde war ein schweres Gewitter auf die Normandie niedergegangen. Der Regen hatte auch ihn aus dem Garten vertrieben, wo er vor Tagesanbruch mit Belle seinen Spaziergang machte.

Gaston hatte ihm gestern abend auch die neueste Nachricht mitgebracht: daß in den ersten Morgenstunden des 18. Juli zwischen Caen und Troarn der schwerste Luftangriff niedergegangen sei, der je zur Unterstützung von Erdtruppen vorgenommen worden war, und daß anschließend die 11. britische Panzerdivision unter Generalmajor G. P. B. Roberts vorgeprellt sei. An der Bahnstrecke Caen—Vimont sei dieser Angriff im Feuer der zusammengefaßten deutschen Panzer liegengeblieben. Der Versuch der Garde-Panzer-Division, der es gelungen war, am Abend Cagny zu nehmen, auch das Straßenkreuz Caen-Falaise zu erobern, scheiterte. 60 ihrer Panzer blieben vor der deutschen Panzersperre liegen. Die 11. Panzerdivision sollte im Duell mit den deutschen Panzern 126 Panzer verloren haben. Aber die deutschen Verteidiger hatten dann doch auch die südlichen Vororte Caens aufgegeben und sich auf den Westteil des Höhenrückens bei Bourguebus zurückgezogen.

Alle diese Berichte schwirrten Siegfried im Kopf herum, als er am Kaffeetisch saß. Er wurde mit allen neuen Nachrichten und Bestätigungen der alten versorgt, und so erlebte er den Kampf der Panzer auch hier mit.

Belle stand auf, um das Geschirr abzuräumen. Als sie um den Tisch herumging, beugte sie sich zu ihm nieder und küßte ihn auf die Stirn.

„Ich freue mich, Belle", sagte er, und er meinte es auch so. Ein Gefühl unendlicher Befreiung war über ihn gekommen und hatte seine Gewissensbisse beschwichtigt.

„Ich wünsche es mir so sehr, daß du es schön hast, Cherie."

Als sich die Tür ganz unvermittelt öffnete, schnellte Belle herum. Als sie die Männer im Türeingang sah, wurde ihr Gesicht plötzlich in flammendes Rot getaucht. Das Geschirr krachte zu Boden.

Siegfried wußte, ohne daß er die Männer schon gesehen hätte, wer sie waren. Er drehte sich langsam um und erkannte drei Soldaten der

Wehrmachtsstreife. Der Oberfeldwebel trug einen Stahlhelm und hatte die Streifenkette mit dem Hoheitsadler umgehängt. Ein vierter Landser trat ein.

Während drei der Männer an der Tür stehenblieben, kam der Oberfeldwebel auf den Tisch zu, an dem Siegfried noch immer saß.

Als der Streifenführer sich zu ihm herunterbeugte, stand Siegfried auf. Die Erstarrung war von ihm gewichen. Er fühlte sich mit einem Male locker und gelöst, obgleich er genau wußte, daß dies hier das Ende bedeutete.

Nach einigen Wochen der Freiheit, nach einer Reihe von Tagen mit Belle und ihrer Liebe, folgte jetzt der Schlußstrich. Jetzt wurde ihm die Rechnung präsentiert. Nichts dauerte ewig; am allerwenigsten das Glück.

„Sie sind Siegfried Schnier!"

Die Stimme des Oberfeldwebels klang kalt und unpersönlich, als er dies feststellte. Siegfried nickte, griff in die Seitentasche seines Zivilrockes und gab dem Oberfeldwebel sein Soldbuch. Der Oberfeldwebel blätterte darin. Er sah die Eintragungen: „Eisernes Kreuz Erster Klasse, Verwundetenabzeichen, Panzervernichtungsabzeichen."

Seine Stimme wurde klarer, persönlicher: „Sie sind festgenommen!"

„Nein, nein, nein!"

Belle warf sich gegen den Oberfeldwebel. Ihre Hände waren flehentlich gegen ihn aufgehoben.

„Sie dürfen ihm nichts tun! Ich bin schuld! Sie müssen . . . "

Der Oberfeldwebel gab den Männern einen Wink. Sie wandten sich ab und gingen hinaus.

Siegfried ging zu Belle hinüber und zog sie an sich. Er sah ihre Augen, über denen die dichten Brauen wie geschwungene Brücken standen. Er küßte sie wie ein Ertrinkender. Er atmete ihren Duft ein. Er sah ihr Ohr wie eine zarte Muschel unter dem Schwung des Haares. Ihr Atem ging aus und ein, und zwischen diese Bewegungen hackte das Herz seine Schläge.

„Du darfst keine Angst haben, Liebes. Sie werden mir nicht viel tun können. Ich werde vielleicht auf die Festung geschickt; aber ich komme zu dir zurück."

„Ja, Siegfried. Sie werden dich nicht . . . " Ihre Stimme brach. Sie klammerte sich an seine Worte, um Hoffnung zu haben. Dann zog sie seinen Kopf zu sich herunter, und ihre Lippen berührten die seinen. Ihre Hände schlossen sich flehentlich um sein Gesicht.

Dies wirst du nicht vergessen! dachte Siegfried. Diese Erinnerung wird dir gehören. Wenn du allein bist und die Augen schließt, wirst du sie sehen, wird ihr Bild vor dir sein.

Siegfried sah sie unverwandt an, um keinen Zug dieses lieben Gesichtes jemals wieder zu vergessen.

„Kommen Sie!"

Als er von der Tür aus zu Belle zurückblickte, packte ihn die erschütternde Gewißheit, daß er sie so liebte, daß jeder Preis, den zu zahlen er aufgerufen werden würde, ihm für diese Liebe gering erschien.

Ihre Liebe würde ewig bleiben. Wie der Abdruck der Hand Gottes auf dieser Erde. Belles Hände hoben sich, als wollten sie ihn halten. Aber er mußte gehen. Dies E i n e war unabänderlich. Er mußte sie verlassen. Und dieses Unabänderliche war furchtbar.

Der Oberfeldwebel sah ihn von der Seite an. Er wußte nicht, was in diesem Mann vorging. Aber er sah das Mädchen, sah ihren Blick und das Leuchten in des Jungen Augen. Und das war ihm genug. Dieser Mann war seinem Herzen gefolgt in einer Zeit, in der Herz nicht gefragt war. Eisen und Stahl galten; aber Herz war das Bleibende. Nicht einmal durch den Tod war dies auszulöschen.

Belle folgte ihnen wie eine Traumwandlerin durch den Garten auf den Weg, der zur Straße emporführte. Oben auf der Straße erkannte sie das Auto, das ihn holen sollte. Sie sah die drei Landser und dahinter den Oberfeldwebel und Siegfried.

In einer Art von Hellsichtigkeit wußte sie plötzlich, daß Siegfrieds Worte vom Wiedersehen nicht in Erfüllung gehen würden. Sie wußte, daß die große aufrechte Gestalt dieses Mannes, der ihr Mann war, dem sie alles gegeben hatte und der auch ihr alles gewesen war, nie wieder zurückkommen würde.

Aus dem Dickicht menschlicher Ahnungen trat ihr die Erkenntnis entgegen, daß die blauen Augen und das klare Gesicht des Geliebten sie nie mehr verzaubern würden, daß dieser eine — für sie einzige — Mensch nie wiederkommen würde; daß er für immer gegangen war.

Siegfried hatte seinen Einsatz gespielt. Er hatte Liebe gesetzt und — erhalten. Aber jetzt forderte man den Einsatz von ihm.

Der Krieg, der unverändert weitertobte, hatte ihn hierhergetrieben. Das Fließband des Schicksals hatte ihn hier abgeladen, und hier würde er bleiben.

Die Kugeln des Erschießungskommandos würden das Letzte sein, was er hörte. Und die Panzermänner — seine Kameraden — würden weitermachen. Sie würden sich dem Gegner entgegenwerfen und ihn aufzuhalten versuchen *bis zum bitteren Ende*...

Kriegsromane bei Landwehr

Johannes Schulz
Tiger der Meere
U 861 auf Feindfahrt

272 Seiten, gebunden, € 9,95

In packenden Bildern erzählt der Autor von den Kaperfahrten eines deutschen U-Bootes, das im Indischen Ozean, an der Ostküste Afrikas, Jagd auf Versorgungsschiffe des Feindes machte. In den Jahren 1942/43, als U 861 unter dem Kommando von Kapitänleutnant Heise operierte, wurde gerade dieses Boot aus dem „Rudel der grauen Wölfe" zum Schrecken der feindlichen Seefahrer.
Doch jeder Erfolg mußte erkämpft werden. Durch Horch- und Radargeräte verstärkte der Feind seine Abwehr. Oft genug entging U 861 nur um Haaresbreite der Vernichtung durch Wasserbomben der U-Boot-Jäger und angreifende Jagdbomber. Immer wieder mußte es sich auch über Wasser gegen überraschende Angriffe verteidigen. Unvergessen bleibt den Überlebenden des Bootes die Bombennacht von Bordeaux und der Gespensterzug treibender Leichen, dem sie einmal in der Wasserwüste begegneten. Unauslöschlich eingeprägt sind die grausigen Bilder von Tod und Vernichtung, von dem Furioso explodierender Schiffe und dem Entsetzen eigener Bedrängnis.

Landwehr-Verlag, Postfach 52, D-24236 Selent